貴賓室の怪人

「飛鳥」編

内田康夫

角川文庫 13111

JN266285

目次

サンフランシスコ
ニューヨーク
ホノルル
コズメル
ナッソー
アカプルコ
グランドケイマン
パナマ運河
横浜
神戸
香港
デュバイ
ムンバイ(ボンベイ)
マーレ(モルジブ)
シンガポール

(拡大図)

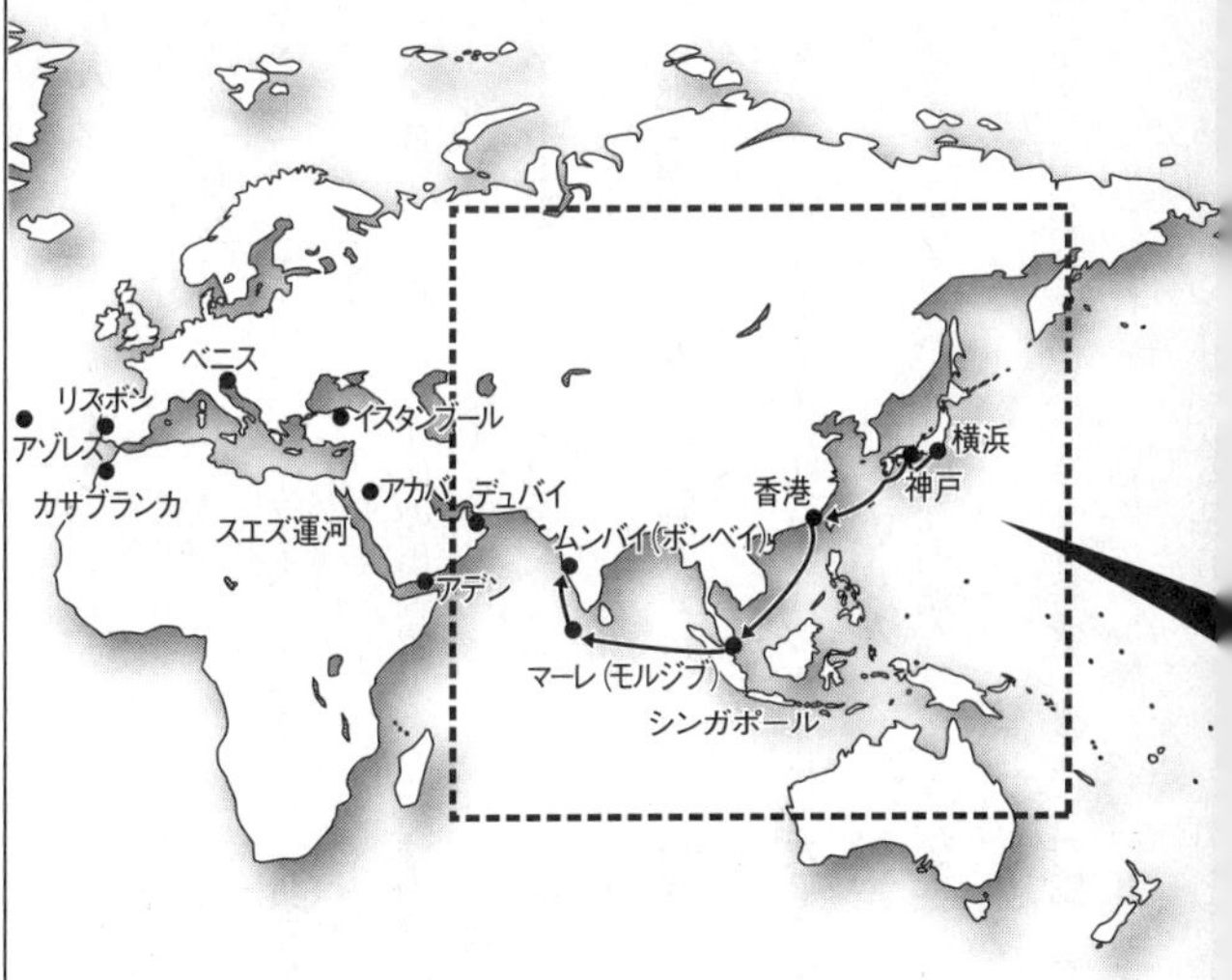

「飛鳥」世界一周航路

(日本〜ムンバイ)

登場人物

●「飛鳥」乗客

浅見光彦……フリー・ルポライター。４０２号室（ステート・ルーム）
内田康夫・真紀……軽井沢在住の小説家夫妻。９１８号室（ロイヤル・スイート）
神田功平・千恵子……病院理事長夫妻。９０８号室（Ａスイート）
松原京一郎・泰子……元貿易会社社長夫妻。９１２号室（Ａスイート）
後閑富美子……自動車部品会社の会長。９１６号室（Ａスイート）
後閑真知子……富美子の妹。同社の監査役。９１６号室
和田隆正……出版社取締役。９０５号室（Ａスイート）
草薙由紀夫・郷子……某銀行の元重役夫妻。９０７号室（Ａスイート）
牟田広和・美恵……美術商夫妻。９１７号室（ロイヤル・スイート）
小泉日香留・絢子……東京都在住の老夫婦。９０６号室（Ａスイート）
堀内清孝・貴子……不動産会社会長夫妻。９１５号室（Ａスイート）
小潟真雄・明美……群馬県在住の会社役員夫妻。９１１号室（Ａスイート）
小松田嗣・佳子……元デパート役員夫妻。９１９号室（Ａスイート）
大平正樹・信枝……船舶会社会長夫妻。９２０号室（Ａスイート）
後藤大介・瑞依……元岩手県警の警察官夫妻（セミ・スイート）
村田　満……某会社秘書室勤務。浅見と同室
石川得介……「飛鳥」乗客最長老。元海軍の勇士

●「飛鳥」クルーおよび関係者

八田野英之……「飛鳥」船長
勝俣　浩……同機関長
花岡文昭……同チーフ・パーサー
堀田久代……同ソーシャル・オフィサー
江藤美希……同クルーズ・コーディネーター
福田直起……同二等航海士
船越　脩……同船医
植竹ひで子……同看護婦
高原勝彦……同料理長
橋口　均……同レストラン・マネージャー
マイク・ヤマダ……ハワイ生まれの日系三世。
クルーズ・ディレクター
塚原正之……フィットネス・クラブのインストラクター
志藤博志……マジシャン

●警視庁

岡部和雄……警視庁捜査一課警視
神谷……同警部補
坂口……同巡査部長

プロローグ

浅見光彦が「飛鳥《あすか》」で世界一周すると決まったとき、もっとも驚いたのは当の浅見自身であった。「飛鳥」といえば日本最大の豪華客船で、世界一周クルージングにかかる費用は、もっとも安い「ステート・クラス」でもおよそ三百万円という、気の遠くなるような金額だ。自分には関係のない世界の話だと思っていたから、「飛鳥」乗船が現実のこととしてわが身に起こったときは、浅見は悪い夢を見ているような気分だった。

浅見にその話を持ち込んだのは、例によって「旅と歴史」の藤田編集長である。

「豪華客船での九十八日間世界一周の旅が楽しめて、アゴアシつきでルポを書くっていう仕事、どうかね？」

「ははは……」

浅見は笑ってしまった。また藤田の程度の低いジョークが始まったと思った。

「なんだよ、失敬なやつだな、笑うような話じゃないだろう。うちの仕事としては、トップクラスの条件だと思っている。ギャラだって、それなりのものを出すつもりだ。いつもケチばかり言ってるわけじゃない」

藤田は珍しく真剣に怒った。

「えっ？　じゃあ、いまの話は本当なんですか？」

「当たり前だろ。おれはいままで、嘘と坊さんの頭はゆったことがない」

　またしても、信じられないほど程度が低く、古色蒼然《こしょくそうぜん》としたギャグを言ったが、その顔を見るかぎり、どうやら本気であることを信じてよさそうだ。それでも浅見は念のために、もういちど「本当に本当ですか？」と確かめた。

「本当だって言ってるだろ。まあ、浅見ちゃんが信じられないのも無理はないかもしれない。正直なことをいうと、おれだって最初は信じる気にはなれなかったのだから。

　しかしこれは事実なのである。じつはね、これは[illegible]から依頼された、いわばスポンサーつきの企画なのだ。しかも、浅見ちゃんでなきゃダメという条件までついている。つまり、要するに、単なるルポ記事を書けばいいというのではなく、裏には何か別の狙いがあると考えていいだろうな。おれの推測では、何かの事件がらみではないかと思う」

「事件が起きているんですか？」

「いや、それは分からないよ。だいたい依頼人の名前も素性もまだ分かっていないのだからね。しかし、単にルポを書かせるだけならば、なにも浅見ちゃんでなくったって、掃いて捨てるほどのライターがいるだろう」

　藤田の無神経な発言は、浅見の自尊心をいたく傷つけたが、浅見は「掃いて捨て」られる中の一員として、文句は言えない。

「あえて浅見ちゃんをと指名してきた背景は、きみの探偵としての特殊能力に期待してのことだろう。だから法外な取材費の上に、相場を無視するような原稿料まで提示してきたにちがいない」

藤田の言う原稿料の「相場」なるものが、近年の物価水準からいうと、比較しようがないほど低廉なものであることは棚に上げている。

それはともかくとして、浅見は「事件がらみ」という部分に引っ掛かった。

「残念ながら、この仕事はお断りします」

「えーっ、本気かよ?」

今度は藤田が信じられないという声を発した。

「どうしてさ。こんな条件のいい仕事は浅見[illegible]もちろん初めてだろうけど、おれだって、長い編集者経歴において、前代未聞[illegible]いしい話だよ。何が気に入らなくて断ろうって言うのさ?」

「条件がいいっていう点は認めます。貧乏人の僕にとっては、確かにありがたい話であることも事実です。しかし『事件』というのがネックですね。あらかじめ事件が起きることが分かっていて、ノコノコ出掛けて行くのはまずいですよ。こんな話がもし、うちのおふくろさんに知れたら、どういうことになるか、編集長だって分かっているでしょう」

「あはは、そうか、それでしたか。そいつはおれとしたことが、余計なお喋《しゃべ》りをしたものだ。前言を撤回しますよ。『事件』というのはまったくのおれの想像で、そんなものがあるかどうかはぜんぜん知らないのだ。いや、ないと言うべきだろう」

「どうですかねえ。さっきの編集長の言い方だと、疑うべくもないことのように聞こえましたけどね」

「いやいや、そんなことは断じてない。かりにも『飛鳥』は世界でもっとも安全な客船という評判だよ。しかも乗客はすべて日本人。治安の心配はしなくていいし、逃げようったって海の真ん中だから、事件など起こしようがない。少なくとも三百万円に見合うだけの大事件が起こる余地はないのだ」

「なるほど。じゃあ今回、ルポライターとして僕が選ばれたのは、掃いて捨てるほどいるライターの一人として選ばれたにすぎないわけですね」

「えっ？……あははは、そういうわけではないさ。やっぱり浅見ちゃんでなければならない、何らかの必然性はあるってことなのだろうな。まあそんなにおれを苛《いじ》めるなよ。じつはこれは中沢重役を通しての依頼だから、そうそう無下な断りはできないんだ。下手に断れば、わが社の経営にも差し障るような話だと思ってくれ。もちろんおれのクビにも、ひいては浅見ちゃんのソアラのローンにも影響するところ大だよ。ここはひとつ、おれの顔を立てて引き受けてくれないか」

そうまで懇願されては、断るわけにいかない。浅見は仕方なさそうに「分かりました」と承諾した。

「それで、取材のテーマというか、僕を派遣する目的は何なのですか？」

「いや、それはまだおれも聞いていない。ともかく浅見ちゃんのOKを確認することが先決だからね。いずれそのうちに伝えることになるのだろう」

なんだか心許《こころもと》ないが、行くと決まったからには、取材の内容など、大した問題ではなかった。浅見にしてみれば、約百日間のクルージングが楽しめて、しかもその間の食い扶持《ぶち》はすべて向こう持ちという条件だけで、断る理由は何もなかった。おまけに、藤田の言いぐさによると「相場を無視した」原稿料まで手に入るというのだから、なんだか申し訳ないような気分だ。しいていえば、あまりにも話がうますぎる点だけが気掛かりだが、藤田の言うとおり、確かに、安全な「飛鳥」の中でいのちに関わるような危険があるとも思えなかった。

棚ぼたのように転がり込んだ「世界一周」へ出掛けるとなると、いくら呑気《のんき》な浅見にしても、それなりの準備が必要であった。

「飛鳥」側から届いた案内のパンフレット等によれば、「飛鳥」の今回のクルーズは二十二カ国、二十八の港に立ち寄るのだそうだ。必ず上陸しなければならない義理はないようなものだが、せっかくの世界一周を無駄にする手はない。それなりに行く先々で観光もしたいし、家族への土産の一つや二つは買うことになるだろう。

それに、「飛鳥」にはドレスコードというやつがあるらしい。カジュアル、インフォーマル、フォーマルの基本的な三種類の服装は用意しなければならない。フォーマルとインフォーマルの違いなど、浅見は初めて知ったのだが、要するに、タキシードなどの正装がフォーマルで、ネクタイにジャケット程度のがインフォーマルということのようだ。むろん、タキシードなどという代物は持っていない。それは兄の陽一郎から借りることで解決できたが、十年一日《いちじつ》のごとく着用している白っぽいブルゾンだけで、世界一周を過ごすわけにもいかない。行く先によっては、冬から夏まで、気候はさまざまだというから、それに対応できるだけの服装も準備しておかなければならない。

（やれやれ、世界一周はいいけど、けっこう費用もかかるな――）

どこからか借金をしなければ――と思っていたら、思いがけなく、「旅と歴史」から前渡し金として、なんと三十万円も振り込まれてきた。むろん、あのケチな藤田の裁量であるはずはない。中沢重役か、あるいは彼を動かしているという「スポンサー」の差し金なのだろう。

そこのところには、浅見は少し不気味なものを感じる。いったい誰が何の目的で――と考えると、警戒心も湧いてくる。まさか、単純な乗船取材をさせるために、こんなサービスをするとは思えない。何かよからぬ企《たくら》みが待っているにちがいない。しかし、それはそれでスリリングな楽しみと割り切ることにした。それよりも、つまらない事故や病気にかからない注意だけはするつもりだ。

お手伝いの須美子《すみこ》は何より、旅先での奇禍を心配した。外国は水が悪いそうだから、くれぐれも生水は飲まないように。ジュースを飲むときも、氷が入っていたら口をつけないように。包丁にもバイキンがついているそうだから、外国のレストランでは、切った果物やお刺身を出されても食べないように。置き引きやスリも多いそうだから、荷物は手から離さないように。

「子供の遠足じゃないんだから」

浅見が笑うと、目に涙を溜《た》めて怒る。

「坊っちゃまはお人がよくて、他人を疑うことをしないお方です。でも、世の中はこちらのお宅のようにいい方ばかりとはかぎりません。お船にもいろんな人がお乗りになるでしょうし、まして外国にはどんな悪い人がいるかしれません。そんなところに坊っちゃまお一人でいらっしゃるなんて、心配で心配でなりません」

なろうことなら自分もついて行って、身の回りの世話をしたい口ぶりだ。

「分かった、分かった。十分気をつけるから安心していいよ」

胃の薬から風邪薬、傷薬、船酔いの薬、頭痛薬、湿布薬、水虫の薬にいたるまで、薬局を買い占めたのではないかと思えるほどの、膨大な量の薬を荷物の中に詰め込まれた。

「それから、あの、坊っちゃま、外国にはきれいな女の方が多いでしょうけど、赤いバラには刺《とげ》があると申しまして……」

「ははは、分かってるよ。僕がそんな男に見えるかい？」

「それは坊っちゃまはご信頼申し上げていますけど、でも、日本を遠く離れると、魔がさすということも……それに、『飛鳥』のお客さんの中にも、女性の方がお乗りになるのでしょう。百日間も一緒の船で暮らしていらっしゃれば、しぜんお付き合いも発展なさるのじゃありませんか?」

「そんなもの、なさるわけがないよ。世界一周をするようなお客はだいたい、結構な年配者に決まっている。前回のお客の平均年齢は六十七歳だとかいう話だ。須美ちゃんのそういうのは取り越し苦労っていうんだ」

浅見はさっさと背を向けたが、須美子はまだ何か言いたいことがあるらしく、恨めしそうな目をしていた。

横浜出港は三月二日だが、その日が近づいても、浅見のところにはいっこうに「取材目的」についての連絡がない。藤田に問い合わせても「まだ分からない」の一点張りで、さっぱり埒《らち》があかない。かといって、「飛鳥」のほうからは乗船券や荷物のタグなど、乗船に必要なアイテムがきちんと送られてきているから、まったくのインチキな話というわけではないらしい。

浅見のキャビンは402号室と決まった。「飛鳥」の客室は4Fから10Fまであって、4Fはいわば最下層のエコノミー・クラスである。キャビンの番号は若いほうが船首に近く、奇数番号は右舷《うげん》、偶数番号は左舷を意味する。部屋の広さはおよそ十六平米。バス、トイレ付きだから、実際に寝室兼居間として使えるスペースは十三平米程度か。つまり、現在の浅見の部屋よりいくぶん広い八畳程度の部屋に二つのベッドが入る計算になるらしい。写真で見ると、ベッドのほかにテーブルや冷蔵庫までついているようだ。それだけのものがどうやって納まっているのか、自分の部屋の状況を顧みて、浅見は不思議でならなかった。

それはともかく、浅見にとって気掛かりなのは、部屋が二人部屋として設定されていることだ。聞くところによると、二人で利用すると一人三百万円也《なり》だが、一人で利用した場合には三割だかの割り増し料金になるという話である。藤田編集長は「三百万円」と言っていた。してみると、その部屋には相棒がもう一人、入るというわけか。

それはまあ仕方がないとしても、どういう人間と同室になるのかは、少なからず気にかかる。須美子が心配するような女性ということは、よもやないだろうけれど、かりに男性だとしても、見ず知らずの人間となると、気を遣うだろうし、気まずい雰囲気にならないともかぎらない。

そもそも浅見は、どちらかというと協調性があるほうではない。会社勤めが長続きしなかったのも、そのせいといっていい。

浅見の父親は大蔵省の局長まで昇り詰め、当然、事務次官の椅子は固いと言われたエリートだが、それを目前にして五十二歳の若さで急逝した。浅見の兄の陽一郎は東大をトップで出た秀才で、四十七歳の現在、警察庁刑事局長を務め、これまた将来は警察庁長官を約束されているという。

こんなふうに父親も兄もエリート官僚として組織を動かす人材となりえたのに、次男坊の光彦はそれとまったく別の道を歩んだ。大学は二流どころだったし、どこに勤めてもうまくいったためしがない。要するに組織に溶け込めない「はぐれ雲」なのである。

十いくつも仕事を変えて、とどのつまりは軽井沢《かるいざわ》に住むミステリー作家の口利きで、フリーのルポライターという、恐怖の母親・雪江未亡人に言わせれば「ヤクザ」な職業に落ち着いた。世間では「浅見家の出来損ない」と噂されているらしく、雪江はそれが悔しくてならない。

「お父様は、光彦には陽一郎にない天分があるっておっしゃってたのよ。あなたももっと頑張って、その期待にお応《こた》えなさい」

ふた言めにはそう励ましてくれるのが、浅見には大変な重荷だ。父親は浅見がまだ十三歳のときに亡くなっているので、本当に自分に「天分」があるなんてことを見極めたのかどうか、疑問でもある。まさか、その天分の持ち主が、三十三歳にもなって、いまだに独身で浅見家の居候をつづけているとは、父親も思わなかっただろう。

今回の「飛鳥」乗船取材は、ウダツの上がらないフリーライターである自分にとって、乾坤一擲《けんこんいってき》、脱皮するチャンスなのかもしれない——と浅見は思った。少なくとも、報酬の面からだけいっても、これまでのけちけちムードとは様相が違う。百日がかりの外国取材なんてものは、死と隣り合わせのような従軍記者でもなければ、そうそうお目にかかれるものではない。

そう思ったとき、浅見の脳裏をふと、いやな予感が過《よぎ》った。

(従軍記者か——)

考えてみると、「飛鳥」乗船取材にしては諸々《もろもろ》の条件がよすぎる。ひょっとすると、この仕事は従軍記者なみに危険がいっぱいなのではないだろうか。

つい最近、テレビで観た映画に、テロリストみたいな男に爆薬を仕掛けられた豪華客船が、タンカーめがけて突っ込む——というストーリーのものがあった。そんなやつが乗客の中に紛れ込んでいたら、たまったものではない。

もっとも、そんなやつに対応するためなら、浅見のような民間人ではなく、警察の人間を送り込むにちがいない。どちらかというと腕力には自信のない浅見のような人間を選んだのには、まったく別の目的があると考えていいだろう。藤田が言っていた「探偵」というのは、まんざら口から出任せではないのかもしれない。

軽井沢の作家が勝手に、浅見の事件簿を小説にして発表するものだから、「名探偵」浅見光彦の名は、けっこう知られている。あんなのは虚構の世界の話で、名探偵が聞いて呆《あき》れる——と本人は思っているのだが、世間の評価は小説どおりのものだ。どこの誰か知らないけれど、その風評をまともに信じて、何か仕事をさせようというつもりなのかもしれない。

結局、乗船の当日になっても、依頼人の素性は分からず終《じま》いだった。それどころか、その日の朝、出発間際になって電話してきた藤田は、「今日は見送りに行かないが、元気でやってきてくれ。土産を期待してるよ」と言って、さっさと電話を切りかけた。

「あっ、ちょっと待ってくださいよ」

浅見は慌てて追いすがった。

「依頼人が誰なのか、どういう目的なのか、まだ聞いてないじゃないですか」

「ああ、そのことね。それだったら、『飛鳥』に乗ってから分かることになっている。何も心配しないで、文字どおり大船《おおぶね》に乗ったつもりで世界一周を楽しんでこいよ」

何が心配しないでだ、何が大船だ——と思ったが、どちらも藤田の言うとおりであることは確かだ。心配したって始まらないし、「飛鳥」は確かに「大船」にちがいない。

こうして浅見光彦は希望と不安をこもごも抱いて家を出た。この日は日曜日で、雪江以下、陽一郎、和子夫婦と姪《めい》の智美《さとみ》、甥《おい》の雅人《まさと》から須美子に至るまで、浅見家は総出で次男坊の門出を見送った。向こう三軒両隣も噂を聞きつけて顔を出し、「行ってらっしゃい」の大合唱。これで日の丸の小旗でも振れば、出征兵士を送る光景だ。

浅見は大きなスーツケースをガラガラ引きずりながら、小さくなって表通りへと急いだのである。

第一章　出　航

1　402号室

　この日、前夜に降ったみぞれまじりの雨は嘘のように晴れ渡り、横浜港は雲一つない出航日和に恵まれた。

「飛鳥」は横浜港のもっとも東寄りの新港埠頭《しんこうふとう》に、白い優美な巨体を委《ゆだ》ねていた。タクシーから降り立ち、「二引《にび》き」と呼ばれる、日本郵船の船籍であることを示す、白地に赤線が二本入った煙突を見上げたとたん、いよいよ始まる世界一周の船旅への想いが、現実感を伴って、胸に迫ってくる。

　運航主催社である「郵船クルーズ」から配送されている案内によると、「飛鳥」の横浜出港は午後二時、乗船は午前十一時から受付け――ということになっていたが、出発三日前に「飛鳥」から浅見に届いた通知には「午前十時までにご乗船ください」と書いてあった。集合場所も当初のコンチネンタルホテルから、「直接、埠頭にお越しください」と、指示が変わっていた。

何か事情が変わって、乗船時刻が繰り上がったのかと思って急いだのだが、十時十五分前に到着した横浜新港埠頭には、浅見以外の乗客の姿もなく、見送りか見物の人々がチラホラ見える程度で、拍子抜けするほど閑散としていた。出港のセレモニーを演出する音楽隊の席も空っぽだ。乗客を迎える赤いカーペットの通路が、ようやく敷かれたばかりのようだった。

やはり時間を間違えたのかな——と不安になったが、しかし、新港ターミナルの入口に行くと、「あ、浅見さんですね」と係員が案内して、通関その他、出国手続きをすませてくれた。

「浅見さんだけ、皆さんより一時間早くおいでいただくことになっているようで」

事情を詳しく知らないらしい係員は、それだけを説明し、岸壁を横切り、「飛鳥」のタラップまで浅見を送って、そこで純白に金モールの入った制服を着た男にバトンタッチした。長身で、商売用のにこやかな顔をした、なかなかのハンサムであった。

「チーフ・パーサーの花岡文昭《はなおかふみあき》といいます。ご案内しますので、どうぞご一緒に」

スイートの客でもないのに、わざわざチーフ・パーサーが出迎えるというのも意外だが、部屋まで先導してくれるとは思わなかった。花岡は浅見の荷物を引き受け、タラップを昇って行く。浅見は「何様」になったような、ちょっといい気分を味わいながら、その後に続いた。

この日の「飛鳥」は右舷《うげん》接岸であった。乗降口は通常5F「メイン・デッキ」である。

船腹に畳三枚分ほどの口がポッカリ開いている。埠頭上からだと十メートルほどの高さがあるだろうか。そこまで長いタラップを昇って船内に入る。まだ乗客を迎える態勢にはないので、入口には警備の職員が一名、目を光らせているだけだが、外国航路は密航者を警戒して、警備はかなり厳重だそうだ。

入口を入ったところがレセプション・ホール。ホテルでいうフロント・ロビーである。9Fまでの吹き抜けになっていて、階段が左右にジグザグに続いている。フロントの上から天井近くまで壁画が描かれている。数人の女性が満開の花の中に佇《たたず》む風景で、文字どおり華麗だが、仏教画のような落ち着いた画風である。カーペットが敷きつめられ、大理石の壁面などがあって、ホール全体の雰囲気はなかなかゴージャスだ。

レセプション（フロント）に立ち寄って、ルームキーを受け取ってから、エレベーターで4Fに降りる。

当然ながら、乗船前の客室フロアは人っ子一人いない。細く長い廊下がエレベーター・ホールから船首のどん詰まりまで続いているのは、ちょっと不気味なものだ。そのいちばん先の402号室に入る。

写真で見た印象よりは細長く感じられる部屋で、正面に丸窓が二つある。右側の壁にカウンターのようなテーブルがあり、その奥にベッドがある。ビジネスホテルのシングルの部屋とそう変わりはない。もう一方の側の壁にはベッドが収納されていて、ふだんは椅子が一脚置かれているが、就寝時にはベッドが引き出される仕組みだ。

「同室のお客様は神戸からお乗りになります。お荷物だけ置いて、ひと休みされたら、レセプション・ホールまでお越しください」

一通りの説明をすると、そう言い残して花岡チーフ・パーサーは引き揚げた。

ひと休みするほどのことはなかったが、浅見はトイレだけ使うことにした。トイレとバス、それに洗面台はユニットになっていて、とにかく狭い。それはいいのだが、トイレの水を流したら、「バフッ」という物凄《ものすご》い音響とともに溜《た》まっていた物が吸い込まれたのには驚いた。あとで聞いたのだが、真空排出なのだそうだ。少ない水で済むような効果があるらしい。

レセプション・ホールに戻ると、花岡が待ち受けていて、ホールの脇のロビーに連れて行った。そこは「フォーシーズン」というメイン・ダイニングルームの入口へ向かう途中で、ゆったりしたソファーやアームチェアがあって、十数人程度が寛《くつろ》げるスペースである。

花岡は浅見にソファーを勧め、自分は立ったままで、腰をかがめて「じつは」と言いだした。

「あるお方から浅見さんにお渡しするようにとお預かりした物があります」

内ポケットから封筒を取り出して、浅見に渡した。封は切ってないから、むろん中身は知らないのだろう。

「あるお方とは、誰なのですか？」

「いえ、それは存じ上げておりません。もちろん、しかるべき筋からのご依頼があったものと思いますが、それも申し上げないようにと指示されております」

花岡は二、三歩下がって、浅見の手元を眺めている。客が内容を見て、何か指示があるようなら承る——という姿勢のようだ。

封筒は市販のありふれたものだが、二重の用紙が使われていて、透かしても中身は見えない。表書きの宛先は、確かに「浅見光彦様」である。

浅見は封筒の端を破った。中身は二つ折りにした紙片で、広げるとワープロの印字と思われる文字でこう書いてあった。

貴賓室の怪人に気をつけろ

それ以外のメッセージも、書いた人間の名前もない。紙片は折り目以外はピンとして、汚れ一つなく、なんとなく指紋もついていないような気がした。

(これが取材費用三百万円也《なり》の仕事なのか——)

これだけの文章では何のことか分からないが、少なくとも、仕事の始まりを告げるものであることだけは確かにちがいない。

「『飛鳥』で貴賓室というと、ロイヤル・スイートということになりますか」

メモをポケットに仕舞いながら、浅見は訊《き》いた。

「さようですね、一般的にはロイヤル・スイートが貴賓室ですが、『飛鳥』にはロイヤル・スイートが二室しかございませんので、Aスイートまで含めて貴賓室と呼ぶ場合もございます。それについて、何か？……」

メモの行方を覗《のぞ》き込むような目をした。

「いえ、べつに……」

浅見は言葉を濁した。

「ロイヤル・スイートとAスイートのお客さんの名簿は、拝見できませんか」

「さようですね」

花岡はわずかに首を傾げた。

「航海を通じて、お客様同士が親しくなられますので、いずれはお部屋番号もおたがいに交換されることと思いますが、私どもからお客様のお部屋番号をお教えするというのは、差し控えさせていただいております」

いずれ分かることなのだから、教えてもよさそうに思えるし、ゴリ押しすれば教えてもらえるのかもしれなかったが、浅見はそれ以上、強引なことはできない性格だ。ひとまず礼を言って自分の部屋に引っ込んだ。

「飛鳥」の客室にはロイヤル・スイートが二室、Aスイートが十二室、以下セミ・スイート、デラックス・ルーム、ステート・ルームがある。世界一周クルーズの料金はロイヤル・スイートが千六百万円、Aスイートが千五十万円、最下級のステートが三百万円となっている。

これはいずれも一室二名の場合の一人当たりの料金だから、つまり、ロイヤル・スイートに二人で乗船すると三千二百万円かかることになる。およそ百日間の船旅に、ちょっとしたマンションの価格と同じ金額を支出するのだから、よほどの金持ちか、ことによるとやんごとない人種が乗るにちがいない。どんなタイプの客なのか、早く顔を見たいものだ——と浅見は思った。

2 レセプション

ソーシャル・オフィサーの堀田《ほりた》久代《ひさよ》は定刻の午前十一時にはレセプション・ホールの指定位置についている。

レセプションとは、ホテルのフロントと同じで、乗船の受付けに始まり、航海中の乗客の要望から苦情処理に至るまで、ここがあらゆる事務的折衝の窓口になる。ソーシャル・オフィサーとは、いわばその総合ディレクターのような役割だ。乗客の航海をいかに快適なものにするかは、彼女の責任にかかっているといえなくもない。堀田久代はまだ三十一歳になったばかりだが、会社が若い彼女を重要なセクションに抜擢《ばってき》したのは、「飛鳥」クルージング自体が就航して六年目という、まだ若い事業だからでもある。

定刻どおり、乗船が始まった。乗客たちはあらかじめ近くのコンチネンタルホテルで乗船の手続きをすませ、シャトル・バスで運ばれてきて、埠頭《ふとう》のターミナルでの出国手続きを経て乗船してくる。

堀田久代はお客の一人一人を精一杯の笑顔で迎える。大柄でこのところとみに太り気味の彼女の笑顔に、お客たちは一様に親しみと安心感を抱く。

世界一周の客は平均年齢が六十代後半。ほとんど全員が世の中の酸いも甘いも知り尽くしたような、文字どおり老練な人々で、若者のような無茶はしないが、中には気難しい老人もいないわけではない。また、体調が万全でないお客もいる。「飛鳥」の乗船申込みは一年以上前から受け付けている。その時点では健康であったとしても、乗船間際になって体調を崩すことは当然、ある。一応、申込みに際しては健康チェックを添えて申告することになっているのだが、乗りたい一心が強いので、虚偽の申し出をする場合が多い。

こういった具合で、四百人以上ものさまざまな条件を抱えた乗客それぞれに、満足のゆく対応をするとなると、相当に神経をつかわなければならない。神経の太さは肉体の太さから生まれる——とばかりに、堀田久代はここ数年をかけて、身も心も十分すぎるほど太った。

レセプションの受付け作業は順調に進んだ。すでに一カ月前に船上での説明会が行われ、自分の納まる船室《キャビン》の見学は終えているので、タラップ（船舶用語ではギャングウェイともいう）を上がってくる乗客は、ホールで停滞することはなく、手際よくそれぞれのキャビンに散ってゆく。それでも戸惑っている客がいれば、堀田はすぐに近寄って話を聞いた。

Aスイート以上のお客には、花岡チーフ・パーサーや堀田久代を含めて、パーサーたちが手分けして案内に当たる。翌日の寄港地神戸からの乗船客三組を含め、ロイヤル・スイートとAスイートの十四室は、船側で、ショーの出演者等のためにおさえてある最前部の901と902号室を含め、すべて埋まっている。今回のスイート客はどういう人々なのか、受け入れる側としても、それはそれで興味と期待感がある。

「飛鳥」の世界一周クルーズは今年で四回目。処女航海のときには、親会社の会長を含めて、財界OBや大病院の理事など、錚々《そうそう》たる顔ぶれが揃ったが、四回目ともなると、名前を見ただけでそれと分かるような有名人は、少なくとも堀田久代の知識の範囲内では一人もいなかった。

Aスイートの最初の客は神奈川県川崎市にある病院の理事長、神田《かんだ》功平《こうへい》・千恵子《ちえこ》大妻で、花岡チーフ・パーサーが自ら案内して908号室に入った。神田はまだ五十二歳の若さだが、いくつもの病院と老人医療機関を傘下に収めるグループの総帥で、高額納税者番付の常連だという。見た目にはきさくなおじさん——というより、万年青年といった印象で、年齢より五、六歳は若く見える。夫人もそれに輪をかけて若く、服装は色彩もデザインも若い女性に負けない大胆なものを、巧みに着こなしている。

9Fは919と920号室までがスイートで、921号以降はデラックス・ルームである。日本のホテル・旅館等のしきたりどおり「4」号と「9」号が欠番になるために、向かい合う「3」号と「10」号も欠番になっている。おまけに西洋式(?)のゲンを担いで「13」号と、それに対応する「14」号も欠番である。そのくせ、「919」「924」以降はタブーではないらしい。この方式は9Fだけでなく、どのフロアにも共通していた（口絵参照）。

堀田久代は912号室に入る松原京一郎《まつばらきょういちろう》・泰子《やすこ》夫妻を案内した。松原は一部上場の貿易会社の社長を引退して、悠々自適の世界一周なのだそうだ。きわめて社交的な紳士で、軽いジョークを交えてよく喋《しゃべ》り、エレベーターに乗る際には夫人を先に、さらに堀田久代にまで手を差し延べようとした。さすがに職業上、それは遠慮したが、そういう外国仕込みのマナーは徹底していて、ちょっと日本人ばなれしたところがある。

916号室の後閑《ごかん》富美子《ふみこ》・真知子《まちこ》姉妹も堀田久代が案内した。後閑富美子は五十八歳で自動車部品メーカーの会長。妹の真知子は五十一歳で監査役という、オーナー会社の役員姉妹だと聞いている。富美子のほうは風貌《ふうぼう》も体型も、「会長」という名にふさわしく、見るからに「豪放」な雰囲気と貫禄《かんろく》に恵まれている。それと対照的に、妹の真知子はやせ型で、どことなく寂しげな気配を纏《まと》っていた。体調でも悪いのでは――と気になったが、そういうわけではないらしい。何か屈託したものがあるのかもしれない。

905号室には和田《わだ》隆正《たかまさ》という五十歳の男性が一人で入った。花岡が案内をしようとすると、「分かるからいい」と素っ気なく言って、キーを受け取ると、さっさとエレベーターに乗ってしまった。職業欄には大手出版社の役員となっているが、それらしい貫禄も上品さもない。出版社というのはそういうものかと思うのだが、どことなく胡《う》散臭《さんくさ》さを感じさせる人物だ。しかし、百六十パーセント（セミ・スイート以上）の割増料金、すなわち一千六百万円以上もの金を払うのだから、金持ちであることだけは確かだ。

907号室の客は草薙由紀夫《くさなぎゆきお》・郷子《きょうこ》夫妻である。草薙由紀夫は七十二歳。某銀行の元重役で、夫人は四十七歳とかなり年齢差があるから、おそらく後妻なのだろう。なかなかの美貌《びぼう》だが、水商売上がりを連想させる美しさだった。

午後一時までにはほぼすべての乗客が乗船を終え、埠頭上では出港を祝うセレモニーが始まった。横浜市消防局音楽隊が勢揃いして、勇壮なマーチを奏でたあと、郵船クルーズ社長の挨拶《あいさつ》やら「飛鳥」船長の八田野英之《やたのひでゆき》の挨拶につづき、乗客を代表する二組、二人の客に振り袖《ふそで》姿の女性が花束を贈った。客の一人は石川得介《いしかわとくすけ》という、今回の乗客の中では最長老、九十歳の紳士で、かつては日本海軍の勇士だったそうだ。もう一組のほうがロイヤル・スイート客のうち横浜から乗船する内田康夫・真紀夫妻。

堀田久代は知らなかったが、看護婦の植竹《うえたけ》ひで子によると、内田康夫はミステリー作家として、わりと知られているという話だ。そう思って見ると、内田夫妻は夫妻とも帽子のよく似合う、なかなか垢抜《あかぬ》けた雰囲気のカップルである。内田康夫は四十八歳だそうだけれど、夫婦で三千二百万円という膨大な料金を支払う能力があるくらいだから、それなりに売れている作家なのかもしれない。

会社側からは、「ロイヤル・スイートの客ということとは別に、物書きけうるさいし、後で何を書かれるか知れないから、十分、気をつけるように」との指示が出ていた。

セレモニーが終了し、内田夫妻が乗船してくると、堀田久代は真紀夫人の手から花束を受け取り、花岡と一緒に夫妻を先導して918号室——ロイヤル・スイートルームへ向かった。エレベーターの中で内田康夫は、左舷《さげん》の部屋をあてがわれたことに、ブツブツと不満を言っていた。

「説明会のときは右舷の917号に案内されて、このお部屋になりますと言われたのに、いざ乗る段になったら、左舷にまわされていた」

と言うのである。

確かに、西回り世界一周は、つねに大陸を右舷側に見ながら航行するから、基本的に右舷のほうが眺めがいいことになる。さらに、横浜港では右舷側が接岸している。そのことを言い、

「見送りの人たちに、部屋のベランダから手を振りたかったのに」

と、駄々っ子のような愚痴を漏らした。

「いいじゃありませんか」

真紀夫人は笑いながら、

「ごめんなさい、つまらないことばっかり言って」

と謝った。

「とんでもございません。こちらこそ、何かの手違いがあったのか、ご説明不足だったのかもしれません。申し訳ございません」

堀田久代はとにかくひたすら謝ることにした。どういう事由からそんなことになったの

かは知らないが、お客がそういう不満を持つのは無理からぬことだ。

とにもかくにも部屋に案内すると、ドアの向こうに山積みされた荷物の多さに夫妻は仰天していた。大型のスーツケースが六個と、段ボール箱が二十一個だったはずだ。そんなに大げさな支度は不要なのだが、旅馴《たびな》れない客はむやみに用心がいい。

「これを片づけるのに、数日はかかりそうだわね」

夫人は張り切って言うのだが、内田康夫のほうは、日頃から、あまりそういう雑事には協力しないタイプなのか、他人事のような顔をしている。

堀田久代が船内の解説や、室内の調度類の使用法を説明しようとするのを制して、

「それは後で、おいおい教えてもらうことにしますよ。それより、早くデッキに出て、見送りの連中に挨拶しなきゃ」

帽子とコートを脱ぎ捨てると、カメラを持って部屋を出て行った。

3　ロイヤル・スイートルーム

何に驚くって、殺人事件の現場を見ても、こんなに驚きはしないだろう。浅見光彦はその瞬間、わが目を疑った。なんと、埠頭《ふとう》上で行われている出港セレモニーで、乗客を代表するロイヤル・スイートの客として花束を受け取っているのが、あの「軽井沢のセンセ」こと内田康夫・真紀夫妻だったのだ。

7Fの「プロムナード・デッキ」と呼ばれる甲板から、埠頭の風景をカメラに収めていて、その恐るべき光景に出くわした。

最初は目の錯覚かと思った。人間、見たくない、聞きたくないと思っていると、見るもの聞くものが、それらしく思えてしまうものだ。しかし、いくら目を据えて見つめても、カメラの望遠レンズを覗《のぞ》いても、そこに存在しているのは、紛《まご》うかたなく内田夫妻以外の何者でもなかった。

その次は夢を見ているのだと、自分に信じ込ませようとした。昨夜の悪夢の続きだと思いたかった。しかし、それもまた虚《むな》しい試みでしかなかった。内田康夫のあのどこか照れくさそうな笑顔も、真紀夫人の美貌も、夢なんかではありえない。

浅見光彦を除く浅見家の人々にとって、内田康夫のいる軽井沢の方角は「鬼門」とされている。とくに雪江未亡人は内田を毛嫌いしていて、次男坊が内田と交流のあることがお気に召さない。

「光彦がいつまでも独身でいるのは、あの方のせいですよ」

などと言う。結婚できない原因まで、あの作家のせいにするのは気の毒だと思うのだが、浅見光彦もあえてそれに逆らうことはしない。あのセンセの強引さには、しばしば実害を被《こうむ》っているからである。

職業柄、浅見は事件に関わりをもつことが少なくない。ときには殺人事件の現場に行き合わせることもある。そうして、行き掛かり上、事件に巻き込まれたり、捜査に関係したりもする。その「事件簿」ともいえないようなメモを、内田は強引に巻き上げ、針小棒大に脚色してはミステリー小説に仕上げて発表するのである。

世の中には物好きな人もいるのか、それがまた、けっこうよく売れるらしい。高額納税者の作家部門にも顔を出していた。考えてみると、こうして「豪華客船」世界一周の旅に参加するのは、その収入によっていることは間違いない。

内田は作家デビューしてから十七、八年経っているはずだ。稼ぎがあるわりには、ろくに遊びもしないで、ただひたすら働いてばかりいたようだ。真紀夫人も二十代の頃に仕立てたスーツをいまだに着ているという、涙なしには聞けないような噂も、風の便りに聞こえてきた。

そうやって爪に火を灯《とも》すようにして貯めた貯金をはたいて、ドカンと一発、世界一周に注ぎ込もうということなのだろう。

それは個人の勝手だから、文句をつける筋合いではないが、何もこの僕が乗る「飛鳥」に乗ることはないじゃないか——と、浅見は気が遠くなるような思いだった。

今回の「飛鳥」乗船取材は、ことの始まりからして、いずれ何かの事件が起きるような予感がある。浅見がその「事件」に巻き込まれたりすれば、内田にとってはネコに鰹節《かつおぶし》——いや、盗人に追い銭のようなものだ。たちまち、フカかピラニアのように食いついてくるにちがいない。

しかし、何はともあれ、浅見のほうが先に内田を発見したことは、不幸中の幸いであった。こうなった以上、むこう九十八日間、なんとかしてテキの目をかわしながら暮らすしかない。巨大な「飛鳥」とはいえ、船内の空間には限りがある。幸い、テキは9F、こっちは4Fと、遠い階層に離れてはいるが、それとても、ダイニングルームやラウンジやグランド・スパ（大浴場）など、共用部分では顔を合わせる危険がいつもあると思わなければならない。

セレモニーが終わり、タラップを昇ってくる内田が、デッキの乗客たちに愛想を振りまいて会釈をしている。浅見は慌てて首を引っ込めた。大勢の中に紛れ込んでいれば、よもや見つかることはないと思うのだが、安心はできない。

そうだ、ひょっとすると、見送りの人々に手を振るために、プロムナード・デッキに現れるかもしれない――。

そう思ったとき、浅見は見送りの人波の中に、かなりの人数のグループがひと塊になっているのに気づいた。およそ二百人くらいはいるだろう。その先頭の四、五人が小さな横断幕を掲げているのだが、そこに「浅見光彦倶楽部《クラブ》」と書いてあった。当の浅見がまったく関知しないうちに、内田が勝手に作って面白がっているファンクラブだ。

（なんてこった――）

浅見は全身が燃え尽きるほど恥ずかしくなって、急いでその場を離れた。はるか遠くから眺めていると、思ったとおり、その直後、たったいままで浅見のいた場所に内田夫妻が現れ、デッキの手すりから身を乗り出すようにして、岸壁の会員たちに手を振り、何本ものテープを投げていた。

やがて音楽隊の「波頭を越えて」の演奏に送られて、「飛鳥」は何千本ものテープをはためかせながら岸壁を離れた。感動的な情景なのだが、浅見はそれどころでなく、402号室に引き揚げながら、どうすれば内田康夫の毒牙《どくが》から逃れることができるか、その方策ばかりを考えていた。

「飛鳥」は三浦半島を右に、房総《ぼうそう》半島を左に見ながら東京湾内をゆっくり南下した。波に汚れ、あまり透明度のよくない丸窓だが、そこから眺める風景は楽しい。鋸山《のこぎりやま》のゴツゴツした山容を、この角度から見たのは生まれて初めてであった。海の旅は非日常を楽しむ旅だというが、風景も通常とは異なる、逆方向からの眺めになるのが面白い。

荷物の整理が終わると、いつまでもキャビンに引きこもっているわけにもいかなくなった。まず「大接近」の危険が発生するのは、メイン・ダイニング「フォーシーズン」での夕食タイムである。

夕食は二部制で、第一部は午後五時半から、第二部は七時半からとなっている。軽井沢は田舎だから、夕食の時間も早いにちがいない――と浅見は判断して、自分は午後七時半からの部にしてもらった。

その判断は正しかった。六時頃、「フォーシーズン」の入口の近くからそっと覗いてみると、レストランの中央付近の円卓に、内田夫妻の姿があった。

4 メイン・ダイニングルーム

「フォーシーズン」は、およそ三百名程度の人数なら、ゆうゆうこなせるメイン・ダイニングルームである。航海第一夜と、翌日の神戸寄港の夜は、服装は「カジュアル」で、ダイニングルームでも、それぞれ自由に席を占めていいことになっている。最初の正式な顔合わせとなる「フォーマル・ナイト」は、三日目の夜と決まっている。乗客は荷物の整理に忙しくて、ろくすっぽ着飾る余裕もないからである。

それでも、自然発生的に、スイートの客たちは中央の大円卓を囲むことになった。堀田久代の気配りもあるけれど、レストラン・マネージャーの橋口均《はしぐちひとし》が心得て、そういうセッティングをしている。

円卓は本来十人用だが、今夜は和田隆正が一人強引に割り込みを希望したために、十一席がセッティングされた。正面に内田康夫・真紀夫妻、そこから右回りに松原京一郎・泰子夫妻、和田隆正、草薙由紀夫・郷子夫妻、後閑富美子・真知子姉妹、神田功平・千恵子夫妻——が並んだ。世間知らずの内田にはどこが上席という意識はないのだが、やはり正面が一般的には上席ということになるのだろう。誰もが遠慮して空席になっていたところに、平気な顔で腰を下ろして、結果的にこういう配列になった。

偏屈で、人見知りがはげしくて、よほど時間をかけて馴《な》れ親しまないと、誰とも話すことができない内田にしては珍しく、今夜は周囲のお客たちと歓談している。やはり世界一周ともなると、気分が高揚して、内田のような根暗《ネクラ》人間でも、いわゆるハイな状態になるものなのかもしれない。

そこへゆくと松原京一郎は万事、ソツがなく、自ら一座の中心的な役割を担い、会話が途切れると、何かしら話題を投げかけた。年齢は六十八歳だそうだが、頭髪が薄くなっている以外は顔の色艶《いろつや》もよく、身のこなしも若々しい。泰子夫人にいたってはさらに若く、贅肉《ぜいにく》のないスリムな体型は、どう見ても五十九歳という年には思えない。

後閑富美子も会社の会長を務めるだけあって、終始、笑顔を絶やさず、陽気に喋《しゃべ》った。自他ともに認める「酒豪」だそうで、寝酒にベッドの上でワインを飲むのが趣味だと、自分で暴露して、悦にいっている。

「真知子は一滴も飲まないもんだから、いつも冷ややかな目で睨《にら》まれてますの」

隣でおとなしく控えている、妹の気分を引き立てるように言ったが、真知子はわずかに頰を緩めただけで、何も言わなかった。

「いま気がついたのですが」

たがいに交換した名刺を眺めながら、和田隆正が訊《き》いた。

「後閑さんは、ご姉妹で名字が同じということは？……」

「ええ、離婚いたしましたの」

真知子はシラッとした顔で言った。姉の富美子はニコニコ笑っているが、ほかの全員が

（なんて失礼な――）という目を、和田隆正に向けた。

だいたい和田は第一印象からしてよくなかった。「円山《まるやま》書房株式会社　取締役」と肩書のある名刺を配ったが、それを鵜呑《うの》みにした人間は一人もいない。後閑姉妹のようにオーナー会社の役員ならともかく、現役のサラリーマン重役が、ぶっ続けで百日もの休暇が取れるはずがないのだ。それに、本物の重役なら、もっと身だしなみがきちんとしていて、言葉遣いにも気をつけるものである。

いくらドレスコードが「カジュアル」だからといって、メイン・ダイニングのテーブルにつくときは、くたびれたような青いポロシャツはやめてもらいたい――と誰もが思っているにちがいない。

「和田さんはお一人で乗船なさったのね」

草薙郷子がみんなの気持ちを代弁するように言った。夫の草薙由紀夫もきちんとネクタイをつけたスーツ姿だが、彼女も渋い柿色のスーツを着ている。さすがに銀行マンを長年勤め上げただけあって、夫のほうは芯《しん》からスタンダードでオーソドックスなタイプだが、夫人は彼より二十歳以上も若い。渋いスーツを着ていても、かえって飛びきりのお洒落《しゃれ》をしているように見える。

「せっかくの世界一周ですのに、奥様はご一緒なさらなかったんですの？」

草薙郷子は、なかなか辛辣《しんらつ》な質問をぶつけた。よほど詮索《せんさく》好きなのか、表情は笑っているが、その目はキラリと光った。

夫の草薙由紀夫は銀髪丸顔で、眼鏡の奥の目はいつも細められている、その目の奥で何を考えているのか、茫洋《ぼうよう》として摑《つか》みどころがない。その夫と対照的に、郷子夫人のほうは相当、気が強いらしい。彼女の切り込むような語調に、一座には一瞬、固唾《かたず》を呑《の》むような空気が流れた。

「ああ、うちは夫婦べつべつですからね。息子も含めて、わが家は三権分立ですよ」

和田隆正は平気な顔で答えた。

「あら、それは面白いわねえ」

神田千恵子が愉快そうに言った。

「おいおい、面白いはないだろう」

夫の神田功平が窘《たしな》めた。神田功平は白いカッターシャツの上にヨットチームのエンブレムが入ったジャケットを着ている。三浦半島の油壺《あぶらつぼ》をベースに、遠洋まで出る大型のヨットを所有しているそうだ。よく日焼けした、いかにもスポーツマンといった風貌《ふうぼう》だが、物腰は控えめで、好感が持てる。

「あら、だって面白いじゃないですか。家庭内別居をさらに進めて、家庭内独立っていう考え方だわ。うちもそうしましょうよ」

千恵子夫人は、まるで若い娘のように屈託がない。

「もう十分、そうなっているよ」

神田功平は冗談のように言ったが、夫人のアッケラカンとした様子を見ると、ただの冗談でなく、現実に彼女はそんなふうに自由に振る舞っているのではないか——と想像させた。

「いいですなあ、独立はいいです」

神田夫妻の発言をフォローするように、松原京一郎が言った。場が白けそうになる気配をキャッチすると、スッと反応する才能の持ち主だ。

「私の家内なんかも、けっこう自由に羽ばたいておりますよ。ねえ、きみ」

急にふられて、泰子夫人は丸い眼鏡の奥の目を、大きく丸くした。そういう表情をすると、まるで娘のようなあどけなさがある。

「あら、わたくしなど、慎《つつ》ましくしているほうですわよ」

「いや、もちろんそうだけどさ、きみのフラメンコとカメラは、もはや主婦の余技の域を出ているよ」

「だから独立できるっておっしゃるの？　ほほほ……」

「ははは、独立されちゃ困るけどね。ははは……」

夫婦に和して、和田隆正を除く全員が笑った。ひとり和田だけが、興味深そうな油断のならない目つきで、一座をグルッとひとわたり見渡した。

5　クルーズ・ディレクター

午後七時半の定刻より大幅に遅れて、浅見光彦はレストラン「フォーシーズン」に入った。万一、前の組の内田康夫がしつこくテーブルに粘っていないともかぎらない。用心するに越したことはないのだ。一部と二部のあいだには三十分のインターバルがあるが、それでもなお警戒して、なるべく目につかないように、フロアの隅のほうのテーブルを選んで座った。

第一部の五時半組の比率が大きかったのか、フロアは意外なほど空席が目立った。年配者は夕食時間が早いのか、それとも、物珍しさから早い時間を選んだのか、その両方の理由が考えられる。事実、浅見は知らないのだが、少なくとも、Aスイート以上の客は全員が第一部のテーブルについていた。

「フォーシーズン」の夕食は、通常はその日その日によって定められたコース料理になっている。洋食のことが多く七割方を占めているが、就航第一回のときは、ほぼ常時、洋食だったものを、二回目以降、年配者の注文に応じた恰好《かっこう》で、和食の比率を三割近くまで増やした。その中に時折、中華料理や、訪問先の国に合わせて、エスニック料理、イタリア料理などが供される。

この日はオードブルにマグロのカルパッチョ、コーンポタージュスープ、甘鯛《あまだい》のソテー、そしてメインディッシュがヒレステーキであった。初日だから張り込んだというわけでなく、これがだいたいスタンダードな夕食のメニューだと思っていい。悪食《あくじき》の浅見光彦にとっては毎日が信じられないくらいのご馳走《ちそう》だ。

浅見のようなエコノミーの客にとってありがたいのは、「飛鳥」のメニューにはエコノミー・クラスとロイヤル・スイートの格差がないという点である。一日当たり十六万円も出しているロイヤル・スイートの客と、三万円しか出していない自分とが同等の料理を食べられるのだから、気分が悪いはずがない。食事ばかりか、10Fにあるティーサロン「ヴィスタ・ラウンジ」の利用をはじめ、あらゆる施設や飲食のサービスが同じ条件で享受できる。

「飛鳥」では航海中、6Fのグランド・ホールで文化講座やステージ・ショーなど、各種エンターテイメントが毎日のように催される。出演する講師もタレントも、内外の一流どころといっていい人材が選ばれている。それもすべて平等に鑑賞できるし、特別な指定席の区分けなども一切、ない。その徹底した平等主義にはむしろ、浅見は驚かされた。

食事の終わり近くになって、客の姿が減ってくると、船長をはじめ、手隙のクルー（乗務員）がポツリポツリ食事にやってくる。彼らのメニューの内容は客よりも一品少ないか、ほとんど同等のものだ。

ほかの客よりスタートが遅かった浅見が、デザートのメロンを食べているところに、堀田久代ソーシャル・オフィサーがやってきて、「クルーズ・ディレクター」のマイク・ヤマダという人物を紹介した。

「マイクはハワイ生まれの日系三世で、航海中に催される各種エンターテイメントを企画・実施する責任者です。彼自身、ウクレレを弾きながら歌うタレントです」

マイク・ヤマダは見た目はまったく日本人の顔だが、喋《しゃべ》る日本語は片言に近い。優しいバリトンで、「お目にかかれて、こうえいです」と握手を求められた。

「浅見さんは取材を兼ねて、『飛鳥』にお乗りになったのだそうですね」

堀田久代は浅見の紹介を込めて訊《き》いた。

「ええ、まあそうですが、しかし目的はやはり、世界一周クルーズを楽しむことにあります。楽しみながら仕事ができて、なんだかスポンサーには申し訳ないですけどね」

「ライターの方でしたらご存じじゃないかしら。今回の『飛鳥』には、内田康夫さんていらっしゃるミステリー作家が乗っていらっしゃいますけど」

「内田康夫ですか？　聞いたことがあるような気もしますが、僕はあまりミステリーを読まないものですからね」

「あ、そうですか。私もミステリーは嫌いなんです。酷《むご》たらしい殺人事件や、馬鹿馬鹿しいトリックなんか、気持ちが悪くて」

「そうですよね。しかし、あの人はそういうのは書かないんじゃないですか」

「あら、ご存じなんですか？」

「えっ？　いや……」

浅見は慌てた。

「そうではなく、内田さんていうのは今日、出発前のセレモニーで花束を受けていた人でしょう？　あの感じから言うと、そういう恐ろしげなものは書けそうにありませんよ。見るからに気が弱そうだもの」

「気が弱いというより、優しそうですよね。診療室のナースもそう言ってました。そのせいか、女性読者が多いんですって」

「へえーっ、そんなもんですかねえ。実体を知らない……いや、作家とかタレントっていうのは、実体が謎に包まれていますからね。むしろ、そこがいいのかなあ」

「わたくしもそれのこと、思います」

マイク・ヤマダが言った。

「エンターテイナーやアーティスト、楽屋で見ると、とても幻滅すること、あります。それでも、演技することよって、美しく、または楽しい気持ち、与えてくれます。それがプロフェッショナル、ないでしょうか」

「なるほど、プロフェッショナルですか。内田さんに聞かせて上げたら、さぞかし喜ぶでしょうねえ」

マイク・ヤマダは健啖家《けんたんか》なのか、頼まなくても厨房《ちゅうぼう》は承知しているらしく、特注の大きなステーキが運ばれてきた。目下ダイエット中だという堀田久代は、その様子を羨《うらや》ましそうに横目で見ながら、山盛りのグリーンサラダに挑んでいた。

「飛鳥」は伊豆《いず》半島の先端をかすめ、遠州灘《なだ》のはるか沖合を航行中であった。右舷《うげん》の窓を透かして外を見ても、陸地の明かりはまったく見えず、漆黒の闇の中に、時折、航跡の波頭が船の明かりを受けて白く見えるだけだ。気象情報によると、未明から日本全土が高気圧にすっぽり覆われているとかで、風波はほとんど感じられない。

「さすが、『飛鳥』は巨船なんだなあ。ちっとも揺れませんね」

浅見が感心したように言うと、マイク・ヤマダはニヤリと笑った。

「まだまだ、始まったばかりね。去年のクルーズでは、大西洋でテレビ、飛びました」

「えっ、テレビが飛んだんですか？」

「ははは、マイク、初日からそんなに、お客さんを脅かしたらいけませんよ」

堀田久代が取りなした。

「飛んだっていうのは大げさですけど、テレビが、備え付けてある棚から落ちたのは事実です。大西洋上ですごい時化《しけ》に遭遇して、かなり揺れました。厨房では、冷蔵庫のドアが開いて、中身がドバッて飛び出したりもしました。でもそんなのは珍しいし、『飛鳥』は横揺れ防止のスタビライザーを備えていますから、ほかの船よりも揺れは少ないし、もちろん絶対に安全です。ご心配なく」

世界一周航路では、「難所」と呼ぶような場所は四カ所だそうだ。東シナ海とインド洋と大西洋、それに最後の寄港地ハワイから横浜までの太平洋。しかし、この時季は世界中の気候がもっとも平穏で、とくに北半球は基本的に安定しているという。

「浅見さん、これからピアノ・サロンへ行きませんか。マイクの歌を聴かせてもらいましょう」

堀田久代に誘われて、浅見は少し困った。そんな場所をウロウロしていると、内田康夫に発見されかねない。

「それはありがたいけど、しかし今夜辺りは混んでいませんか」

「いいえ、これまでの経験から言いますと、クルーズ初日は、皆さんお疲れです。お荷物の整理もありますし、お一人もおみえになりませんよ」

「そう、ガラガラね」

マイク・ヤマダにも保証されて、浅見は安心した。

ピアノ・サロンは6F、グランド・ホールの入口の手前にある。ピアノと小さなステージのある五十席程度のラウンジだ。ゆったり寛《くつろ》げる椅子に身を委ねて、「飛鳥」オリジナルだというカクテルを注文した。

「ヒミグトリオ」というフィリピン人のバンドがスタンダード・ナンバーを陽気に演奏していた。お客の年齢に合わせるのか、プレスリーやさらに古い時代のポピュラーなヒットソングが多いらしい。しかし、堀田久代とマイクが保証したとおり、お客は本当に一人もいなかった。誰もいない客席に向かって歌っているところに、浅見が一人で座る恰好《かっこう》になった。堀田久代はカウンターに寄り掛かってはいるが、席にはつかない。そういう決まりなのだろう。

マイク・ヤマダが参加してハワイアンを歌った。やわらかみのあるいい声だ。

カクテルを二杯飲み、のどかなスローテンポの曲に耳を傾けていると、眠気が襲ってきた。けさが早かったせいにちがいない。眠ってはマイクやヒミグトリオに申し訳ない――

と、精一杯、目を見開いていたが、睡魔には抵抗しきれそうになかった。

ちょうど演奏にひと区切りがついたところで、浅見は席を立った。

「僕はもう部屋に引き揚げます。いやあ、なんだか酔っちゃいました」

本当に酔いが回った気分であった。伝票にサインしようとすると、堀田久代が「今夜は私のおごりです」と言った。こっちを見つめる彼女の目が、やけに艶《なま》めかしく、意味ありげに見えた。

（かなり酔っているらしいな――）

彼女とマイク・ヤマダに礼を言いながら、浅見は首を横に振った。

第二章　さらば日本

1　あぶなげな女

朝、目が覚めると窓の向こうに真っ青な海が見えていた。柔らかな揺れと、たえず細かに刻まれる機関の振動とが、心地よい眠りを誘う。テレビの時計表示を見ると午前六時二十二分を示していた。

「飛鳥」には各客室にテレビが置かれている。日本近海を航行中は通常の放送も受信するけれど、外洋に出るとすべて「飛鳥」船内の有線による放送に切り替わる。チャンネルは四つあって、娯楽番組はビデオ映画のみで、日に何回か時間を定めて放映される。このチャンネルでは訪問先の国や寄港地の紹介なども随時放映される。あとは航行の現在位置を知らせるナビゲーション画面。「飛鳥」船首に設置された固定カメラによる進行方向の映像。そして画面全体を使った時計表示で、この三つのチャンネルは常に変わることはない。

試みにナビゲーション画面に切り換えてみると、「飛鳥」は目下、紀伊《きい》半島の南西沖を北北西に進み、紀伊水道に入りつつあるところであった。

六時台のこの時刻は、ふだんの浅見光彦ならば、真夜中である。しかし、なんとなくべッドを出る気分になった。

夕方に配られる「アスカ・デイリー」という船内報に、朝は六時から、8F「リド・カフェ」というレストランで、モーニング・コーヒーのサービスがあると書いてあった。この時間ならたぶん、「軽井沢のセンセ」夫妻も起きてはこないだろう。

浅見は洗顔だけして、「リド・カフェ」へ上がって行った。お年寄りが多いせいか、物珍しさも手伝ってか、早朝にもかかわらずかなりの人数が入っている。「リド・カフェ」は収容人数は七、八十人程度だが、ガラスの壁面で仕切られた向こうにオープン・デッキが広がっていて、そこにも四、五十人程度の人数が座れるテーブルがある。

三月初旬のこの時期は、オープン・デッキはさすがにまだ寒いが、それでも重装備に身を固めた中年女性二人が、熱いコーヒーを抱くようにしている姿があった。

浅見もトレイにコーヒーを載せてオープン・デッキに出た。朝の海風は首筋をヒヤリとさせる。しかし、慣れてしまうとそれも心地よいと思えてくる。デッキ後方のプールの水がエンジンの振動に波立っているのも、涼しげでいい。

デッキ最後尾の純白の丸テーブルを独り占めして、コーヒーを楽しんだ。船の右舷《うげん》には紀伊半島が横たわっているが、船尾方向は太平洋が広がるばかりで、島影はない。水平線がカーブを描いているのがよく分かった。航跡が白く泡立ちながら長く尾を引いて遠ざかるのが、かぎりなく旅情をそそる。

（これだよ、これ、船旅のよさは——）

浅見は僅《わず》か二日目の朝にして、いっぱしの船旅通のような感慨を抱いた。

ふと人の気配を感じて振り返ると、いましがたまで二人でいた女性の一人が、ゆっくりとした足取りで船尾へ向かっていた。浅見よりはかなり年長——たぶん五十歳ぐらいと思われるのだが、やせ型で、いわゆるおばさんという感じはしない。髪の毛は無造作に、風になびかせている。渋い茶系統の丈の長いジャケットの襟を立てて、デッキの端の手すりに寄り添った。

スリムな立ち姿のせいかもしれないが、じっと航跡を眺める彼女の様子はいかにも侘《わび》しげで、なんとなくそのまま入水《じゅすい》自殺でもしそうに見えた。

8Fデッキの下の7Fは、船の外縁を一周できるプロムナード・デッキによって囲まれている。8Fデッキはそのプロムナード・デッキの上に張り出したかっこうだから、欄干を乗り越えて飛び下りれば、下のデッキを越えて海へ落ちることになるだろう。

その情景を想像しただけで、もともと高所恐怖症の浅見は、尻《しり》の穴がムズムズする。決してお節介焼きなほうではないつもりだが、このまま放っておけないような、落ち着かない気分になった。

浅見は勇気をふるって立ち上がり、女性に近寄ると、「失礼ですが」と声をかけた。

女性は無表情で振り向いたが、相手が若い男だったので、ちょっと驚いたように目をみはった。

「船の旅は何回か経験なさっていらっしゃるのですか？」

浅見はなるべく丁寧な言葉を選んだ。豪華客船に乗るような淑女だから、こっちも上品を装わなければならない。

「いいえ、初めてですのよ」

女性は答えた。声は容姿からは想像できないような、低いアルトだった。

「そうですか、僕も初めてなんです。フェリーぐらいには乗りましたが、外洋は初めてです。それもいきなり世界一周ですから、ちょっと心配です」

「珍しいですわね」

「は？……」

「いいえ、あなたのようなお若い方は珍しいのじゃありません？　この船のお客さんは平均年齢が六十七歳って伺いましたけど」

「ああ、そのようですね。それに金持ちが多いでしょう。僕は貧乏人ですが、暇にだけは恵まれていて、たまたま仕事がらみだったから乗れたようなものです」

「お仕事っていいますと？」

「乗船体験記のようなものを書くことになっているんです。申し遅れました、浅見といいます」

浅見はブルゾンのポケットから名刺を出して渡した。肩書に「旅と歴史」編集部の文字が印刷されているやつだ。

「雑誌記者の方なのね」

女性は名刺を一瞥《いちべつ》して、「私、後閑と申します」と言った。「ゴカン」がどういう文字なのか「語感」だけでは分からなかったが、浅見は問い返すことはしなかった。

「乗船記を書くっておっしゃると、『飛鳥』側からの依頼ですの？」

「いや、そういうわけではありません。純粋な乗客としてのリポートを書くためには、紐《ひも》つきでは駄目なんです」

「ああ、それはそうでしょうね。でもそれじゃ、乗船料は自腹ですの？」

「ははは、まさか、僕には三百万円も払えませんよ。もちろん会社持ちですが、会社だってそんな予算があるわけはありません。僕には詳しいことを言いませんでしたが、たぶん誰か、どこかの奇特なスポンサーがついたのだと思います。ゴカンさんはもちろんプライベートなのでしょうね」

「ええ、まあ」

「さっきの方とご一緒ですか」

「ええ、あれは姉です」

「そうですか、ご姉妹で……」

姉妹で世界一周の船旅ができるくらいだから、かなり裕福にちがいない。いったいどういう素性の女性なのだろう――と、想像を巡らせた。

「じつは、不躾《ぶしつけ》に声をおかけしたのは理由があるのです」

浅見は頭を掻《か》きながら言った。

「あら、どんな理由かしら？」

「まったく馬鹿げた話なんですが、そこに佇《たたず》んでいらっしゃるのを見ていて、ひょっとすると海に飛び込むんじゃないかという妄想を抱きました」

「えっ、私が海に？　ははは……」

女性は空を仰いで笑った。

「私、そんなに死にたそうな顔をしていました？」

「ええ、正直言って、ひどく屈託したご様子でした」

「そうですわね。確かにそう見えたかもしれませんけど、死にはしませんわよ。少なくともこの世界一周が終わるまでは、損しちゃいますもの。どうぞご心配なさらずに」

笑顔で頭を下げると、浅見の脇をすり抜けて行ってしまった。

しかし、その言い方だと世界一周が終わった時点で死ぬ可能性があるようにも受け取れないことはない。まあ、死ぬかどうかはともかくとして、浅見の直観からいうと、あの様子は何か屈託するような原因を抱えていることは間違いなさそうだ。

2　怪しい同室者

七時になると、レストランに朝食の支度が整う。朝食は5Fの「フォーシーズン」では和食を、8Fの「リド・カフェ」では洋食のバイキングを供する。「軽井沢のセンセ」宅では、朝は原則としてパン食だと聞いている。夫人が朝はパンと決めているので、「長いものには巻かれるのだ」と、いつだったか内田が嘆いていた。

そのデンでいけば当然、内田夫妻は「リド・カフェ」に現れることになるのだが、しかし、和食と洋食の両方があって、チョイスができるとなると、夫妻はそれぞれ別行動をとるかもしれない。どっちへ行っても夫妻と遭遇する危険はある。それに、時間も予測がつかない。

浅見はおっかなびっくり、「フォーシーズン」に下りて、あまり人目につかない奥のほうの隅のテーブルで、隠れるようにして食事を済ませた。「フォーシーズン」はだだっ広いから、まだしも「リド・カフェ」よりは安全だ。

浅見家の朝も、基本的にはパン食だから、焼き魚と納豆と海苔《のり》と卵……といった典型的な日本の朝食は、浅見にとってかえって珍しくて、旅をしている気分になる。もっとも、これが百日近くつづけられるかどうか、いささか自信はなかった。

部屋に戻って乗船者名簿を広げてみた。これは「飛鳥」から配られたもので、乗船者の氏名と住所の市・郡名までが記入されている。さっき会った女性の「ゴカン」は「後閑」で、「後閑富美子・真知子」がそれらしい。住所は東京都大田区。これだけではどういう素性なのかは分からない。キャビンも何号室なのか記入されていないから、どのフロアのどのクラスに乗船したのかも不明だ。名簿のページをめくっていて、浅見は自分の名前が載っていないことに気がついた。乗船申込みが遅かったせいかもしれないが、ひょっとすると、そういうことを含め、陰でいろいろと画策されているようで、いささか不気味ではある。

ふと視線を上げると、丸窓の外にいつの間にか陸地が接近していた。四国徳島の沿岸である。

午前十時にスピーカーから「おはようございます、船長です」という挨拶《あいさつ》が流れた。昨日の横浜出港以来の航海について簡単に説明し、航海初日の「お疲れ」を労《ねぎら》う。どうやらこれが毎日の定時放送になるようだ。

午前十時には10Fの船首にある「ヴィスタ・ラウンジ」がオープンするというので、浅見は「探検」に行ってみた。この時刻はキャビンの清掃が始まっている。狭い廊下をフィリピン人のスチュワードやスチュワーデスが、シーツやタオルを満載した「リネンカー」を押してやってくる。彼らはいつも陽気で、「オハヨゴザイマス」と、明るく声をかけて行く。

清掃タイムで部屋を追い出された乗客の一部は、ヴィスタ・ラウンジに落ち着く。「ヴィスタ」の名のとおり、ここは前方と左右の壁面が強化ガラスで囲まれた、視界270度の展望ラウンジで、日に何度かピアノが演奏される。昼は喫茶、夜はバーになるのだが、驚いたことに、昼間の喫茶タイムは飲み物もケーキ類もすべて無料なのであった。キャビンの狭さが鬱陶《うっとう》しければ、ここにきて海を眺めたり、読書をしたり、気の合った仲間と会話を楽しめばいい。

神戸入港は午後一時の予定。いよいよ相部屋の客が乗船してくる。部屋は狭いことは狭いが、自分の部屋と比較すればそれほど苦にならない。ただし、この部屋にもう一人、見知らぬ人物が入ってくることを考えると、はたしてどうなるのか、それはそれで気の重いことではあった。

神戸港は左舷《さげん》接岸とのことだ。内田夫妻の部屋は左舷だから、たぶん船室のベランダに立つだろう。浅見は入港風景を撮影するために屋上の「スカイ・デッキ」に上がった。

快晴の瀬戸内海は淡い春霞《はるがすみ》で、紗《しゃ》がかかったように煙っていた。「飛鳥」は明石《あかし》海峡大橋の手前で大きく面舵《おもかじ》を切って、須磨《すま》沖をかすめ神戸港へと入って行く。

神戸港の埠頭《ふとう》上には、空港にあるのと同じ、蛇腹で覆われた渡り廊下のような可動橋（ボーディングブリッジ）が設置されている。乗客はそれを渡って、ターミナル・ビルから船の乗降口（舷門）に直接、入ってくることができる。神戸からも西日本在住の乗客が百人程度乗るはずだが、その顔ぶれは、レセプション・ホールで迎えなければ見ることができない。

ターミナル・ビルや埠頭には見送りの人々が詰めかけているが、人数は少なく、出港のセレモニーも、横浜のあの壮大な見送り風景に比べると、月とスッポンほどに侘《わび》しい。

その少ない人波の中に、横浜で見たのと同じような「浅見光彦倶楽部《クラブ》」の横断幕があったのには、浅見は呆《あき》れた。二十人あまりのクラブ会員らしき人々が、船に向かって盛んに手を振り、「行ってらっしゃい」などと歓声を上げている。スカイ・デッキからでは見ることができないが、彼らの目指す辺りに「軽井沢のセンセ」のキャビンがあって、そのデッキから内田夫妻が手でも振っているのだろう。それにしても、浅見光彦本人がここにいるのも知らないで騒いでいるのだから、なんとも奇妙な光景である。

出港までの二時間は、またたくまに過ぎていった。出港のドラが鳴り、テープが投げられた。少し風が出てきたのか、テープは高く舞い上がり、千切れて飛んだ。プロムナード・デッキでは「セイルアウェイ・パーティ」が催され、陽気な演奏に浮かれた乗客たちがスネーク・ダンスに興じていた。

浅見は出港風景のいろいろをカメラに収めてから、自室に戻った。カード・キーをドアに差し込もうとして、部屋の中に新しい同居人がいるかもしれないことに気がついた。「飛鳥」側から同居人の素性は聞いていない。鬼が出るか蛇が出るか、一瞬、躊躇《ちゅうちょ》したが、いずれは顔を合わせなければならない相手だ。

ドアを開けると、男がこっちに背を向けて窓の外を覗《のぞ》いていたが、浅見の気配を感じて振り向いた。

四十代なかばぐらいだろうか。小柄で筋肉質。髪はオールバックでやけに色黒だ。赤銅《しゃくどう》色《いろ》というけれど、それよりも黒い。スーツにネクタイをつけているが、いかにも取ってつけたようで、日頃はそういう服装をしていないことが想像できる。

「あ、どうも、おたくが浅見さんでんな。申し込むとき、部屋はここしか空いてへんし、シングル・ユースやと三百九十万円や言われて、それやったら相部屋になってもええ、言うとったんや。そしたら相部屋さんがでけた言うて、九十万円返してきよったのですよ。そやけど、けったいなヤツが一緒やったらかなわん思うとったです。しかし、おたくみたいなかっこええ人なら問題あらしまへんな。わしは村田《むらた》いいます。よろしゅう頼んます」

くだけた口調のわりに、ポーズだけはやけにしゃっちょこばって、ピョコンと頭を下げながら名刺を出した。ふつうより二まわりほど大判の名刺に「株式会社大神創研秘書室村田満《みつる》」と印刷されていた。大神創研という会社は聞いたことがないが、秘書にしてはずいぶん品のない感じの男だ。

浅見も名刺を渡した。

「この『旅と歴史』いうのは、旅行雑誌でっか？」

村田の側も知識はなかった。

「まあそのようなものです」

「そしたら、『飛鳥』の旅行記みたいなもんを書かはるいうわけでんな」

「ええ、まあそうです。村田さんは純粋な観光ですか？」

「いやいや、そんな結構な身分と違いますがな」

「というと、お仕事で？」

「そういうことでんな。三百万も払うて、ただの遊びなんかでは乗らしまへん。もっとも、カネは金主元がおって、わしが払うわけやないし、おまけに九十万円はボロ儲《もう》けやったけどな」

（似たような話があるものだな——）と、自分もスポンサーつきである浅見は思った。

「どういうお仕事ですか？」

「うーん、そうやねえ、どないいうて説明したらええもんか……まあ、視察旅行いうようなことでんな。世界を巡ってグローバルな見聞を広めるちゅうたらええか」

演説するポーズを作って、「へへへ」と笑った。

3　美しいライバル

堀田久代の肩書である「ソーシャル・オフィサー」という仕事は、日本語に翻訳する適当な語彙《ごい》がない。「よろず世話係」とでもいった業務で、主として乗客の世話を焼き、注文やら苦情やらに対応する。およそ四百五十名の乗客について、病歴や食べ物の好き嫌いなど、ひととおりのデータは揃っているのだが、日常の生活を通じて、個々の性癖まである程度は弁《わきま》えるようにしないと、親身なサービスはできないものである。その一方では、船長秘書のような、クルーのために便宜を図る仕事も、やはりソーシャル・オフィサーの管轄に属す。

したがって、とくに出航直後はてんてこ舞いの忙しさである。万事につけ勝手の分からない乗客が、船内生活に慣れるまでは、まことに手がかかる。しかも、世界一周クルーズのお客はほとんどが六十歳以上、中には八十を超えたお年寄りも少なくないから、呑《の》み込みが遅いし、反応も鈍い。早い話、カード・キーの使い方ひとつにしても、部屋から出るときに携帯するのを忘れたり、差し込み方が逆なのをうっかりしては「ドアが開かない」と係を呼びつけたりもする。そのつど、久代は駆けつけて、にこやかに対応しなければならないのだ。

会社からソーシャル・オフィサーに任命されたとき、なぜ自分が選ばれたのか理由を聞くと、「体力だ」と言われた。常務の森中が「一に体力、二に体力、三、四がなくて五に……まあ美貌《びぼう》だな」と、とってつけたお世辞のように言った。

美貌はともかく、久代は体力にだけは自信があることは事実だ。身長は百七十二センチ、体重は……まあそれはいいとして、病気は風邪ぐらいで、多少の熱や頭痛程度では寝込むこともしない。剣道を十一年、合気道を八年ほどやった。夜道で暴漢に襲われたら、投げ飛ばすつもりだが、いまだ、そういうチャンスに遭遇したことがない。それどころか、男性が近寄ってくること自体、あまりない。日本女性としてはかなり大柄なほうなのと、武道の心得のあることが妙に喧伝《けんでん》されてしまったせいかもしれない。

船旅――とくに外国航路では、港々にさまざまな危険が待ち受けている。スリ、かっぱらいのたぐいはもちろんだが、外国の男どもは女性に対してはまことにマメで、すぐに誘いの言葉をかけてくる。そういう「魔手」から乗客や自分を守る意志は、堀田久代には人一倍、強く備わっている。この職種は自分にぴったりだ――と、久代自身、つくづく思うのである。

神戸からの乗船客が部屋に落ち着いて、荷物整理を終えるのが夕刻近く。船は紀伊水道を太平洋に出て、四国沖を南西に向け航行している。それから九時前までにはディナー・タイムも終了。午後十一時を過ぎると「ヴィスタ・ラウンジ」の客も引き揚げて、「飛鳥」の二日目は幕を閉じることになる。

しかし、船員たちはそれで業務が完了したわけではない。その頃になると風波が出てきて、さしもの巨大船「飛鳥」もピッチングが始まった。波にはビクともしないが、波長が百五十メートルを超えるようなウネリに遭遇すると、ユッタリと揺れる。小舟の揺れは平気なのに、浮き上がったり沈んだりする大きな揺れのほうが酔いやすいという人も多い。乗客の中には船酔いする者がポツポツ出てくる。酔い止め薬を要求する客や、薬では治まらず、ドクターに注射を打ってもらわなければならない客もいる。

そういう世話をひととおり終えると、だいたい午前零時を回ってしまう。ソーシャル・オフィサーの業務はここでひとまず終了。それ以降は、よほどの緊急事態でないかぎり、当直のパーサーの受け持ちになる。

船員の居住区は9Fと8Fの船首部分、それと5Fと4Fの左右両舷の客室に挟まれた中心部分にある。9F船首はブリッジで、その真下が船長の居室になっている。機関長、副船長、チーフ・パーサーなどの幹部クラスの居室は、ほぼ9Fと8Fの船首部分に集中していて、堀田久代も8Fに部屋を与えられている。

部屋は二人部屋で、航海の三分の二ほどはクルーズ・コーディネーターの江藤《えとう》美希《みき》が同室する。クルーズ・コーディネーターというのは、いわば航海全般の業務の調整役で、船内業務のことはもちろん、寄港地では相手先との折衝などもこなさなければならない。男性でもなかなか大変な業務だ。

江藤美希は久代とそれほど年齢差がないのだが、男勝りという言い方が虚《むな》しく思えるほど、男性顔負けの仕事ぶりである。しかも美貌で、笑顔が魅力的だ。彼女と初めて会ったとき、久代は（世の中にはこういう女性もいるのねえ――）と、わが身の非才を嘆いたものだ。

江藤美希は久代より少し遅れて部屋に戻ってきた。「お疲れさん」と声を交わすと、ベッドに腰を下ろして「フーッ」と息を吐き、しばらくじっとしている。二、三分その恰好《かっこう》で、し残したことはないか、頭の中で確認するのが彼女の最後の仕事なのだそうだ。それから大きく伸びをして服を脱ぎ始める。

バスはどっちが先に使ってもいいのだが、なんとなく先輩の江藤美希から入る不文律のようなものが出来上がっていた。

江藤美希は惜しげもなく着ているものをベッドの上に投げ、ショーツ一枚になった。仕事は男勝りだが、裸になると女の久代でさえ惚《ほ》れ惚《ぼ》れするような均整の取れた体型をしている。肩までのストレートヘアをシャワーキャップの中に無造作に押し込み、バスルームに消えた。

久代は日誌をつけ終えると、所在なくテレビのチャンネルをナビゲーション画面に切り換えた。「飛鳥」の位置を示すマークが航跡のラインを引いて、四国沖を西へ向かって進んでいる。一七ノットから一八ノットの巡航速度である。これで四度目の世界一周だが、航跡が日本から遠ざかるときには、やはり緊張感が湧いてくる。三カ月以上の長期間にわたって、四百数十人の乗客を無事に日本まで運んでくる責任の重さは、クルー全員に共通したものだ。

これまでに事故がなかったわけではない。航海中に急死した乗客もいる。去年の世界一周では、リスボンでのオプショナル・ツアーの最中、スイートの乗客の男性が軽い脳梗塞《のうこうそく》で倒れた。現地の病院ではさほどでもないという診断だったのだが、大西洋上で容体が悪化、意識不明に陥った。急を聞いて駆けつけた家族にニューヨークで引き渡したが、その直後、息を引き取ったそうだ。

さすがに死に至るケースは珍しいが、急病や怪我は、どのクルージングでも起こりうることで、階段で転んだとか、ときには喧嘩《けんか》が原因という場合だって少なくない。とくに世界一周のような長期のクルージングでは、水が違っても下痢を起こすことがあり、体調によってはかなり深刻な事態になることを覚悟しておく必要がある。診療室には医師と看護婦がそれぞれ二名ずつ、交替制でスタンバイしているが、時化《しけ》の日など船酔いの面倒を見るだけで、一日中大忙しだ。

江藤美希がバスルームから現れた。バスタオルを巻いただけの恰好で鏡に向かい、化粧水をペタペタ叩《たた》きながら言った。

「そうそう、昨日、402号室の浅見さんていう人と、話していたでしょう」

「ええ、夕食の後、ピアノ・サロンへ行ったんです」

「あの人、ルポライターですって?」

「そうみたいです。取材を兼ねているとか言ってました」

「それだけなのかなあ?」

「それだけって?」

「ただの取材で、世界一周の全行程を乗るものかなって思って。何かほかの目的があるんじゃない?」

「えっ、ほんとですか?」

「花岡さんがある筋の人から、浅見さん宛の手紙を頼まれたらしいのよね。何が書いてあったかまでは見えなかったけど、ほんの少しの文章だったことは確かですって。貴賓室がどうしたとか言ってたそうだから、スイートかロイヤル・スイートのお客さんに関係があるかもしれないって」

「じゃあ、ボディガードですか? SPみたいな」

「じゃないかな」

「ある筋っていうと、どこの誰のことなんですか?」

「それを訊《き》いたけど、花岡さん、言わないのよ。私にも内緒っていうことは、社の人間だとしても、よほど上のほうから出ているか、それとも全然違う筋の人か……」

「まさか、いくらなんでもヤクザなんてことはないでしょうね」

「ばかねえ、ヤクザなわけないでしょう。そうじゃなくて、財界とか政界とか、そういう筋じゃないかな」

「警察っていうことは考えられませんか。たとえば麻薬関係だとか」

「あなたって、相当テレビドラマに汚染されてるわよ。そんなんじゃなくて、要するに身辺警護っていうことじゃないの？　それも目立たないように、遠くから監視するとか。918号の内田さんなんか、ご夫妻揃っては初めての海外旅行だっておっしゃってたから、寄港先では気をつけないといけないし」

「だったら教えてあげましょうか。浅見さんがボディガードについてますよって」

「だめよそんなの。わざわざ内緒にしているのには、何か理由があるのでしょ。それに、相手が内田さんと決まったわけじゃないし。そうそう、この話そのものを内緒にしておいてもらわないとね。ただ、堀田さんは浅見さんをマークしておいたほうがいいわ。勘づかれないようにそれとなく」

「分かりました」

一年のほとんどを「飛鳥」に乗っている堀田久代にとっても、こんなスリリングな状況は初めての経験だ。それに、マークする相手も悪くない。ピアノ・サロンで間近で見たあの男の鳶色《とびいろ》の眸《ひとみ》を思い出すと、久しぶりに胸がキュンとなった。

「あの浅見さんていう人、三十三歳なのに、まだ独身なんですって」

まるで久代の内心を見透かしたように、江藤美希は言った。

「ちょっとかっこいいと思わない。背が高くてハンサムで、ルポライターでお金があって、しかも独身よ」

「お金があるかどうかは分かりませんよ。『飛鳥』に乗ったのもスポンサーがいたからだとか言ってましたから」

「あら、そうなの。でもいいじゃない。そういうお金を出してくれるスポンサーがいるってことは、実力があるからだもの。あなた、油断するとミイラ取りがミイラになっちゃうかもしれない」

「まさか……」

「あっ、赤くなってる。へえーっ、すでにあなたにはその気があったのかァ」

「嘘ですよ、そんなの。江藤さんこそ、いかがですか。なんならメッセンジャー役ぐらい務めますけど」

「ふーん、そうねえ、彼なら悪くないかも……なんてね。冗談よ、人の恋路の邪魔はしない主義ですの。ははは……」

江藤美希は男みたいな笑い方をした。

4 ウェルカム・パーティ

航海三日目、「飛鳥」はいよいよ日本本土を離れ、東シナ海へ乗り出す。船長の八田野英之は大隅《おおすみ》半島南端の佐多岬《さたみさき》沖で「飛鳥」を北転させて、薩摩《さつま》半島を目指した。公式のルートに予定はされていないのだが、開聞岳《かいもんだけ》の英姿を乗客に見せたいからだ。

八田野は昭和十九年、終戦の前の年に生まれた。父親は海軍士官で戦艦「大和」の乗員として戦死した。だから彼は父親の顔を写真でしか知らない。

「大和」は敗色濃厚となった昭和二十年四月、沖縄戦に参加するために片道だけの燃料を積んで出撃したものの、沖縄のはるか手前で圧倒的な制空権を誇る米軍機の猛攻撃を受け、二千七百名の乗員とともに爆沈した。

おそらく出撃の時点では、すでに艦、人ともに最期を予想していただろう。後に「特攻出撃」とその無謀を指弾する説が多いが、当事者としては、世界最強を誇った「大和」が、国難に際して戦うことなく、宝の持ち腐れに終わることをしのびないと考えたにちがいない。

呉《くれ》軍港など、日本の軍港は至るところ空襲に遭い、そこに待機していた軍艦は為《な》す術《すべ》もなく軍港内で撃沈、大破した。このままでは「大和」も同じ運命を辿《たど》るであろうことは目に見えていた。無謀と知りつつ、それでも戦いに臨まずにはいられなかった悲痛な決断を思うと、八田野は悲しいのと同時に、何か納得できるものを感じるのだ。学生の頃、同期に「大和」という、学業をそっちのけでマージャンばかりやっているような、じつに軟弱な男がいて、そいつの名前を聞くたびに腹が立ったことがある。

父親とは別の形で、八田野は「海の男」への道を選んだ。商船大学を出て小さな貨物船からスタートして、いくつもの船の船長を務め、いま日本最大の客船「飛鳥」のキャプテンに任ぜられた。船長という職業としては、日本最高の地位に昇り詰めたといってもいいだろう。

外国航路を行くと、太平洋の至るところで海戦の跡に遭遇する。マレー沖、レイテ湾、ハワイ、ミッドウェー、台湾沖……。それと同じ海を、平和のシンボルのような巨大客船で行く時代が、しみじみありがたいと思う。そう思うたびに、その海の底に眠る「英霊」たちのことに、八田野は思いを馳《は》せるのである。

開聞岳は海抜わずか千メートルにも満たない山だが、富士山そっくりの完全なコニーデ火山で、じつに美しい。「大和」をはじめ、多くの軍艦や特攻機が開聞岳を瞼《まぶた》の裏に焼き付けて出撃して行ったにちがいない。その感慨を八田野は自分はもちろん、乗客たちとも分かち合いたいと願いつつ、針路をとるのだ。

開聞岳の沖で「飛鳥」は大きく転回して、両舷《りょうげん》の客に等しく眺めるチャンスを与えてから、一路南下するコースに入る。船尾に立って航跡のかなたに開聞岳の遠ざかるのを見ると、長い航海の始まりがひしひしと実感できる。

この日は初めての「フォーマル・ナイト」だ。夕食以降、乗客の服装はフォーマルであることを求められる。男性はタキシード、またはダークスーツ、女性はイブニングドレスなどでなければならない。

ディナーでは最初の「キャプテンズ・ウェルカム・パーティ」で、ロイヤル・スイートの二組――内田康夫・真紀夫妻と昨日神戸から乗船して917号室に入った牟田《むた》広和《ひろかず》・美《み》恵《え》夫妻、Aスイートの客二組――松原京一郎・泰子夫妻と後閑富美子・真知子姉妹を招待して、「飛鳥」側からはキャプテンの八田野と、それにソーシャル・オフィサーの堀田久代が陪席する。

内田康夫がミステリー作家であることは知っているが、あとの人々のことは、八田野はあまり詳しくは知らない。

ただ、松原夫妻には格別の配慮をするように――という注意を会社から受けてはいた。松原は「飛鳥」の親会社と取引のある貿易会社の社長だった人物で、対応をおろそかにしてはならないとされているVIPの一人だ。夫人の泰子は元伯爵家の令嬢で、社交界では有名な女性だそうだから、いっそう気を遣わなければならない。

牟田広和は大阪で美術商を営んでいる。物腰の穏やかな老紳士で、乗船前に腰を痛めたとかで、車椅子に乗っている。そのせいもあって、年齢相応に老人らしく見えるが、それと対照的に、夫人の美恵は若く、万事につけ破天荒なくらい元気がいい。歯切れのいい関西弁でよく喋《しゃべ》り、話題も豊富だ。夫人は後妻で、元タカラジェンヌだと聞いている。そういえば少し派手めな化粧でなかなかの美人である。

後閑姉妹は生粋の江戸っ子という感じの、シャキシャキした、しかし適度に上品な姉妹であった。姉の富美子は「酒豪」と聞いたとおり、注がれるワインをテンポよく空けた。

対照的に妹の真知子は下戸だそうだが、煙草は男性顔負けによく吸い、そのポーズがなかなか絵になっている。

船長招待のテーブルは、正直なところ八田野には気の重い役目だ。ずいぶん慣れたつもりだが、それでも相手はつねに変わるし、緊張感を失うことはない。

当たり障りのない会話で、まずまず和やかな雰囲気で食事は進んでいたのだが、会話が途切れた瞬間を捉《とら》えたように、それまで寡黙だった内田が言った。

「キャプテンに訊《き》きますが、万一この船で事件が起きたときの対応は、どういうことになるのですか？　つまり、司法権とかそういったことですが」

「司法権は原則として船長にあります」

いやな話題だな――と思いながら、八田野はそつなく答えた。

「副船長以下のスタッフも、すべて船長の指揮下にあって、適宜、事態に対応するようなシステムになっています」

「たとえば、あくまでもたとえばの話ですが、殺人事件なんかが起きた場合はどう対応するのですか？」

「うーん、それはきわめて難しいご質問ですね。状況にもよるでしょうが、まず第一に他のお客様の安全を優先させるでしょうね。その上で加害者の身柄確保に努力するということでしょうか。しかし、それとても、加害者がクルーなのかお客様なのかによっても対応の仕方が違うでしょうし……いや、もちろんクルーがそんなことをするはずもありませんが、あくまでもたとえばのこととしてですね。それに凶器、武器のたぐいが何なのかにもよりましょう。ケースバイケースで、一概には申し上げられませんでしょうねえ」

「これまでに、そういう事例はなかったのですか？」

「はい、幸いなことに、この船では一度もそうした不祥事は発生しておりません。まあ、質のいいお客様に恵まれたということでしょうか」

きわどいところで、八田野は外交辞令を忘れない。

「それで、殺人事件の場合ですが、死体はどうなりますか？」

「やめなさいよ、そんなお話」

脇から真紀夫人が注意したが、内田は「いいからいいから」と振り切った。

「ご遺体は船倉に安置させていただく設備が用意されています」

「じゃあ、いわゆる水葬礼みたいなことはやらないのですか」

「いたしません」

「そのまま日本まで運ぶわけですね。犯人も一緒に」

「いや、原則としては事件発生後、最初の寄港地で犯人とご遺体を下ろすことになると思いますよ。公海上では『飛鳥』は独立国なみに扱われますが、領海内ではその国の法規に従わなければならないというのが、国連海洋法条約の規定です」

「そうすると、港での取り調べなんかで、かなり厄介なことになりますね」

「ええ、本来はそうなのでしょうが、客船の場合は慣例的に短時間で済むようなシステムになっています。捜査が難航するようだと問題ですが、一般にはそう長いこと足止めを食うようなことはないはずです」

「なるほど……」

「内田さん」

と、松原が面白そうに言った。

「まさか、殺人事件が起こることを期待しているのじゃないでしょうな」

「ははは、もちろんそんなことは期待しませんが、しかし、実際に起きたらどうなるか、ちょっと体験してみたい気もしないではありませんね」

「あまり物騒な期待はなさらないでいただきたいですねえ」

八田野は笑いながら、窘《たしな》めた。まったく、冗談も時と場合によりけりだ。客船を預かる身としては、「沈没」「火災」「衝突」、それに「殺人事件」は禁句に近い。それも晴れのキャプテンズ・ウェルカムのテーブルではないか。ロイヤル・スイートの客でなければ、叱《しか》り飛ばしてやりたいくらいだった。

「でも、あれですわね、百日近いあいだ、この船の中で生活を共にするのですもの、お客さん同士のあいだで、いろいろな軋轢《あつれき》が生じたりもするのでしょうね」

後閑富美子が言った。やや太りぎみの彼女が、眼鏡の奥の少し酔いの回った目をトロンとさせて、ゆったりと喋ると、まるで女親分のような風格がある。

「そうですとも。殺人事件だって起きる可能性がまったくないわけではない」

内田はあくまでも、人が殺されてもらいたいらしい。

「そないなことを言わはって、ご自分が殺されへんように、気ィつけはったほうがよろしいわ」

牟田美恵が辛辣《しんらつ》な言葉をぶつけた。その場に相応《ふさわ》しくない内田の話を、苦々しく思っていたのだろう。

「あははは、それはもちろんそうです。自分が殺されちゃったのでは、それをネタに小説を書くこともできない。なるべく身近なところで誰かが殺されてくれると、物書きとしてはありがたいのですがねえ」

何を言われても、内田はまったく意に介さない、鉄面皮の持ち主のようだ。隣で真紀夫人が（困った人――）という、呆《あき》れ顔で亭主の横顔を眺めている。

（早いとこ、別れてしまえばいいのに――）

と、あの亭主にはもったいない夫人の美貌《びぼう》を見ながら、八田野はひそかに思った。

いや、冗談でなく、世界一周クルーズの途中で夫婦仲が険悪になったケースが、過去にいくつかあるのだ。

何しろ狭いキャビンで一日中顔を突き合わせているのだから、これまで目につかなかった相手の欠点がむやみに目につき、鼻につくことになる。壁越しに猛烈な夫婦喧嘩《げんか》の騒ぎを聞いたと、翌日、ヴィスタ・ラウンジの噂のタネになることは、珍しくない。中には夫人に追い出され、一晩中、デッキで毛布にくるまって寝たという、気の毒な亭主の話も聞いたことがある。

「しかしまあ、長い航海やし、どなたはんも無事に仲良う、ひと回りして戻ってきたいもんですなあ」

牟田広和がのんびりした口調で言ったのが、結論のようなことになった。

5 ピアノ・サロン

食後、八田野はお客を先導してピアノ・サロンに入った。堀田久代もついている。

慣れないお客は船のサービス・システムになかなか馴染《なじ》めず、折角の施設もうまく使いこなせない。ピアノ・サロンもその一つといっていい。ここではピアノとトリオバンドが交互に演奏と歌を聴かせる。カクテルや軽い飲み物で「アフター・ナイン」を楽しむのは優雅なひとときだ。

これぞまさしく、非日常性を醍醐味《だいごみ》とする船旅の真骨頂なのだが、それにもかかわらず、とくに高齢の女性客などは、そういう場所の利用を経験していないせいか、ほとんど近寄ろうともしない。八田野は折りにふれて、お客たちをピアノ・サロンなどに足を運ばせるきっかけを作っているのだ。

内田夫妻と牟田夫妻は、ロイヤル・スイートのお向かい同士ということなのか、同じボックスに納まっている。内田は下戸だが夫人は相当強いらしい。牟田は日本酒党とかで、

「飛鳥」の指定銘柄になっている「玉乃光」という酒を冷やで飲んでいた。夫人のほうは内田夫人と一緒にカンパリソーダをとった。

内田は美術商の牟田広和に絵画の話をさせたがっている。内田の世界一周の旅の目的の一つに、いい絵を安く手に入れようということがあって、イタリアへ行けばその目的が叶《かな》うと信じているらしい。どこへ行ってどうすれば安い絵があるのか——と、執拗《しつよう》に食い下がるのだが、牟田は適当にあしらって教えない。知っていて教えないのか、それとも知らないから教えられないのか分からないが、そんな職業上のノウハウを、簡単に教えるはずもないのだ。

内田夫人と牟田夫人はあまり会話が弾んでいないようだ。年齢差が少しある上に、東京弁と関西弁。片や地味な作家夫人と、片や派手な元タカラジェンヌでは、話が嚙《か》み合わないのかもしれない。

松原夫人と後閑姉妹のほうはオペラの話など、高尚な話題で盛り上がっている。松原京一郎はカクテルの「マルガリータ」一辺倒で、夫人に「少しお控えあそばせ」と注意されながら何杯もお代わりをしている。しかし例によって気配りはよく、三人のレディのために飲み物を絶やさないよう、下戸の後閑真知子が退屈しないよう、立ち回っている。

この人たちは社交的な雰囲気には、まずまず親しめるタイプだから気が楽だ。八田野は堀田久代を相手に、カウンターの高い椅子に半座りになって、ビールを飲んだ。

「キャプテンは浅見光彦さんていうお客様、ご存じですか？」

久代が訊《き》いた。

「いや、知らないが、誰なの？」

「402に入っているお客様で、ルポライターとかいう方です。なんでも『飛鳥』の乗船記を書く目的だっていうんですけど、花岡さんの話だと、ほんとはどなたかVIPのボディガードかもしれないそうです」

「ふーん、聞いてないな。いったいどなたのボディガードなんだい？」

「いえ、それも憶測ですから、ほんとにそうかどうか分かりません。キャプテンならご存じかと思ってたんですけど、ご存じないんですねえ」

「うん、知らないな。しかし、乗客の誰にボディガードが必要なのかな？　必要なほど危険な状況があるというのだろうか？　もしあるのなら、船長の僕にあらかじめ言っておいてもらわないと困るよ、ねえ」

「そうですねえ、困りますよねえ」

堀田久代は心底、キャプテンの立場を案じているように眉《まゆ》を曇らせた。そういう表情を見ると、八田野はつい職務上の立場を忘れて（かわいいな――）と思ってしまう。

もしソーシャル・オフィサーが男性だとしたら、仕事の楽しさはかなり減少するにちがいない。お客のほうだって、堀田久代の存在が救いになっていないはずはない。それを無視して、セクハラだ何だというけれど、やはり女性には男性にない特性がはっきりある。それを無視して、男と同様の扱いをしろというほうが間違っているのではないだろうか。

「一度、その浅見さんに会って、話を聞いてみようかな。ブリッジを取材しませんかとか言って、誘ってみたらどうだ」

「あ、そうですね。少なくとも表向きは船旅の取材が目的だそうですから、喜びますよきっと。じゃあ、あとでそうお伝えします」

堀田久代の表情が、急にいきいきしたように見えた。

（ほうっ――）と、八田野は言葉には出さなかったが、久代の変貌ぶりに少なからず驚いた。乗船してまだ三日目だというのに、彼女は浅見というその客に、何か特別な関心を抱いたように見える。

「どういう人なの、その浅見さんて？」

「ですから、ルポライターを……」

「いや、そうでなくてさ、人となりというか、風貌とか、性格とか。要するにハンサムなんだろうな」

「さあ、どうでしょうか。背は高いと思いますけど、ああいうのをハンサムって言うのでしょうか？」

とたんに身構えたような口調になった。それでかえって、久代の浅見という男に対する気持ちが見えた――と八田野は思い、まったくばかげたことなのだが、明らかに嫉妬《しっと》に似た気持ちを感じた。

ピアノ・サロンが閉店する頃になって、ウネリが大きくなった。三月初旬のこの時季、まだ「台湾坊主」と呼ばれる春先特有の低気圧は発生していないが、さすがに東シナ海は荒れる海だ。

　乗客はほとんどがキャビンに引っ込んで、デッキに人影はなかった。亜熱帯といっていい海域だが、さすがに夜間はまだうすら寒く感じる。ブリッジに上がると、当直のクルーが二名、持ち場持ち場で、前方に視線を凝らしたり、レーダーや海図のチェックに余念がない。

「飛鳥」は一八ノットの巡航速度で順調に航行をつづけている。ウネリに乗る大きなピッチングは大したことはないが、横揺れ防止のフィン・スタビライザーが作動するときの、ガクンというショックがある。慣れない乗客はこれに眠りを妨げられるそうだ。

　半分ジョークで「どうかね、海賊は出そうにないかね」と言うと、二等航海士の福田直《ふくだなお》起《き》が真面目《まじめ》に「はい、まだそのような兆候はありません」と答えた。

　東シナ海はまだしも、最近、南シナ海方面に海賊が跳梁《ちようりよう》するという情報が入っている。時代錯誤のようだが、現代の海賊は高速艇で接近して、いきなり機銃や、ときにはバズーカ砲で威嚇して乗り込んでくるそうだ。吃水線《きつすいせん》からデッキまでの高さが低いタンカーや貨物船は、敵の侵入を防ぎようがない。

「飛鳥」のような大型客船はあまり目標にはならないらしいが、それでも警戒するに越したことはない。何しろ、経済大国日本の、それも世界一周旅行をするような乗客は、すべて億万長者だと思われているかもしれないのだ。実態はそんなことはなく、年金を貯めて乗ってきた乗客もいるくらいなのだが、イメージとしては宝船のようではある。

そろそろ自室に引き揚げようかと思ったとき、チーフ・パーサーの花岡から船内電話がかかってきた。

「お客様の908号室神田様が、キャプテンにちょっとお話があるとおっしゃっていますが、いかがいたしましょうか」

時計を見ると、すでに午後十一時四十五分を指している。

「だいぶ遅い時刻だが、何か緊急のご用件なのかな？」

一応、908号というAスイートのルームナンバーに敬意を表して、言った。

「はい、どうしても今夜のうちにキャプテンにお伝えしたいとおっしゃってます」

「何だろうな……」

どうしたものか――と思案したが、ほかに選択の余地のないことではあった。

「分かった、それじゃ僕の部屋にお越しいただこうか」

電話を切って、八田野はもう一度ブリッジに視線を巡らし、ドアを出た。

第三章　東シナ海波高し

1　クレーマー

東シナ海の中心に近づくにつれて、揺れは大きくなった。前後にタテに揺れるピッチングはもちろんだが、横に揺れるローリングもいくらか感じられる。さほどの荒天でなくても、こういう揺れ方が船酔いを誘うことが多い。

ブリッジを出ると、左右にクルーの居室がいくつか並ぶ。その先にもう一つドアがあって、そこから先がパブリック・スペースになる。八田野がそのドアを出たところで、エレベーターで上がってきたドクターの船越脩《ふなこしおさむ》と出会った。船越は千葉県で病院を経営しているのだが、院長の椅子を息子に譲り、強く自薦して今航海の「飛鳥」の船医になった。岩手県の山村の生まれで、「どくとるマンボウ」が若い頃からの憧《あこが》れだったそうだ。白髪がよく似合う穏やかな風貌《ふうぼう》で、スタッフはもちろん乗客にも人気がある。

船越は往診カバンを提げたナースの植竹ひで子を伴っている。

「918号室の内田さんに往診です」

キャプテンに訊《き》かれる前に言った。

「えっ、ついさっきまでピアノ・サロンで一緒でしたが？」

「そのようですね。部屋に戻った途端、奥さんが船酔いに襲われたようですよ。動けないほどひどいらしい。初めての船旅で、いささかはしゃぎすぎたのですかな」

船越は苦笑している。

「そうですか、それはお気の毒だ」

動けないほどのひどさだとすると、ピアノ・サロンにいる時点で、すでに酔い始めていたのかもしれない。相手がいるので我慢していたのだろうか。それに気づかないご亭主もご亭主だが、キャプテンとしても責任を感じてしまう。

ドクターに「ご苦労さま」と軽く手を上げて、八田野は階段を下りた。

8Fの先端部分も9F同様、パブリック・スペースとは仕切られている。「STAFF ONLY」と書かれたドアを入ると廊下の左右はクルーの居室だ。最先端のブリッジの真下にあたるところが船長室で、居室には寝室のほかに応接室兼執務室がついている。

八田野が部屋に戻ってから数分して神田功平が現れた。まだタキシードのままだ。フォーマル・ナイトとはいえ、この時刻になれば平服に着替えても差し支えないのだが、律儀な性格なのかもしれない。

「夜遅く、すみませんね」

神田は軽い調子で言ったが、表情は屈託ありげに見える。

「何かありましたか？」

真っ先に浮かんだのは夫人の船酔いのことだが、それなら内田氏のところがそうしたように、ドクターに連絡すればよさそうなものだ――と八田野は思った。

神田は少し言い淀《よど》んでから、「妻が……」と言い、躊躇《ためら》うように、また少しあいだをあけた。

「奥様が？」

八田野は催促ぎみに問いかけた。

「ええ、妻が怯《おび》えておりましてね」

「ほう、それはいけませんね。しかし、この船はこれしきの波ではビクともしません。たとえ万一、台風の中にまともに突っ込んだとしても大丈夫のように設計され、建造されていますので、どうぞご安心ください。もしご気分が悪ければ、ドクターに往診をしてもらいましょうか」

「いや、そういうことではないのです」

神田は苦笑を浮かべた。

「妻が怖がっているのは、いささかばかげたことかもしれません。いや、とくにキャプテンからご覧になるとばかげた話としかお思いになれないでしょうな」

「ほほう、いったいどういうことで？」

「覗《のぞ》かれているというのです」

「は？ 覗かれているといいますと……まさか、窓の外からで？」

「そう言っております。カーテンの隙間から何者かが部屋の中を覗いているのを、妻は見たと言っているのです。いや、私はずっとカジノにおりましたから見ておりません。したがって真偽のほどは分かりませんが、妻はそう言っております」

「はあ……」

八田野は口を半開きにして、自分でも意味の取れない声を発し、それから気を取り直して言った。

「それが事実だとすると、これは穏やかではありませんなあ」

「というと、キャプテンは事実ではないとおっしゃるわけで？」

「いや、そうではありませんが、お部屋の外のベランダはプライベート・デッキです。外部から入り込むことは通常は考えにくいのですが……カーテンをお開けになって、確認はなさらなかったのでしょうか？」

「私がいればもちろんそうしますよ。しかし妻一人では恐ろしくて、縮こまっているしかなかったのでしょう。じつは、昨夜もそういうことがありましてね、そのときは何かの錯覚だろうということで説得し、本人も不承不承、納得しましたが、今夜もまた覗かれたというのです。私が部屋に戻ってそう聞いて、すぐにカーテンを開けましたが、そのときには何もありませんでした。しかし妻は絶対に間違いないと言い張ります」

神田の様子からは、夫人の強硬な主張を持て余して、仕方なく船長に訴えにきた――という印象も感じ取れた。

神田功平の夫人、千恵子は五十歳という実年齢よりははるかに若く見える美貌《びぼう》の持ち主だ。服装はもちろん、言動が派手で、かなりエキセントリックな性格であることを窺《うかが》わせる。夫人とは対照的に、温厚で人当たりのいい神田が、夫人の言いなりになっている気配は、乗船後間もなくから、船内の評判になっていた。

「うーん、困りましたなあ。ベランダに何者かが入り込んでいたとなると、これはちょっとした犯罪行為ですからね」

「もちろんそうですよ。だからこうしてご相談に来たんじゃないですか。キャプテンに善処していただきたいのです」

「善処といいましても……」

八田野は神田以上に持て余した。ベランダに人間が入り込むことは、確かに不可能ではない。隣室のデッキとは、マンションや公団アパートのベランダによくあるように、簡単な板状の仕切りがあるだけで、身を乗り出して、手すりから隣の手すりに渡って侵入することは容易だ。いや、上の部屋のベランダからだって、その気になりさえすれば、ロープを垂らして下りてくることも可能ではある。

しかし、そんな危険を冒してまで、他人の部屋を覗き見するような酔狂をするものだろうか。とくに神田夫妻のキャビンの隣は前後ともAスイートである。しかも912号室は会社の上層部から要注意を指示されている松原京一郎夫妻。逆隣の906号室の客は、確か小泉《こいずみ》というさらに年配のご夫婦だと記憶している。いずれにしてもAスイートに乗るほどの紳士が、軽業師まがいの「不法侵入」を犯すとは思えない。

「かりにそのようなことがあったとしても、現行犯を見つけでもしないかぎり、どうすることもできませんねえ」

八田野は当惑の色を面《おもて》に出して言った。

「だったら現行犯で逮捕してくださいよ」

神田は当然のことのように言う。

「いや、私どもは警察ではありませんので、逮捕というわけにはいきません。とにかく、今度何かあって、怪しい人物をご覧になった場合は、すぐに連絡してください」

「ほかに何か対応策はないのですか」

「対応策といいましても、プロムナード・デッキやスカイ・デッキ、それに船内廊下の巡回は行っておりますので、その際にとくに神田さんの908号室のデッキ付近に注意するよう指示します」

「しかし、ベランダにいれば、プロムナード・デッキからでは、死角になって見えないじゃないですか」

「それはおっしゃるとおりですが、侵入する状態のときは分かります」

「そんなもの、警備員が通りすぎたのを確認してから侵入すれば分かりっこない」

「困りましたなあ……」

八田野は首筋の後ろを平手で叩《たた》いた。神田の申し出は常軌を逸しているとしか思えなかった。明らかに難癖である。いわゆるクレーム・マニアか「クレーマー」といってもいいような印象だ。

「そうかといって、警備の者が四六時中、お部屋で張り番をしているわけにもいきませんしねえ」

「隣のお客に確かめてみたらどうですか」

「とんでもない！」

さすがに強い口調になった。松原京一郎に対してはもちろんだが、どのお客にしたって、うっかりそんな疑惑を向けようものなら、大変な騒ぎになる。

「そのような失礼なことを訊《き》けるはずがありません。奥様かあるいは神田さんご自身が侵入者をご覧になったのかどうかもはっきりしない現時点で、よそのお客様にトバッチリがかかるようなことはいたしかねます」

「いや、べつに犯人扱いしろと言っているわけじゃない。お宅ではそういうことがないかどうか——と訊いてみればいいでしょう。そう訊かれて、もし後ろ暗いところがあれば、態度に出るかもしれない」

神田は神田で、なぜその程度のことをやってもらえないのか——と不思議に思っているような口ぶりだ。

「分かりました。一応、明日の朝にでもそれとなくお訊きしてみましょう。しかし、くれぐれもほかのお客様にご不快をおかけするようなことだけはおっしゃらないでいただきます。お願いしますよ」

そうクギを刺すと、不愉快な客にさっさとお引き取り願うよう、八田野は掌をドアに向けて差し延べた。

2　それぞれの目的

神戸を出て次の寄港地、香港までは中三日の航海である。「飛鳥」は東シナ海をかなり南下し、船を包む早朝の気温も二十度前後に上がっていた。海上はまだ波が残っているが、昨夜ほどのことはない。

七時前に浅見が8Fのリド・カフェに行くと、グラスウォールの向こう側、オープン・デッキのテーブルに後閑姉妹がいるのが見えた。昨日の朝は浅見は寝坊したが、このぶんだと後閑姉妹は日頃から早起きして、「モーニング・コーヒー」を飲む習慣があるにちがいない。

浅見もコーヒーとトーストをトレイに載せて、デッキに出た。姉妹のテーブルを覗くと、コーヒーカップも、トーストの皿もとっくに空っぽになっている。かなり前にここにきていたようだ。

浅見は隣のテーブルに着いて、視線が合った妹の後閑真知子と軽い会釈を交わした。それに気づいた姉の富美子が僅《わず》かに首を曲げ、チラッと浅見を見て、妹に目で「どなた？」

と訊いた。真知子が何か答えたようだが、海風に消されるほどの小声だったから、浅見の耳には届かなかった。ただ口の動きから察すると、「浅見」という名前でなかったことは確かだ。一度だけ聞いた他人の名前など、記憶していないのかもしれない。

浅見は立って行って「おはようございます」と挨拶《あいさつ》した。ふだんならこういう強引な「売り込み」は絶対にしない主義だし、そんな度胸もないのだが、これも船旅という非日常的な環境のせいなのだろう。

姉妹はそつなく笑顔を装って「おはようございます」と返したが、内心は小うるさく感じているかもしれない。少なくとも妹のほうは顔にそれが出ていた。

「浅見といいます」と名乗ると、真知子は仕方なさそうに「姉です」と紹介した。名前までは言わない。もっとも、その真知子も自分の名前は告げていなかった。まるでこっちが名簿で名前を調べたであろうことを見透かしているようだ。

「ここ、お邪魔してもよろしいですか」

浅見は空いている椅子を指さした。丸テーブルの周りには椅子が四個から六個は置ける余裕がある。

「ええ、どうぞどうぞ、構いませんとも。浅見さんのようにお若い殿方は、この船では希少価値ですもの、かえって光栄ですわ」

後閑富美子は陽気に笑いながら言った。大柄ではないが、顔も体型もやや太りぎみで、金縁眼鏡の奥の目を細め、いくぶん顔を反らして笑う様子など、見かけどおりの豪放磊落《ごうほうらいらく》な性格らしい。妹の真知子のほうは対照的に謎めいた笑みを浮かべただけで、お愛想は言わなかった。

浅見は元のテーブルからコーヒーとトーストが載ったトレイを運んできて、姉妹と等分に向かい合う位置に座った。

「昨夜はずいぶん荒れましたね。お二人は大丈夫でしたか？」

「ええ、妹が少しね。でも大したことはございませんでした」

富美子は言い、すぐに言葉を繋《つな》いだ。

「いま妹から聞いたんですけど、浅見さんは雑誌記者で、乗船記をお書きになるのだそうですわね」

「ええ、そのつもりでワープロ持参で乗ったのですが、昨夜のように船が揺れると酔いそうで、まったく筆が進みません。これは予定外でした」

「でしょうね。わたくしも娘に乗船日記をつけるように言われておりますけど、ちっとも書く気になれませんのよ。お隣の内田さんもそうおっしゃってました」

「は？　内田さんといいますと？」

浅見はギクリとしながら、さり気なさを装って訊いた。

「あなたのような出版関係の方ならご存じじゃありません？　ミステリー小説をお書きになっていらっしゃる作家の内田康夫さん」

「ああ、名前は聞いたことがあります。確かトラベル・ミステリーのようなものを書いている作家だと思いましたが。そうですか、内田氏が乗っているのですか」

「もしよろしかったら、ご紹介させていただきましょうか？」

「えっ、いえ、とんでもない……」

浅見は慌てて、両手を前に突き出して左右に忙《せわ》しく振った。

「あら、ご遠慮なさらなくてもおよろしいのに。わたくしはよく存じ上げませんけど、そんなにお偉い方のようにはお見受けしませんわよ」

「それはそうでしょうが……あ、いや、僕はあまり、そういう人とは……」

「お付き合いしたくありませんの？　そうかもしれませんわね、小説家の方はちょっと変わったところがございますものね。でも奥様はおきれいな方」

「ええ、そう……」

あやうく相槌《あいづち》を打ちそうになって、浅見は「そうですか」と誤魔化した。

そのときになってようやく気がついたのだが、ロイヤル・スイートの内田夫妻が隣室ということは、つまり後閑姉妹もAスイートの客ということになる。一人一千万円を超える乗船料を出しての世界一周ができる女性というのは、どういう人種なのか、興味をそそられた。

真知子が「ちょっと失礼」と立ち上がって、レストランの中へ去って行った。自分のと姉のトレイを持っているから、セルフ・サービスのコーヒーのお代わりを運んでくるつもりらしい。

「妹さんは物静かな方ですね」

真知子の後ろ姿を見送りながら、浅見は言った。

「わたくしのガラッパチと対照的とおっしゃりたいのでしょう」

「いや、とんでもない」

「よろしいんですのよ、みんながそう申しておりますから」

天を仰いで笑ってから、少し声のトーンを抑えて言った。

「妹にはいろいろございましてね、ちょっとめげているものですから」

「やはりそうでしたか。じつは一昨日お目にかかったときに、ちょっと気になりました」

浅見はその話をした。

「まあ、入水《じゆすい》自殺ですか？　まさか、そこまではいかないと思いますけど。でも確かに、そんなふうに見えるかもしれませんわね。今度の船旅も、気散じの目的もあってのことですのよ」

「いったい何があったのですか……などとお聞きするのは失礼ですが」

「ええ失礼ですわよ」

後閑富美子はズケッと言って笑った。

「こんな場所で雑誌記者さんの職業意識をお出しになっては困ります。でもね、記事になるほどのそんな大げさなことではありませんけど」

「あ、僕は旅のルポライターで、そういう世俗的な記事はまったく書きませんので、お気になさらないでください。ただ、あんまり沈んだご様子だったものですから、つい声をおかけしたりしました」

「それはありがとうございます。そうおっしゃっていただいたので申し上げますけど、妹は離婚しましたの。それだけのお話。珍しくもございませんでしょう」

なるほど、それで姉妹の名字が同じなわけか——と浅見は納得しかけて、それにしてもなぜ姉と妹が同じ「後閑」なのか、新しい疑問が生じた。しかし、さらに立ち入ったことを訊《き》くようで、質問は遠慮した。

「それで精神的にずいぶん参って、本当に冗談でなく、自殺するかもしれないと思った時期もございましたの。いまは安定しましたけど、でもまだ目が離せませんわね」

言葉どおり、妹の行方を確かめるように、視線を遠くへ送った。

真知子はコーヒーカップを載せたトレイを持って、デッキに現れるところであった。その妹を痛ましそうな目で見つめて、後閑富美子は小声で、「離婚だけならまだよかったのですけどね」と言った。それ以外に何があったのか、その先を聞く間もなく、真知子が近づいた。

トレイの上のカップは三脚あった。

「どうぞ」と、真知子は無愛想に言って、その一つを浅見の前に置いた。

「ブラックでおよろしいのね」

「あ、恐縮です」

意表を突かれて、浅見はうろたえた。彼女がそんなふうに好意を見せるとは思ってもいなかった。しかし、それは好意というほどの意味はなく、単についでだったからに過ぎなかったのかもしれない。その証拠に、真知子は相変わらずの無愛想だった。

真知子のあとから少し遅れて、中年の男がドアを出て、真っ直ぐこっちへ向かって来る。寝起きが悪いのか、青黒いような不景気な顔である。そっちの方角に顔が向いている富美子は、明らかにすぐに気づいたはずだが、あらぬほうに視線を逸《そ》らし、見なかったふりを装ってコーヒーを口に運んだ。

「お早いですね」

男は掠《かす》れ声で言うと、断りなしに、空いた椅子を引き寄せて座った。後閑富美子は仕方なさそうに笑顔を取り繕って、「あら、おはようございます」と言ったが、真知子のほうは相変わらず無愛想に「どうも」と、軽く頭を下げた。

男は浅見の顔を覗き込むようにして、「えーと、おたくさんは?」と訊いた。

「浅見といいます」

浅見は名刺を出した。船の中で情報を得るためには、なるべく知己を多くしておいたほうがいい。

「あ、そう、『旅と歴史』のね」

男は尊大な態度で名刺を出した。「円山書房株式会社取締役　和田隆正」とある。浅見は「円山書房」には付き合いはなかったが、相手はかりにも出版社の重役である。今後どういう展開になるにしても、愛想よくしておくに越したことはない。

「あ、出版社の方ですか。どうぞよろしくお願いします」

「こちらこそ。で、『飛鳥』には仕事で？」

「ええ、乗船体験記のようなものを書くことになっています」

「ふーん、今頃になってねえ……」

和田は首をひねった。

浅見はドキッとした。確かに「飛鳥」の乗船記はこれまでにいくつも出版されている。いまさら乗船体験記を出したところで、ウケるはずがない。少なくとも高い乗船料に見合うだけの成果が上がりっこはないだろう――というのは、ベテランの出版関係者なら考えそうなことだ。

「もっとも、何か面白いネタがあればいいかも……そうねえ、殺人事件でも起これば売れそうなルポが書けるんだろうけどねえ。ははは……」

和田は愉快そうに笑った。弱小ルポライターを侮っての笑いなのか、むしろ、本気で殺人事件が起きることを期待しての笑いなのかもしれない。

「和田さんは、お一人でＡスイートに乗っていらっしゃいますのよ」

後閑富美子が紹介した。

「ほう、すごいですねえ」

浅見は正直に驚いてみせた。Ａスイートに一人で乗ると、百六十パーセントの割り増し料金になるはずだ。してみると千六百万円以上ということになる。

「大したことはないですよ。ロイヤル・スイートの一人分と同じじゃないですか」

大物ぶって口をすぼめるようにして苦笑するのだが、顔つきが貧相だから、あまり迫力はない。

「やはりお仕事の関係ですか？」

「まあね。純粋の遊びでこんな旅、やるばかはいませんよ」

「あら、それじゃまるで、わたくしどもがばかみたいではございませんこと？」

富美子はさすがに気色ばんだ。

「あっ、いや、これは失言。そういう意味ではなく、つまりわれわれ現役の男としてはです。ははは、どうも口が滑った」

「それにしても、出版の仕事で世界一周というと、どういう？」

浅見は白けたムードを取りなすように訊いた。

「あんた、いまの時代、出版社といえども、本を出すだけで食っていけると思ったら、大間違いですよ。情報化と国際化と多様化は急速に進んでいる。出版社経営もそれに合わせてスピードアップしませんとね」

「『飛鳥』の歩みのごとく、ですかしら？」

それまでずっと黙っていた真知子が、無表情のままズケッと言った。どう聞いても皮肉に聞こえる。

「は?……あははは、これはいい。おっしゃるとおりでしてね、『飛鳥』でなければならない理由もあるわけですよ」

「どういう理由ですか?」

浅見は訊いた。

「ん? そんなもの、言えますか。企業秘密というやつですな。それより、あんたのほうこそ取材だけの目的ですか? あんたが言ったとおり、それだけで世界一周の費用がペイするとは思えないのだが」

「僕の場合はエコノミーですから。それに半分は遊びです」

「ふーん、それにしてもねえ……」

値踏みする目で浅見の風体を上から下まで眺めている。一見した容姿は貧弱だが、なかなか鋭い眼光で、油断のならない相手に思えてきた。

3 疑惑

906号室の客、小泉日香留《ひかる》がレセプションに顔を出して、「堀田さんにお話があるのですが」と言った。

すぐに連絡を取ったが、堀田久代は手の放せない状態であった。

「いや、いますぐでなくても構いません。朝食に行く途中、立ち寄ったのですから」

小泉は穏やかな口調で言い、メイン・ダイニングルーム「フォーシーズン」の入口を指さして言った。七十代なかば、小柄で白髪の目立つ温顔の紳士だ。夫人の絢子《あやこ》も上品でおとなしそうな女性である。

「それでは、堀田が参りましたら、そちらのほうへ伺うようにいたします」

レセプションの女性はそう言い、ではそうしてくださいということになった。

堀田久代が小泉夫妻のテーブルを探し当てた頃には、夫妻の朝食は終わりかけていた。

窓際の真四角のテーブルに向かい合い、老夫婦水入らずでひそやかな会話を交わしている様子は、傍目《はため》にも微笑ましい。

「お邪魔いたします。おはようございます。お呼びだそうですが、何か？」

堀田久代は小泉夫人が箸《はし》を置くのを見届けてから近づいて、遠慮がちに声をかけた。

「あ、どうもどうも、おはようございます。いや、わざわざおいでいただいて恐縮ですな。まあどうぞお掛けください」

小泉は腰を浮かせ、空いている椅子を勧めた。

「じつは妙なことがありましてね」

堀田久代がきちんと座るのを待たずに、小泉は言いだした。

「昨日の晩、たぶん夜中の一時頃ではないかと思うのですが、ベランダで物音がしたような気がしたのです。まさか人がいるはずはないと思ったのだが、家内も気づきましてね。それで念のためカーテンを開けてみたが、誰もいない。やっぱり気のせいかと年寄り二人が笑いあって、それで済ませたのです。しかし、けさになってベランダに出てみると、こんな物が落ちておりまして」

小泉はポケットからティッシュペーパーにくるんだ物を取り出した。ペーパーを広げると、ほぼ二センチ角の台形で、縁の一辺が紺色に印刷された紙片が現れた。

「何なのでしょう？」

堀田久代はテーブルの上に顔を突き出すようにして覗《のぞ》いて、首をひねった。

「たぶん、フィルムの箱のベロの部分ではないかと思うのですがね。ふつうのより若干、小さいから、APSっていうんですか、小型カメラ用のフィルムかもしれません」

「あ、そういえばそうですわね」

確かに、どこかのメーカーのフィルムの箱が、そんな色だと思った。フィルム交換を焦って、中身を出そうとしたときなど、ベロを引きちぎってしまうことはよくある。

「うちのカメラは35ミリでして、このタイプのフィルムは使ったことがありません。それなのに、どうしてこんな物が落ちていたのかと、いささか気になりましてね」

「ほんと、どうしてなのでしょう？」

堀田久代もその意味が分からずに、ポカンとした顔になった。

「まさかとは思うのですが、ひょっとして、何者かがそこにいたということにはなりませんかな？」

「は？……」

「つまり、われわれ夫婦が気づいたとおり、夜中にベランダに誰かが入り込んでいたというわけです。ことによるとカメラを持っていたかもしれませんが」

「えっ、まさか……」

「さよう。ですからね、まさかと申し上げたのだが、こんな物が落ちていたとなると、ただの思い過ごしばかりではないのかもしれません」

小泉の温顔はすっかり曇りを帯びていた。穏やかな話し方だけれど、内心は険しいものにちがいない。もしこれが事実ならえらいことだ。堀田久代は全身の血液が失われたような気分であった。

「でも、あの、何のためにそんなことをするのでしょう?」

「とおっしゃるのは、つまり、誰にしたってそんなことをするはずがないという意味ですな。いや、私もそう思いますよ。夫婦の寝室といったって、こんな年寄りの部屋を覗いたってしようがありませんからなあ」

小泉は笑ったが、いかにも無理している感じだ。

「こんなことを申し上げても、堀田さんはやはり、単なる取り越し苦労だと思われるのでしょうな」

「いいえ、とんでもありません。どういうことなのか、調べたいと思います。もしかすると、上のキャビンのお客様か、あるいはスカイ・デッキから落としたものが、風で飛び込んだのかもしれませんけれど」

「ああ、そうそう、そういうことかもしれません。であれば大騒ぎするのは申し訳ないので、お話しすべきかどうか迷ったのです。まあ、一応お耳に入れておきたかったと、その程度にご理解ください」

小泉は気の毒そうに言った。まったく奥床しい人柄だ。それだけにかえって親身になって心配したくなる。

堀田久代はレセプションに戻って、チーフ・パーサーの花岡文昭にこの話を伝えた。

「そうか、小泉さんのところもか……」

花岡は苦い顔をした。

「えっ？　というと、ほかでもそういうことがあるんですか？」

「うん、さっきキャプテンに言われたのだが、908の神田さんが昨夜、同じようなことを言って見えたそうだ。奥様がカーテンの隙間から人影を見たとおっしゃっているのだそうだが、どうもねえ、信じられない」

「ほんとなんですかね？」

「分からないよ。とにかく二日前の晩も同じようなことがあったとおっしゃっているらしい。まあ錯覚だとは思うけど、絶対にないと突っぱねるわけにもいかないしね」

「小泉さんのところにはフィルムの箱の切れ端が落ちていたっていうのですから、誰かが写真でも撮ろうとしていたのでしょうか」

「室内のかい？　そんなことは考えられないよ。若い新婚さんのカップルならともかく、お年寄りのご夫妻の寝室を撮ろうなんて、誰が考える？」

「それは小泉さんもおっしゃってましたけど、でも、箱の切れ端が落ちていたのは現実ですもの」

「そんなものはどこからか飛んできたのだろうさ。それよりも、両方のお宅とも、ベランダに人の気配を感じたというのが一致している点が気になるね」

「もしそれがほんとだとしたら、どういうことなのかしら？」

「うーん……」

花岡の顔から専売特許の笑顔が消えて、眉間《みけん》に深い縦皺《たてじわ》が刻まれた。

「昨日みたいに船が揺れているときにそんな危険なことができるのは、お年寄りには無理ですよね。そうすると、若い男性っていうことになりますけど、今年のクルーズで若い男性というと、たとえば……」

「おいおい、そういう具体的な名前を考えたりするのはやめろよ。いや、どう考えても、そもそもそんなことはありえないと思うよ。まあ、きみの立場としてはあまり気にしなくてもいいんじゃないかな。小泉さんのほうには僕からあらためてお話をお聞きしに行くことにする」

それだけで花岡とは別れたが、堀田久代の頭からその一件は離れることがなかった。むしろ、思わず口にしかけた「若い男性」の名前のことが気になってならない。

むろん、そのとき彼女の脳裏に浮かんだのは「浅見光彦」という名前だ。それともう一人、浅見と同室の「村田満」のことも頭を掠《かす》めた。人、外見だけからいえば、ただ者ではないという点では、村田氏のほうが浅見氏より上かもしれない——と思う。ただし、村田なる人物を疑惑の対象とするほどの知識は、まだ堀田久代にはなかった。

4 シングルス・パーティ

ロイヤル・スイートの主である内田夫妻が昼食で留守のあいだを狙って、浅見はブリッジを訪問した。

ブリッジは9Fのエレベーター・ホールから、客室のあるエリアとは反対の「STAFF ONLY」のドアを入って、船首側へ行く。その先には二十メートルほどの廊下が続き、左右には高級船員用のキャビンがある。廊下の突き当たりがブリッジへのドアだ。航空機と同じで、セキュリティのガードが固く、チャイムを鳴らしてこっちの身分を確認されてからドアが開いた。

八田野キャプテンは「どうぞ、自由に取材してください」と、愛想のいい笑顔で迎え入れてくれた。初めて足を踏み入れるブリッジは、思ったより広い。壁面の至るところに計器類が配置され、航空機のコックピットを巨大化したような印象だ。

八田野は操舵《そうだ》を一等航海士に任せて、レーダーや海図の説明をしたり、ウイングに出て、接岸の際の操船方法を解説したあと、ふたたびブリッジに戻った。

「いまはどの辺りを航行中なのですか」

八田野の脇に並んで、前方を見据えながら、浅見は訊《き》いた。見渡す限りが海と空で、島影も船影もない。

「東シナ海です。まもなく台湾海峡にさしかかろうかという付近です」

「じゃあ、中国本土と台湾との睨《にら》み合いのあいだを往《ゆ》くわけですね。台湾海峡、波高しというところですか」

「ははは、そんな物騒な状況にはありませんよ」

八田野は天井を仰ぐようにして笑って、すぐに真顔に戻った。

「しかし、かつての日本海軍が壊滅したのはこの付近ではあります」

「ああ、そういえば、戦艦『大和』が沈んだのもこの辺りでしたか」

「いや、『大和』は沖縄戦へ出撃する途中でしたから、もう少し手前です。じつは、『大和』には私の父親が乗っていましてね」

「えっ、それじゃ、戦死を……」

「はい、亡くなりました」

「そうですか」

浅見はどう悔やみを言えばいいのか、言葉を失った。

「浅見さんはシングルス・パーティに参加なさるのでしょうね」

八田野は湿った気分を引き立てるように、陽気な声で言った。

午後三時から、8Fのリド・カフェで「シングルス・パーティ」が催された。乗船客の中の独身者と単独行の人たちを招いて、親睦《しんぼく》を深める会合である。キャプテンの主催だが、世話係はソーシャル・オフィサーの堀田久代が務める。日本近海クルーズでは行われないが、アジア・オセアニア・クルーズなど、やや長期にわたるクルーズでは、ときどきこの催しがある。若い人はもちろんだが、年配の独身者同士で意気投合し、結婚まで話が進むケースも少なくない。

今航海の「シングルス」は男性が二十七名と女性が四十六名。その内の六十名ほどが催しに参加した。若い人の姿はほとんどない。男性も女性も、最も多いのはつれあいに先立たれたといった境遇だそうだ。後閑姉妹の二人ともそのはずなのだが、どちらも会には参加していなかった。

シングルの資格のある浅見光彦の顔も見えたけれど、彼はカメラを構え、しきりにシャッターを切っているから、あくまでも取材目的なのかもしれない。

堀田久代の司会進行で、まず八田野キャプテンが挨拶《あいさつ》した。

「シングルでいると、つい気分が落ち込みがちですが、せっかくの世界一周を暗くなっていてはつまりません。どうぞ明るい笑顔で、新しいご友人をお作りになって、クルーズを盛り上げてください」

そのあと、堀田久代が参加者の名前を呼び上げ、出身地を紹介した。呼ばれた者は小学生のように「はい」と答えて立ち上がり、周囲に会釈する。誰の思いも、「新しい友人」を求めようという点では一致している様子だった。中には、はっきりいってこれを機会に男女の付き合いを始めたいむきもある。それがいい意味での新生活へのスタートになるのか、それとも束の間の「遊び」なのかは、「飛鳥」側としては干渉することではない。いずれにしても、客の多くは十分すぎるほどの「おとな」なのである。

「そういえば、堀田さんもシングルじゃないですか」

突然、客の一人が大声で言ったので、場内がドッと沸いた。あけすけな、少し下卑《げび》た哄《こう》笑《しょう》も聞こえる。

「見渡したところ、ここにはじいさんばかりで、あまり年恰好《としかっこう》の似合いそうな相手は見当たらないけどねえ……」

発言の主は言いかけて、視線が浅見のところで停まった。

「あっ、あなた、えーと何ていいましたか。浅見さん？　ああ浅見さん、あなたならぴったりですな。どうです、堀田さんは」

当の浅見よりも堀田久代のほうがうろたえて、真っ赤になった。浅見はそれを救うように立ち上がって、場内の好奇の視線を自分に向けさせた。

「ははは、僕のようなウダツの上がらない物書きでは、とても、堀田さんを食べさせるだけの稼ぎがありませんよ」

「あら、私は見かけによらず、そんなに食べませんけど」

大柄で太めの堀田久代がそう応じたので、また会場がドッと笑った。和やかな雰囲気がいっぺんで盛り上がった。

この突発的な出来事のおかげで、浅見光彦の名前はかなりの人々に浸透したはずだ。それと同時に、浅見と自分との「親密な」関係が、「飛鳥」の乗客の中で市民権を得たような気がして、堀田久代はきわめて幸福な気分であった。

散会後、浅見は堀田久代に近づいて声をかけた。

「おかげさまでブリッジの見学をさせていただきました。八田野キャプテンはいい人ですね。いろいろ、興味深い話を聞かせてもらいましたよ。どうもありがとうございました」

「いいえ、そんなこと……それより、さっきは失礼いたしました」

「あ、いや、こちらこそ失礼なことを言ってしまいました。もっとも、僕としてはそういうつもりではなかったのですが」

「分かってます。私のほうが神経過敏になっているんです。被害妄想とでもいうのでしょうか。太めとか大食らいとかいう言葉を聞くと、すぐに、あっ、私のことかしらって反応しちゃいます」

「ははは、それは考えすぎですよ」

浅見はおかしそうに笑ってから、表情を引き締めて言った。

「そうそう、あなたに会ったらお訊きしようと思っていたことがあるのです。僕と同室の村田満さんというのは、どういう人なんですか？　名刺によると、大神創研という会社の秘書室に所属しているようなのですが、その大神創研というのはどういう会社なのでしょう？」

「さあ、私も存じませんけど、あとでちょっと聞いておきましょうか？」

「ええ、ぜひお願いします。急ぎませんが、やはり同室の人の素性や性格を知っておいたほうがいいと思いますから」

堀田久代は「くすっ」と笑った。

「は？　僕、何かおかしなことを言いましたか？」

「いえ、そうじゃないですけど、村田さんのほうも同じことを考えていらっしゃるのじゃないかと思いまして」

「まさか……僕のほうはちゃんと身分を明かしましたよ。『旅と歴史』というちっぽけな雑誌の、しがないライターだって」

「さあ、それはどうでしょうかしら？」

首を傾げている。

「どういう意味ですか？」

「ライターっていうのは、じつは仮の姿かもしれませんでしょう」

「えっ、仮の姿ですか？　だとすると、僕のその実体は、はたして何者ということになる

浅見は半分面白がって、半分はなにがしかの不安を感じていた。

「ひょっとして、浅見さんはシークレット・サービスみたいな人なんじゃないかって言ってたんです」

「シークレット・サービス……」

内心、ドキリとしながら、おうむ返しに言った。

「ええ、映画の『007』だとか『ボディガード』だとか、ああいうのです」

「ははは、そいつはかっこいいですねえ。そんなこと、誰と話していたんですか」

「江藤です。彼女、私なんかよりはるかに経験豊富ですし、お客様を見るときの洞察力が優れてますから、もしかすると当たっているんじゃありません？」

「残念ながらぜんぜんハズレですね。僕はそんな大それた者ではありませんよ」

「そうでしょうか。江藤と二人で、浅見さんはきっとどなたかのボディガードにちがいないって決めていたんですけど」

「そんなこと、勝手に決めてもらっても困りますよ。第一、この船には、シークレット・サービスを必要とするような、そんな大物が乗っているんですか？」

浅見はドサクサまぎれにカマをかける意味もあって、訊いた。

「それは存じませんけど、でも、貴賓室のお客様の中には、やっぱりＶＩＰの方がいらっしゃると思いますよ」

のですかね？」

堀田久代が「スイート」と言わずに、わざわざ「貴賓室」と言ったことが、浅見は引っ掛かった。ひょっとすると、チーフ・パーサーの花岡が例のメモのことを、彼女たちに話しているのかもしれないと思った。

「はあ、貴賓室というと、スイート・ルームのことですね。そのどこかに重要人物が乗っているってことですか。たとえばどういう人がいますかねえ？」

「たとえば……」

言いかけて、堀田久代は「だめだめ、だめですよ」と手を振った。

「お客様のことをみだりにお話しするわけにはいきません」

「なるほど……花岡さんも同じようなことを言ってましたよ。自然に打ち解けて、お客同士で自己紹介をしあうのは構わないが、スタッフがお客のことを話すわけにはいかないということでした」

「ええ、そのとおりです」

「そうですか……」

浅見はしばらく考え込んだ。

「どうでしょう、交換条件を出しますが」

「えっ、交換条件って？」

「僕の正体と、乗船の本当の目的をお話ししますから、あなたもお客さんのことを教えてくれませんか。ただし、このことは誰にも話さないと約束していただけるならという、条件つきですが」

「えっ、浅見さんの正体、ですか……」

堀田久代は明らかに、抵抗しがたい好奇心に駆られた表情を見せた。

「そうです、僕の正体と何が目的なのかをお教えします。それに比べれば、お客さんのことなんか、いずれ長い航海のあいだには分かってしまうものじゃないですか。損のない取引だと思いますけどね」

「それはそうですけど……」

人けのなくなった「リド・カフェ」の中を、グルッと見渡してから言った。

「ほんとに内緒にしてくださいます？」

「もちろんです。それより、僕のことこそ内緒にしておいてもらわないと困りますよ。もしほかの乗客に僕の素性がバレると、業務に差し障るのですからね」

「じゃあ、やっぱりボディガード……」

「さあ、どうですかねえ」

浅見はニヤリと、精一杯、意地悪そうに笑ってみせた。

5 密　約

結局、堀田久代は浅見の「誘惑」に屈伏した恰好《かっこう》で、二人の密約は成立した。

浅見は自分が本来の「ルポライター」の傍ら、私立探偵まがいのことをやっていることと、今回の「飛鳥」乗船の真の目的が、奇妙な依頼人によるものであること、その依頼の趣旨が「貴賓室の怪人に気をつけろ」という内容しか分かっていないことを話した。

堀田久代は終始、目を丸くして浅見の話に聞き入っていた。

「この仕事は政治家か財界人かはともかく、どうやらかなり上層部の人間が関わっている気配が感じられます。しかも『貴賓室』と言っているのですから、どういう意図であるにせよ、いずれにしてもＶＩＰがらみであることは間違いありません。そういう意味で、僕がＶＩＰの人たちの素性を把握しておくことは、『飛鳥』の安全保障の面からいっても望ましいことなのですよ」

浅見はこんこんと諭すように口説いた。こんなに熱意をこめて女性に恋を打ち明けることができれば、僕もいっぱしのプレイボーイになれるかもしれないのだが――と、ふと思った。

「そうですね、『飛鳥』のためですよね」

堀田久代はついに決然と意思を固めるに至った。

その日のディナーが終わったあと、レセプション脇のロビーに堀田久代が待機していて、あたかもオプショナル・ツアーの説明をするような恰好を装って、ツアーの説明書と一緒に「資料」の入った大きな角封筒を浅見に手渡してくれた。

浅見は部屋には戻らず、誰もいない図書室「飛鳥ライブラリー」の片隅のデスクで封筒の中身を引っ張りだした。まるで初めての付け文をもらったうぶな男のような心境であった。

「資料」はロイヤル・スイートとAスイートの乗客名簿と、それぞれの職業等、簡単な添え書きがしてあった。

905 和田 隆正 50
(東京都武蔵野《むさしの》市 出版社取締役)
906 小泉日香留 74・絢子 72
(東京都新宿区 無職)
907 草薙由紀夫 72・郷子 47
(東京都世田谷《せたがや》区 元銀行重役)
908 神田 功平 52・千恵子 50
(神奈川県川崎市 病院理事長)
911 小潟《おがた》 真雄《まさお》 70・明美《あけみ》 64
(前橋市 会社役員)
912 松原京一郎 68・泰子 59
(東京都目黒区 元貿易会社社長)
915 堀内《ほりうち》 清孝《きよたか》 77・貴子《たかこ》 68

（大阪府堺《さかい》市　不動産会社会長）
９１６　後閑富美子　58（東京都大田区　自動車部品会社会長）・真知子　51（同監査役）
９１７　牟田　広和　72・美恵　52
（大阪市　美術商）
９１８　内田　康夫　48（長野県北佐久《きたさく》郡　作家）・真紀　44（作家）
９１９　小松田《こまつだ》　嗣《みつぎ》　73・佳子《よしこ》　71
（仙台市　元デパート役員）
９２０　大平《おおだいら》　正樹《まさき》　76・信枝《のぶえ》　64
（神戸市　船舶会社会長）

以上がＡスイート以上のクラスの乗客である。９０１と９０２号室が欠けているのは、区間乗船するエンターテイメントの出演者や講師のために確保してあるのだそうだ。

こうして名簿を手に入れてはみたものの、どの人物が「貴賓室の怪人」なのか見当もつかない。このＶＩＰ諸氏の中からどんな「事件」が噴き出すのか、浅見は久しぶりに胸が震えた。

誰もいない森閑としたライブラリーに、風のように紳士が入ってきた。先客の感興を妨げないように心配りをするのか、足音もひそやかだ。浅見は気づくのが遅れて、慌てて名簿を畳んだ。

「あ、失礼、お邪魔をしましたかな」

「いえ、ちょうど終わったところです。ここは静かでいいですね」

「そうですな、女房もおりませんしな」

紳士は笑って、「あなたは、お独りで?」と訊《き》いた。

「ええ、一人で乗っています。遊び半分、取材の仕事半分といったところです」

「そうですか、乗船取材ですか、それは結構ですなあ。『飛鳥』は初めて?」

「『飛鳥』どころか、船の旅そのものが初めてで、見るもの聞くもの珍しいことずくめです。今日は八田野船長にブリッジを案内してもらいました。八田野さんのお父さんが戦艦『大和』と共に東シナ海に沈んだ話もお聞きして、いささか感動的でした」

「ほう、キャプテンは『大和』の話をしましたか……あ、これは申し遅れました。私は大平といいます」

貰《もら》った名刺には「北西船舶株式会社取締役会長　大平正樹」とある。たったいま、名簿でその名前を見た「大平正樹」にちがいない。浅見は少しうろたえながら肩書のない名刺を出し、「浅見といいます」と名乗った。

「じつはですな」と、大平は話を続けた。

「私も『大和』に乗り組んでおりましてね。奇跡的に助かったほんのわずかな乗組員の中の一人なのです」

「えっ、じゃあ、八田野船長のお父さんの戦友だったのですか」

「さよう。八田野さんのお父上は青年士官といってもいい、お若い少尉で、私の上官でした。『大和』は沖縄上陸戦の敵に一矢を報いるべく、東シナ海を航行中に敵の空爆を受け、沈没するのですが、その戦いの最中、八田野少尉は重傷を負い、私に遺言と恩賜の時計を託して亡くなりました」

「そうだったのですか……それで、その遺品は八田野家に届いたのですか？」

「もちろん、戦後間もなく、お届けしておりますよ。それにしても、いまは少尉の息子さんが指揮を執る豪華客船の客として、のどかに東シナ海を渡っているのですから、ありがたい時代というべきでしょうな」

大平は感慨無量の面持ちで、ライブラリーの壁にかかった「飛鳥」の写真に見入っていた。

「大平さんはお子さんは？」

少尉の息子さん――という言葉からの連想で、浅見はごく儀礼的に、さしたる意味もなく訊いたのだが、大平はビクッと、意外なほどの反応を示した。

「いや、娘が一人おったのだが、亡くしましてね」

「あ、すみません、失礼なことをお訊きしました」

「なに、構いませんよ、もう一昔も前のことですのでな」

そう言いながら、しかし大平の表情に浮かんだ憂愁の気配は、隠しようがなかった。

第四章　殺意の兆候

1　星空の下で

三月五日午後十一時——といっても、この日の午前二時に一時間、時刻を後退させているので、日本時間ではすでに日付が変わった六日の午前零時ということになるが——通信室からブリッジに気掛かりな情報がもたらされた。香港で連続爆破テロが起きているというのである。

八田野船長自ら本社と交信して事実関係の把握に努めた結果、爆発はまだ二回だそうだが、犯人グループと思われる者から、三回目を予告する犯行声明が出たとのことだ。

現在、「飛鳥」は台湾海峡を通過中。香港入港は二日後、七日の早朝である。むろん乗客の多くは上陸して観光やショッピングを楽しむことになるだろう。その矢先のテロ騒動とは困ったものである。本社では判断を「飛鳥」のスタッフに一任すると言っている。

「どうしましょうか、キャプテン」

二等航海士の福田が訊《き》いた。「香港入港は予定どおりでよろしいでしょうか」

「そうだね」

八田野は少し考えて答えた。「まあ、香港まではあと一日半近くあるから、その間に情勢が悪化しないかぎり、予定どおりでいいのじゃないかな」

「分かりました」

追いかけるように、マラッカ海峡で、日本船籍の貨物船が海賊の襲撃を受け、そのまま行方不明になった事件が報じられた。九千五百トンの船が所在不明になるという、信じられないような事件だ。

そういうニュースを聞くと、世界一周が大事業であることをあらためて痛感する。「飛鳥」が選んだコースは、とにもかくにも平和と秩序が確保されている地域ばかりだが、それでも絶対に安全であるという保証はない。現にマラッカ海峡はちょうど一週間後に「飛鳥」も通過する。自然災害を含めて、むしろ危険がいっぱいの中を航海するのだと、たえず自覚してかかる必要がある。

それに比べれば、キャビンを覗《のぞ》いたとか覗かれたとかいう話は次元が相当に低い。とはいうものの、それはそれできちんと対応しなければならないのも、クルーの責務であることに変わりはない。

八田野船長は対策として、一応、船内パトロールの回数を一回、増やすことにした。警備担当の人間にとっては負担だが、当面、それ以外に方法はなかった。

「飛鳥」の船内生活には原則として「門限」のようなものはない。乗客は他人の迷惑にならないかぎり、いつでもキャビンを出て、たとえばスカイ・デッキに上がって星空を仰ぐともできる。8Fリド・デッキのプールは、危険防止のために夜間は網がかけられて使用禁止になるけれど、隣にあるジャグジーバスは深夜でも入れる。もちろん、7Fのプロムナード・デッキに佇《たたず》んで海風に吹かれることも自由だ。

したがって、そういう客がいたからといって、パトロールの者がいちいち怪しんだり誰《すい》何《か》したりするわけにはいかない。せいぜい、「今晩は」とか「お寒いですから、風邪を引かないように」などと、さり気なく話しかけて反応を見る程度だ。

八田野が勤務を終えて自室に引き揚げ、日付が変わって間もなく、908号の客・神田功平からレセプションに「怪しい人影を見た」という連絡が入った。前日来、キャプテンからそれに関する指示が出ていたから、レセプションはすぐにチーフ・パーサーの花岡に連絡した。この時刻、花岡はすでにベッドに入っていたが、キャプテンに報告する一方、とりあえず警備係を908号室へ向かわせた。

神田はパジャマの上にガウンをひっかけた恰好《かっこう》でドアを開けた。警備係を見て、「あんたじゃ話にならない」と言った。腕組みをして仁王立ちになっている。神田の肩ごしに夫人の千恵子もガウン姿で、いくぶん睨《にら》みつけるような目でこっちを見ていた。908号室はAスイート。それなりに広さはあるがワンルームだから、ドアを入ったところからベッドが見える。むくつけき警備係としては、ちょっと入りにくい。

そうこうするうちに花岡がやってきた。急いできたことを証明するように、制服のボタンを一つ、かけ忘れている。花岡はいつもの笑顔を消し、「また現れたそうで」と、そつなく心配そうな顔を作った。

「そうなんだよ。またあそこのカーテンの隙間から覗いておった」

神田が指さしたカーテンは、いまは内側の厚手のカーテンの裾《すそ》がきちんと重なって、外は見えない。花岡は静かに近づいて、カーテンをサッと引き開けた。ベランダには白いテーブルと椅子が二脚あるだけだ。

「そこはさっき、僕が見たよ」

神田は苛立《いらだ》たしそうに言った。

「先程はここに何者かがいたのですね」

「そういうことだね」

「その時、このカーテンは隙間が開いていたというわけですか」

「ああ、たまたま開いていたそうだ」

「と、おっしゃいますと、やはり今回も奥様だけがご覧になったわけで」

「ええ、私が見ました。主人はテレビを見ていて、私が『あっ』と叫んだときには、その男はサッと消えてしまったんです」

神田夫人は左手をしゃくるように、ガウンの袖《そで》を翻して「犯人」が消えた瞬間を表現してみせた。

「それで、ご主人様はどうなさったのですか?」

「一瞬、何に驚いたのか分からなかったので、家内のほうに気を取られたが、すぐに気がついて、カーテンを引き開けましたよ。しかしもう誰もいなかった」

「奥様が犯人を発見してから、ご主人様がカーテンを開けるまで、何秒くらいかかったのでしょうか？」

「そうだなあ……五、六秒か、かかったとしてもせいぜい十秒っていうところかな」

「五、六秒から十秒……」

花岡は反芻《はんすう》して首を傾げた。短いといえば短いが、脱出が不可能とは言いきれない、「飛鳥」専属のマジシャン・志藤博志《しとうひろし》の箱抜けマジックの所要時間もそんなものである。もっとも、そっちのほうは種も仕掛けもあるのだろうけれど。

「失礼します」

花岡は全面が二重強化ガラスの引き戸を開けてベランダに出た。「飛鳥」の室内はやや気圧を上げているので、一瞬、カーテンが外側に捲《めく》れた。

外は降るような星空である。湿りけを帯びた外気温は二十度近くありそうだ。東からの追い風で、風速は五メートル前後か。波はあまり高くない。船の明かりに照らされて、小さな波頭が過ぎてゆく。「飛鳥」は一八ノットの巡航速度で進み、わずかなピッチングを感じるだけの穏やかな航行であった。

室内の明かりが届く範囲を見た限りでは、ベランダに犯人がいた形跡はなかった。手すりに足跡でもあるかと思ったが、見ただけではっきりしない。警察の鑑識がやるような調査をすれば、指紋が検出されるかもしれないが、そこまではできない。

「どうもよく分かりませんですね」

花岡は弱り切って室内に戻った。

「いったい、犯人にはどういう目的があるのでしょうか？」

「それはこっちが聞きたいくらいなものですよ」

神田は仏頂面《ぶっちょうづら》で言った。

「私には分かっているわ」

夫人が唇の端に皮肉な笑みを浮かべて、言った。肌の艶《つや》など、実年齢より五、六歳は若く見える美人だが、いかにも驕慢《きょうまん》で冷たい印象を与えるきつい顔だちだけに、まともに視線を合わせるのが怖いくらいだ。

「目的は私でしょう。私を殺したい人がいるのね、きっと」

「まさか……」

花岡は絶句して、神田の顔を見た。大病院をはじめ、老人ホームにいたるまで、いくつもの病院や医療施設を率いる総帥として、ふだんは若々しく自信たっぷりな神田だが、いまは妙に複雑な表情で、気弱そうに夫人の様子を窺《うかが》いながら、「まさかそんなことはないと思うけどねえ」と言った。

「いいえ、そうなのよ、私を狙っているの。あなただって分かっているはずじゃありませんか。ずっと前から付け狙っていて、とうとう『飛鳥』にまで追いかけてきたんだわ」

「あの、どういうことでしょうか？」

花岡は訊《き》いた。

「あら、お聞きになりたい？」

夫人は面白そうに口を開きかけたが、神田が慌てて押し止《とど》めた。

「まあまあ、それについては、いずれお話しします。それより、船長は昨日の晩、約束したことを実行してくれたんですかね。周辺のキャビンの人たちに確かめるようなことを言っていたけど」

「さあ、それについては聞いておりません。確認してみます」

「そうだね、そうしてください、お願いしますよ。それじゃ、今夜のところはひとまずここまでにしておきましょう。いや、どうもお手数をかけました」

花岡にしてみれば、「殺される」という夫人の、被害妄想とも思える疑惑の、よってきたるところを聞きたかったのだが、神田はあまり詳しいことは話したくないのか、追い立てるようにして、花岡をドアの外に押し出した。

2　貴婦人に何があったか

その足で花岡は船長室を訪れている。

「どういうことかね？」

八田野は花岡の報告を聞いて、まず不快感が先に立った。他人の部屋のベランダに侵入して「覗《のぞ》き」をやるなどとは、真偽のほどがどちらであろうとも不愉快だ。そういう事実があればもちろんだが、もし神田夫人の思い過ごしだとしても、そんな錯覚をすること自体、船側にとっては迷惑も甚《はなは》だしい。

「奥さんがそんなことを言う根拠は何なのだい？」

「神田さんのご主人の様子からいうと、日頃から何か、言いにくい事情でもあるらしいのですが」

「いかなる事情があるにしてもさ、『覗かれる』ならまだしも、『殺される』とは穏やかじゃないよ。たとえ冗談にしても場所柄も弁《わきま》えない」

「いえ、あれは冗談で言っているとは思えませんでした」

「じゃあ、本気でそう信じているっていうことかい？　それじゃ、なおさら問題だよ。いったい何があったんだ？　『飛鳥』にまで追いかけてくるなんて、余程のことがなければ考えられないだろう」

「それについては、後刻、ご主人がお話ししてくださるそうです。それより、神田さんはキャプテンが約束どおり、隣室のお客様方に確かめてくれたかどうか、そのことを知りたがっておいでででしたが。何かそういう約束をされたのですか」

「ああ、そうおっしゃってたんだ。しかしそんな、関係のないお客様を疑うようなことを訊けるはずがないよ。まあ、神田さんに重ねて訊かれたら一応、何もなかったというふうに答えるつもりではいたけどね」

「そのことに関係があるのかどうか、じつはですね、まだキャプテンには報告していませんでしたが、906の小泉さんから、ベランダにフィルムの箱のベロみたいなものが落ちていたという届け出があって、堀田君が事情をお訊きしてきたそうです。ただそれだけで、べつに大した出来事でもなく、風に飛ばされたものではないかということで、そのままになっていますが」

「そう、それでいいんじゃないのかな。フィルムの箱のかけらがあったからといって、そこで盗み撮りをしていた証拠になるわけじゃないでしょう。そんなことより、神田さんがきみに後で話すと言ったという、そっちのほうの事情なるものを、いますぐにでも聞いてみたいね」

八田野はチラッと時計に視線を投げてから、デスクの上の電話を引き寄せ、神田のルームナンバーをダイヤルした。いくぶん、腹立ちまぎれといっていい気分であった。

「この時間にですか」と、電話の向こうで神田は当惑したような声を出したが、結局、八田野の勢いに負けたのか、船長室にやって来ることになった。時刻は深夜をとっくに過ぎている。先方も愉快ではないだろうけれど、八田野のほうだって制服に着替えたりしなければならず、面倒に変わりはない。

神田が現れ、椅子に落ち着くのを待ちきれないように、八田野は質問した。

「花岡の話によりますと、奥様は殺されるなどと、穏やかでないことをおっしゃっているとか。何か複雑なご事情がおありのご様子だそうですね」

「なんだ、もうキャプテンに伝わってしまったんですか」

神田は不満そうに花岡を一瞥《いちべつ》して、鼻の頭に皺《しわ》を寄せた。

「はい、不測の事態が発生しないうちに対策を講じるべきだと考えたものですから」

花岡はあくまでも低姿勢に言った。

「まあ、それはそうですがね……じゃあ、申し訳ないが、キャプテンと二人だけで話をさせてもらえませんか」

「分かりました。それでは私はこれで失礼いたします」

花岡はこれ幸いとばかりに部屋を出て行った。その足音が遠ざかるのを待って、神田は「すみませんねえ、大事《おおごと》にしてしまって」と頭を下げた。

「どういうことですか？　奥様は本当に不審者に狙われたりしているのですか」

八田野は声のトーンを抑えて訊いた。

「正直言って、私も女房が言うように、殺人者が狙っているかどうかまでは確信があるわけじゃないのです。しかし、そうじゃないにしても、妙な覗きやストーカーみたいなやつがいるのを放置されるとしたら心外ですよ。とにかく、何らかの形で警備をきちんとやっていただきたいですなあ。いや、場合によったら、不審者を想定して事情聴取ぐらいはしていただきたいものです」

ブスッとした顔で言うと、神田はそっぽを向いた。その顔を見て、八田野はだんだん腹が立ってきた。

「そんなふうにおっしゃられても困ります。まだ事件が発生したわけでもない現時点で、お客様の意思を無視してまで、訊問《じんもん》めいたことをする権限は船長にもありませんのでしてね。しかし、本船運航上、安全を確保するために必要と判断した場合には、私の権限である程度の強硬手段は取ることも可能です。また何かがありましたら、そのつど対応するということでご了承いただくほかはありませんねえ。いま私が申し上げられるのはこの程度です」

言うだけ言って、「ご苦労さまでした」と馬鹿丁寧に頭を下げた。

3　センセの侠気《きょうき》

あれほど怯《おび》えているかに見えた神田千恵子だが、一夜が明けてその日の昼前になると、何事もなかったかのような晴々とした顔で、10Fのヴィスタ・ラウンジに現れた。ここは270度がガラスの壁面で、海の表情を眺めピアノ演奏を聴きながら、ゆったりとお茶のひとときを楽しめるサロンだ。

千恵子はどういうわけか亭主と一緒ではなく、マジシャンの志藤博志と船内フィットネス・クラブのインストラクターである塚原正之《つかはらまさゆき》が付き従っていた。高齢者がほとんどの乗客たちの中にあっては、二人ともまだ若く逞《たくま》しい肉体の持ち主だから、ボディガードのつもりなのかもしれない。まだ航海が始まって五日目だというのに、そんなふうにスタッフと親しくなるどころか、取り巻きのようにしてしまうあたりに、彼女の魅力というより、一種のカリスマ性を感じさせる。

ヴィスタ・ラウンジには内田康夫・真紀夫妻もいた。遅めの朝食を済ませたあと、キャビンを清掃するあいだ、ラウンジでティータイムを楽しむのが、夫妻の「飛鳥」での日課になりつつあった。

真紀夫人はともかく、内田はまったく社交性に欠ける男だから、いまだに乗客同士で親しく言葉を交わすような付き合いができていない。ピアノ演奏に耳を傾けたり、水平線を行き交う船を双眼鏡で眺めたりするほかは、二人用の小テーブルを挟んで、大人を相手にボソボソと喋《しゃべ》るだけだ。

その内田をめがけて、神田千恵子が近づいた。

「あら、内田先生、おはようございます」

いきなり「先生」と言われて内田は腰を浮かせた。ただし相手が航海初日のディナーでテーブルを一緒にした美人であることは分かったものの、例によって名前を度忘れしている。すかさず夫人が「あ、神田さんの奥様、おはようございます」とフォローしなければ、トンチンカンな挨拶《あいさつ》をしかねないところだった。

「やあどうも、おはようございます。明るいところで見ると、一段とお美しいですね」

「まあ、ご冗談ばっかり」

神田千恵子は「おほほほ」とのけ反るようにして笑った。周囲の客たちの視線が集まるのを、まるっきり無視している。

「先生の奥様こそ、いつもお美しくていらっしゃいますわ」

如才なく応じて、夫人同士あらためて挨拶を交わした。

「よかった、たぶんこちらにいらしてると思ってました」

「ほう、僕に用事がおありなんですか？」

「ええ、そうなんです。あの、もしおよろしければ、あちらの広いテーブルにお移りになりませんこと？　少し折り入ってご相談させていただきたいことがございますの」

むろん、美人に弱い上に、何事につけても主体性のない内田がそういう申し出を断れるはずがない。夫人を促すと、千恵子が指定した長椅子のあるテーブルに移動した。

神田千恵子はあらためて志藤と塚原を紹介して、内田夫妻の分も含めて、飲み物を注文し直した。ここではセルフ・サービス方式になっている。真紀夫人が立とうとするのを制して、いちばん若い志藤博志が、ウェーターもどきに五人分の飲み物を運んだ。

「ご高名な先生を見込んで、ぜひご相談に乗っていただきたいのですけれど」

千恵子は表情を引き締めて言いだした。

「あ、あの、その先生というのは勘弁してくれませんか。なんだか他の人のことのようでならないのです」

内田は照れくさそうに頭を掻《か》いている。

「あら、よろしいじゃございませんか。でもそうおっしゃるのなら失礼して、内田さんと呼ばせていただきますけれど」

「それで結構です。で、ご相談とは？」

「じつは、わたくし、身の危険を感じておりますのよ。いえ、ただの思い過ごしでなく、本当に危険が迫っているのです」

千恵子は三夜連続でバルコニーに人影が現れたことと、乗船前から何者かに付け狙われていることを話した。

「えーっ、それが事実なら、僕なんかより船長に話すべきじゃないですか」

「もちろんキャプテンにもお話ししました。でも、現実に事件が起きていない段階では、手を打てないっておっしゃいますのよ。つまり、わたくしか主人が殺されでもしないかぎりは、何もしてくださらないということですわね」

「殺されるって……奥さん、それは只事《ただごと》じゃないですよ」

内田は目を丸くして、臆病《おくびょう》を絵に描いたような顔になった。

「ええ、只事ではございませんわよ。ですから何とかしてくださいってお願いしたのに、結局、どうにもできないみたいですのね。せいぜい、パトロールを一回増やす程度のことしかしていただけませんでした」

「ふーん、なるほど、確かにそう言われればそうかもしれませんねえ」

「そんな、先生、いえ、内田さんまでが冷たいことをおっしゃらないで、何か方策を考えていただけませんかしら。ご高名なミステリー作家でいらっしゃる内田さんなら、きっと名推理をなさって、犯人を見つけてくださると信じておりますのよ」

艶《つや》やかな流し目と「ご高名」と「名推理」に追い詰められて、内田は逃げ場を失い、進退窮まったようだ。

「うーん、そうですなあ、推理するのはやぶさかではないが、フィクションの世界ならともかく、そういう現実的な問題となると僕はどうも……こんなときにあの男がいてくれればいいのだが……」

「あの男とおっしゃいますと？」

「は？　ああ、いや、僕の弟子みたいな男がいましてね。僕の代わりに細々《こまごま》したことをやってくれるのです。探偵の真似事みたいなこともやるし、その男なら殺されても大勢に影響のないような存在だから、こういう場合にはうってつけなんですが」

「でしたら、その方をぜひお呼びしていただけませんかしら」

「えっ、この『飛鳥』にですか？　まさか……いくらなんでもそれは無理ですよ。やつは東京にいるのですからね」

「そんなことでしたら、どこか途中の港から乗っていただけばよろしいじゃございませんの。香港には間に合わないかもしれませんけど、シンガポールでも、その先のムンバイでも。『飛鳥』にはまだ空いているお部屋があると思いますけれど」

「だめだめ、だめに決まってます。第一、そいつは貧乏ですからね。『飛鳥』のような豪華客船に乗れるはずがないのです」

「あら、おカネのことでしたらご心配なく。わたくしが費用一切と、プラス報酬を出させていただきますわ」

「ほんとですか、それだったら」

内田は早速、東京に電話をかけに行った。「飛鳥」は日本近海はもちろんだが、洋上でも衛星回線で電話が通じる。しかし間もなく戻ってきた内田は浮かない顔であった。

「残念ながら、その男は長期の出張に出かけていて、留守でした」

「あら、それでしたら、お出先にご連絡なさったらいかがですの？」

「いや、それがだめなのです。そこの家のお手伝いというのがむやみに意地悪でしてね。どうしても連絡先を教えてくれない。一応、こっちに連絡はしてもらうように頼んでおきましたが、ちゃんと伝えてくれるかどうかも怪しいものなのです」

「そうでしたの……」

神田千恵子は顔を曇らせた。憂いを含んだ美女の顔ほど美しいものはない。

「分かりました。とにかく、なんとかしますよ」

内田は夫人の前であることも忘れたように、語気に力が入った。

「お手伝いがどうであろうと、その男本人にとっては僕は命の恩人みたいなものですからね、僕の命令とあれば、万障繰り合わせて駆けつけるはずなのです。心配しないで僕に任せておいてください」

「まあ、なんて頼もしいこと」

神田夫人は嫣然《えんぜん》と微笑んだ。

4　浅見のトリック

その頃、浅見光彦はキャビンでワープロを叩《たた》いていた。同室の村田満は朝食に出かけたきり戻ってこない。もともとそういう癖なのか、寝るとき以外はいつも出歩いて、部屋にいないことのほうが多い男だ。浅見のほうは、九時近くまで惰眠を貪《むさぼ》るふだんのペースに戻っている。村田がガタガタと騒がしく部屋を出て行くのは知っていたが、声をかけ合うでもなく、また夢の中に入ってしまった。この狭いキャビンで、赤の他人同士が鼻突き合わせているのは鬱陶《うっとう》しいから、村田がそういう性癖の持ち主であることは、浅見にとってはありがたかった。

ワープロに没頭していると電話が鳴った。交換が「東京のご自宅からお電話が入っています」と言った。お手伝いの須美子からであった。衛星回線だから、不鮮明なのと、こっちの声と向こうの声に妙な時間差があって、聞き取りにくい。しかし須美子が大慌てに慌てているのはよく分かった。

「坊っちゃま、大変です」と、須美子はいきなり叫んだ。

「軽井沢のセンセからお電話だったんです。なるべく早く連絡してくれって。それが坊っちゃま、どこからだと思いますか？　信じられないところなんですよ」

「ああ、分かってるよ、『飛鳥』に乗っているんだろう?」

「えっ、ご存じなんですか?　じゃあ、もう見つかっちゃったんですか?」

まるで鬼ごっこの鬼か、それとも悪魔にでも見つかったかのように、世にも気の毒そうな言い方だった。

「いや、まだ向こうは気がついていないよ。僕のほうは横浜で発見したけどね」

「まあ、それは不幸中の幸いですね。ほんとに、これからも軽井沢のセンセには見つからないように、くれぐれもお気をつけて、ご無事でお帰りください」

「ああ、ありがとう。それで、内田さんはほかに何か言っていなかったの?」

「ええ、連絡して欲しいっていうだけで……あの、とても重大なことだとか言ってましたけど、どうせ嘘に決まってます」

「おいおい、そう一方的に決めつけちゃ可哀相だよ。まあ、なんとか連絡する方法を考えてみることにする」

まったく、内田に対する須美子の敵愾心《てきがいしん》は浅見でさえ持て余すほどだ。

浅見はいったん電話を切って考え込んだが、ふといい手を思いつき、交換を呼び出した。ファックスのサービスについて確かめると、船がどこにいても、衛星回線を通じて送受信が可能だという。ただし、A4判一枚につき二千円近くかかるそうだ。

内田がどんな用件で電話をしてきたのか、浅見は想像を巡らせたが分かるすべもない。とはいえ、遊び旅行の最たるものである、世界一周中の豪華客船から、わざわざ電話をかけてくるほどだから、よほど「重大」な用事であることは間違いあるまい。ひょっとすると、浅見が受けた「貴賓室の怪人」に関係するような話かもしれない。

浅見はソーシャル・オフィサーの堀田久代に連絡して、4Fのエレベーター・ホールで落ち合うことにした。内田夫妻の行動範囲はメイン・ダイニング「フォーシーズン」のある5Fまでで、エコノミーのキャビンとクルー用のキャビン、それに機関室しかない4Fまでは下りてこない。

どういうわけか4Fのエレベーター・ホールは、食事時間でもないかぎり、いつも閑散としている。「密会」にはうってつけの場所であった。そのせいか、堀田久代は妙に秘密めいた緊張した顔で階段を下りてきた。

「あの、私に何か？……」

こわごわと近寄って、辺りをはばかるような低い声で言った。なんとなく恋心でも打ち明けないと申し訳ないような雰囲気だ。

「じつは、悪事の片棒を担いでいただけないかと思いましてね」

浅見はなるべく乾いた口調を選んだ。堀田久代はびっくりして、「えっ悪事ですか？」と身を引いた。例のスイート客の名簿を渡したことでさえ、十分に「悪事」であるところにもってきて、またぞろ――という警戒心が露骨に見えた。

「ははは、そんなに驚くほどのことではないのです。918号室の内田さんのことなんですけどね。これまで黙っていましたが、内田さんと僕とはごく親しい間柄なんですよ」

「えっ、やっぱりそうだったんですね」

「ほう、やっぱりとは、堀田さんは知っていたんですか」

「いえ、そうじゃないですけど……浅見さんはロイヤル・スイートかＡスイートのお客さんのどなたかのボディガードじゃないかしらって、そう思っていましたから」

「いやそれは違いますよ。昨日もそう言ったじゃないですか。そういう関係ではなく、『飛鳥』で内田さんと一緒になったのは、まったくの偶然なんです。ただし、内田さんのほうは僕がこの船に乗っていることをぜんぜん気づいていません。べつに知られて困るようなことがあるわけではないのですが、どうも僕はあの人が苦手でして、できることなら、航海が終わるまで気づかれないままでいたいのです」

「でも、それって難しいんじゃありませんか？　お食事のときなんかにバッタリお会いになりますよ、きっと」

「そう、確かにその可能性はあります。しかしいまのところ、まだ遭遇しないで済んでいます。これから先もできるかぎり会わないようにするつもりです。ところがですね、困ったことが起きてしまったんです」

浅見は内田から至急連絡せよ――と言ってきていることを話した。

「まったく無視しても構わないのですが、あの人とのあいだには義理といいますか、そうもいかない事情がありましてね。せめて、何の用事かぐらいは返事してあげないとならないのです。内線電話で衛星回線を装っても、音質だとか時間差で僕の居場所がバレてしまうかもしれません。そこで思いついたのがファックスでやり取りする方法です。僕からの返事があたかもファックスで送られてきたように偽装して、内田さんに届けていただくわけにいきませんか」

「ああ、それでしたら簡単ですわ。『飛鳥』のファックスのフォーマットに、浅見さんからの送信原稿を貼りつけてコピーすれば、ほとんど識別できないと思いますよ」

「そうですね。かりにちょっとぐらい違和感があっても、どうせ気がつくような人じゃない。それでお願いします。内田さんからの返事もファックスで送ってもらうようにします。僕宛のファックス送信を依頼されたら、それはそのまま僕に渡してくれればいいのです。レセプションの人にあらかじめわけを話して、そうしてくれるよう頼んでください」

「分かりました。でも私の一存ではできませんから、チーフ・パーサーの花岡にだけは了解を求めることになりますけど、それは構いませんね？」

「ええ構いません。花岡さんはたぶん便宜を図ってくれるはずです」

浅見は早速、用意してきた送信原稿を堀田久代に渡した。香港に入港する直前ぐらいのタイミングで、918号室に届けてもらうことになった。内容は単純に、「電話のご用件は何でしょうか？　僕は長期出張中なので、連絡はファックスでお願いします」だけにしておいた。

「なんだか、スパイ映画のヒロインになったみたい」

堀田久代は上擦った口調で言いながら、階段を昇って行った。

内田からの返事は三月七日の午前八時、香港入港直後で、浅見がまだ眠っている時刻に届けられた。浅見から送った「ファックス」は七時頃、内田の部屋に届けられたはずだから、それからすぐに返事を書いたにちがいない。堀田久代の才覚なのか「飛鳥」の封筒に入っていて、ちゃんと封を閉じてある。同室に村田という他人がいることを意識したのだろう。もっとも、その村田はいつの間に起き出したのか、ベッドは蛻《もぬけ》の殻であった。

〔驚いただろうが、僕たち夫婦はいま、豪華客船の「飛鳥」に乗って世界一周の旅をしているところだ。〕

内田の「ファックス」はそういう書き出しで始まっていた。得意満面の内田の顔が目に浮かぶが、浅見にしてみれば驚くどころか、笑いだしたいくらいなものだ。

〔ところで、早速だが、僕と同じスイート仲間のご婦人から事件の相談を持ち込まれた。まだ詳しいことは聞いていないが、どうやらストーカーまがいの話らしい。僕になんとかしてもらえないかとの話だ。ふだんの僕なら快刀乱麻、あっさり解決してあげるところだが、今回はあくまでも遊びの船旅であって、そういう世俗のことに関わりたくない。代わりに、多少荷が重そうだけど、きみを探偵役として推挙しておいた。ついては、飛行機で先回りして、どこかの港から「飛鳥」に乗船してもらいたい。旅費その他の経費一切は彼女が面倒を見るそうだ。むろんなにがしかの手間賃も出るだろう。憧《あこが》れの「飛鳥」に乗れて、しかもアルバイトになる。こんな美味《おい》しい話はまたとあるまい。日頃何かと世話になっているきみへの、僕からのプレゼントだと思ってくれたまえ。「飛鳥」の運航スケジュール等については郵船クルーズ本社のほうに問い合わせれば分かるだろう。ではよろしく。」

何がプレゼントなものか――と、浅見は馬鹿馬鹿しくなった。どうせ自分の手に負えない厄介な話だから、こっちに押しつけるつもりに決まっている。あのセンセのやり口は毎度のことで、すっかり慣れっこになってしまった。

しかし「事件」そのものには興味を惹《ひ》かれた。莫大《ばくだい》な費用をかけてまで探偵を頼みたいくらいだから、よほどの事情があるにちがいない。しかも相手は「スイートの客」ときている。例の「貴賓室の怪人」は、ひょっとするとその女性かもしれない。

浅見は少し時間を空けて、折り返しの「ファックス」を送ることにした。

〔ご依頼の件ですが、残念ながら僕は目下、大量の仕事に追われ、日本を離れることのできない状況にあります。それに、どこの港から「飛鳥」に乗り込むにしても、そこまでは大嫌いな飛行機で行かなければならないので、その点にも問題があります。とはいえ、日頃お世話になっている先生のために、なんとかお役に立ちたいと思いますので、「事件」の概要だけでもお知らせいただければ、ある程度は協力できるかもしれません。次のご連絡をお待ちしています。〕

918号室に「ファックス」を届けに行った堀田久代から、内田夫妻は香港に上陸したと連絡があった。港でどこかの出版社の女性二人と落ち合って、観光に出かけることになっていると、内田が話していたそうだ。

キャビンの丸窓から覗《のぞ》くと、何台もの観光バスが埠頭《ふとう》に並んで、「飛鳥」の乗客たちが次々に乗り込んでいる。それぞれ、一日観光や半日観光のオプショナル・ツアーに向かうのだろう。香港市街の中心まではシャトル・バスも運行されるそうだ。

「浅見さんもお出かけになりません？」

堀田久代は訊《き》いている。

「もちろん出かけるつもりです。しかし、香港なんて初めてだし、どこへ行けばいいんですかね。それより何より、迷子にならなければいいけど」

「あら、だったら私とご一緒しません？　皆さんがお出かけになった後、お昼を食べに街へ出るつもりですから」

「それはありがたい。じゃあ、美味しい中華料理の店に連れて行ってくれませんか。もちろん、案内賃代わりにご馳走《ちそう》しますよ」

「ほんとですか、まあ嬉《うれ》しい」

契約が成立して、十時頃に二人は連れ立ってシャトル・バスに乗ることになった。浅見が眠っている間に部屋を出ていた村田満は、浅見が外出する時刻まで、ついに戻ってこなかった。そのまま香港見物に出かけて行ったのだろうか。まったく常識はずれの男だ。四日を経過してもなお、彼が何者なのか、その実体が摑《つか》めないでいる。

浅見のイメージとしては、香港の風景といえば高層ビルが立ち並び、夜は「百万ドルの夜景」といわれるようなロケーションだったはずなのだが、「飛鳥」の停泊している岸壁の周囲は、どう見ても貨物船用の殺風景な荷役港である。そのことを言うと、堀田久代は申し訳なさそうに苦笑した。

「ほんとはそうなんです。でも本来の港であるオーシャン・ターミナルがクイーン・エリザベス2世号など、外国船に先を越されて満杯になってしまって、この港しか空いてなかったんです」

中国に返還されたとはいえ、直前まで香港はイギリスの植民地だった地域だ。堀田久代ははっきりそうとは言わないが、ことによるとそういう意味で、英国船のQEIIに優先権があるのかもしれない。

香港歴史博物館を見学し、ペニンシュラホテルでアルコール入りの「ペニンシュラ・コーヒー」なるものを飲み、フェリーで対岸の香港島に渡った。船の上からは香港の市街が一望できる。地震国日本では考えられないような細長いビルが林立し、世界でもっとも過密な都市であることを実感させる。

湾内はひっきりなしに行き交う船で賑《にぎ》わっている。水は東京湾よりも汚れているように見えるが、堀田久代と肩を寄せ合って海風に吹かれていると、そこはかとない旅情にそそられる。これが恋人と一緒の旅なら、申し分ないのだが——と思ったとき、堀田久代がため息を洩《も》らした。

「あーあ、浅見さんが恋人だといいんですけどねえ……」

まるで自分の内心を見透かされたように、浅見はドキリとした。

第五章　蒼茫《そうぼう》の南シナ海

1　不愉快な道連れ

早朝入港、深夜出港の香港では、九十五パーセント程度の乗客が上陸した。飛鳥の乗客数はおよそ四百五十名だから、残っているのは二、三十名。クルーも手の空いている者は順次、上陸してもいいことになっているから、日中の船内は閑散としたものであった。もっとも、外出したものの、昼食と夕食の際にはいったん船に戻って食事して、また街へ繰り出すという、しっかり者の客も少なくない。

昼下がりの、いつもと違ってガラーンとした5Fのレセプション・ホールに、突然、女性の金切り声が轟《とどろ》いた。「あっ、あの人だわ!」と叫び、「捕まえて!」と怒鳴った。女性がオーバーなアクションで呼びかけているのは、5Fから6Fへ、階段を昇りきったところである。

ホールにはフロント係の女性と、舷門《げんもん》の手前でお客の乗り降りをチェックする警備のクルーが、それぞれ一人、それに乗客が十人余りいたが、その悲鳴のような大声の発信地をいっせいに見上げた。警備のクルーは日頃からそういう訓練をされているのか、躊躇《ちゅうちょ》なく階段を駆け上がって行く。ほかの人々は階段の下から何事か——と、固唾《かたず》を呑《の》んで見守っている。

問題の女性は階段の最上部の手すりにしがみついた恰好《かっこう》で、精一杯に伸ばした指先を船尾の方向へ向けて「早く、早く」とせき立てた。

フロント裏のオフィスから、騒ぎを聞きつけて、クルーズ・コーディネーターの江藤美希が飛び出した。

「何事ですか？」

フロントの女性に訊《き》いた。

「あそこで何かがあったらしいんです」

階段の上の女性を指し示した。

「あっ、あれは神田さんの奥様……」

江藤美希は言葉を途中で呑み込んで、とにかく階段に急いだ。

神田千恵子は腰を抜かしたのか、ほとんど手すりから離れられない様子だ。

「奥様、どうなさいました？」

夫人の両肩に手を添えながら、美希は小声で言った。

「ああ、江藤さん……」

千恵子は美希の顔を見て、「ふうっ」と吐息をついた。

「あの男ですよ、あの男。いつもデッキに現れる……」

「まあまあ、ちょっと落ち着いてください。とにかくあちらへ参りましょうか」

美希は夫人を抱くようにして、6Fのピアノ・サロンに連れて行った。途中にカジノがあるが、香港寄港中は営業をしていない。ピアノ・サロンも、その奥のグランド・ホールも今日は日中はクローズ状態だ。照明もないピアノ・サロンに入って、ゆったりしたソファーに座らせると、夫人はようやく落ち着きを取り戻したらしい。

「本当にデッキの覗《のぞ》きの犯人をご覧になったのですか？」

美希は八田野船長から、あらまし、神田氏の話を聞かされているので、多少、馬鹿馬鹿しく思いながらもそう言った。

「本当ですとも。あら、あなた疑ってらっしゃるの？」

「いえ、とんでもございません。そういうわけではありませんが……」

その時、ピアノ・サロンの反対側の入口から、「犯人」を追って行った警備係のクルーが入ってきた。

「どうでした？　誰かいましたか？」

美希が訊いた。

「いえ、誰もおりませんでした」

警備係は首を振った。

「グランド・ホールの中まで覗いたのですが、誰かがいる気配はありません」

「そうですか。それじゃ、後は引き受けますからお仕事に戻ってください」

お客の安全も大切だが、舷門の警備をほったらかしにしてもらっては困るのだ。

警備係と入れ替わりに、神田功平が飛び込んできた。

「千恵子、どうした、大丈夫なの？」

「ああ、あなた、なんとか……」

「誰かに襲われたのかい？」

「襲われはしなかったけど、見たのよ、あの覗き魔を」

「本当に？……」

神田は美希の顔を窺《うかが》った。美希は何とも言いがたい表情を浮かべた。「覗き魔」は夫人の妄想かもしれない——という八田野キャプテンの話を、美希はまったく聞いていないことになっている。

「まあ、とにかく何もなければそれに越したことはない。それじゃ、上陸はやめて、部屋に戻ることにしようか？」

「そうね、やめておこうかしら。香港もいまさら見るところもないし」

神田夫人は気を取り直したように、夫の腕に縋《すが》りながらスッと立ち上がった。

神田夫妻はエレベーターに乗る前に、舷門の警備係に挨拶《あいさつ》した。

「さっきはお騒がせしました」

神田が頭を下げると、警備係は「いえ、それが役目ですので、お気になさらないでください」と、かえって恐縮していた。美希も同じことを言って、エレベーターに乗る夫妻を見送った。それから八田野船長とチーフ・パーサーの花岡にこの出来事を報告した。

そんなこんなのゴタゴタを片づけ、それから本社との連絡や港湾当局との折衝などを終えてから、江藤美希は香港の街へ出かけることにした。観光都市香港は外国人観光客の落とす金で潤っているのだから、豪華客船の寄港は大歓迎のはずだが、入出国に関してはなかなかきびしいものがある。

それでも香港などはまだいいほうで、某国の某港では、堂々と袖《そで》の下を要求する港湾関係者もいた。入国審査を簡略化して上陸をスムーズにするためには、相手の顔色を窺するウラワザも心得ておかなければならない。そうでないと、乗客一人一人と面接して審査をする——などという、無茶を言い出しかねないのである。

中国復帰後の香港は治安状態はよくなったといわれるが、今回のように爆弾テロのようなことも起こるから、油断はできない。そういった社会情勢を把握して、乗客の安全を図ることも、クルーズ・コーディネーターの重要な役目だ。

三時頃になってようやく手が空いた。乗客のほとんどと、それに手隙のクルーもあらかた出払ってしまったようだ。港に待機中のシャトル・バスは閑散として、香港人の運転手は退屈そうな顔をしている。

「香港では爆弾テロがあったそうだけど、治安のほうはどうですか」

美希は英語で訊いてみた。フランス語とドイツ語は多少喋《しゃべ》るが、中国語はさすがに分からない。

「ああ、香港、治安たいちょぷよ」

運転手は意外にも、片言ながら日本語で返事をして、「スリ、カッパライ、気をつけることね」と付け加えた。

それでどこが「治安大丈夫」なのか分からないが、爆弾テロの後遺症はまったく心配ないらしい。

運転手としばらく無駄話をしていると、905号室の和田隆正が乗ってきた。例によって、青いスポーツシャツの上に濁ったカーキ色のジャケットを着て、小脇には丁稚《でっち》の集金カバンのようなバッグを抱えている。靴はスニーカーである。とてものこと、豪華客船のAスイートに乗ってやってきた観光客には見えない。

乗客同士の噂を耳にするかぎり、和田の傍若無人ぶりはあまり評判がよくないが、「飛鳥」側にとっては大切なAスイートの客である。美希は内心（いやだな――）と思ったが、愛想のいい笑顔で「これからですか？」と挨拶した。

それが呼び水になってしまったかもしれない。「やあ、あんたと一緒ですか。こいつはついてますね」と、和田は珍しくニコニコして、美希の隣に座り込んだ。車内はガラガラで、いくらでも空いた席があるのに、膝《ひざ》をくっつけるように並んで座った。衣服に染みついた煙草の臭いが鼻をついた。

和田を乗せると間もなくバスは発車した。もう少し早く出てくれれば――と、美希はひそかに思った。

「そうだ、江藤さん、あんた独身なんだそうですね」

いきなり和田は言った。ずいぶん失礼なひと——と思ったが、うわべはさり気なく「ええ、そうなんですよ」と答えた。

「あんたほどの美人がまだ独身だなんて、世の中の男どもは何をしているのか……いや、近寄りがたいものがあるのかな。それとも、あんたのほうでより好みがきついのか。とにかくもったいないねえ」

美人と言われたのはとりあえずいいとするにしても、和田が粘りつくような口調で「あんた」と言うたびに、美希は背筋がゾクッとくる。

「より好みなんてとんでもない。ただただご縁がございませんの」

「そんな、まさか……まあ、それなりに彼氏はいるのだろうけど。こう長いこと日本を離れていちゃ、彼も心配だろうな」

和田は自分の言葉の効果を確かめるような目つきで、こっちの様子を窺っている。美希は「ほほほ……」と、どっちつかずに笑って、はぐらかした。

「ふーん、やっぱりいるんだ」

そういうふうに受け取ったのだろう。少し気落ちしたのか、和田は憮然《ぶぜん》とした表情で天井を仰ぎ見た。

「ところで、あんた、知らないかな、松原氏のことだけど」

「は？　松原さんておっしゃいますと？」

「912号の松原京一郎氏さ。元貿易会社の社長だったとかいう」

「ああ、あの松原さんでしたら、存じておりますけど。といっても、もちろんお客様としての知識しかございません」

「彼はさ、聞くところによると、財界の影の立役者だそうだね」

「へえー、そうなんですか。でも、影の立役者といいますと、どういうことをする方なのでしょうか？」

「まあ、はっきりしたことは分からないが、表舞台ではあまり知られてなくても、経済界や政界に隠然たる力を持っている、一種のフィクサーみたいなものだろうね。そんな話、していなかった？」

「いいえ、ぜんぜん。それに、お見受けしたかぎりでは、そういう感じはしません。ジョークがお上手な、優しい紳士という印象ですけど」

「見た目にはね。しかしその実体は相当なキレ者だそうだ。その松原氏が、さっさと社長を譲って、呑気《のんき》に世界一周なんかしているっていうのが、どうも気に入らない。何か魂胆があってのことじゃないかと思ってさ」

「あら、じゃあ和田さんはそういう、松原さんやほかのお客様のことを探って、ご自分の会社から本を出版なさるおつもりなのでしょうか？」

「ははは、さあねえ、それはどうかな」

和田はあいまいに答えて、そっぽを向いた。美希の言ったことが当たっていたのか、それとももっとほかに陰湿な目的でもあるのかもしれない。

「飛鳥」が停泊している埠頭《ふとう》から九竜《カオルーン》の中心街までは、およそ三十分ほどかかる。バスはオーシャン・ターミナル横の広場で客を下ろし、代わりに、観光やショッピングを済ませた帰りの客を乗せて「飛鳥」まで運ぶ。広場には集合場所であることを示す「飛鳥」の文字を大書したピンク色の幟《のぼり》が立っていた。

江藤美希はそこから地下鉄で香港島の中環《チュンワン》まで行くつもりだ。それを知ってか知らずか、和田隆正も美希と並ぶようにして地下鉄の階段を降りた。

「和田さんはどちらまでいらっしゃいますの？」

美希が訊《き》くと、「えっ」と驚いた。

「決まってるじゃないの。あんたと一緒に行くつもりですよ。香港なんて、西も東も分からないんだから」

「あらっ、でも、私は女性専用のエステサロンへ行こうと思ってますのよ」

むろん、咄嗟《とっさ》の嘘である。

「えっ、そうなのか。まあいいや、じゃあその近くまでご一緒しよう」

そう言われて断るわけにもいかない。美希は「西も東も分からない」和田のために、地下鉄の切符を買ってやる羽目になった。

香港は地下鉄が四通八達していて、大陸側の九竜から香港島まで、海底トンネルで結ばれている。地下駅のコンコースも広く、群衆が忙《せわ》しげに行き交う様子は、東京新宿や大阪梅田《うめだ》の地下鉄駅を彷彿《ほうふつ》させる。和田はまるでお上りさんのようにキョトキョトしながら、美希の後ろについて歩いた。

中環は一般に「セントラル」と呼ばれ、文字通り香港島の中心街であり、有名ブランド直営のショップが入った高層ビルが立ち並ぶ繁華街である。高層ビルの密集度は東京などよりはるかに徹底している。和田はビルを見上げて「すごいねえ」を連発した。

「じゃあ、この辺で……」

美希が言うと、和田は「もう行っちゃうの？」と心細げだ。

「地図はお持ちなんでしょう？」

「ああ、簡単な案内図だけど」

「もし分からなくなったら、『飛鳥』が停泊している青衣島《チンイー》の埠頭をお訊きになれば教えてくれます。大抵のお店は日本語のできる店員が一人か二人、いますから」

別れの挨拶《あいさつ》のつもりで言ったとき、和田は遠くを見て「あれ？」と言った。

「あの男、『飛鳥』のお客じゃないの？」

「は？　どの方ですか？」

美希は視線をその方角へ向けた。

「ほら、あいつさ」

和田はじれったそうに指先を伸ばした。それに応《こた》えるように、ビルの中から日本人の男と女が現れた。

「あ、ほんと。そうです、お客様の浅見さんとスタッフの堀田久代ですわ」

美希は救われたように手を挙げ、駆けだした。

2　中環《チユンワン》漫歩的探訪

堀田久代にとって、久しぶりにスリルに満ちた時間であった。

浅見光彦はこれまでに彼女が出会ったどの男性よりも魅《ひ》きつけるものを備えた男だと思った。外見はもちろんだが、浅見の魅力はむしろ内面にあった。品がよくて、優しくて、それでいてちゃんと男っぽさを感じさせる毅然《きぜん》としたところがある。さりげない仕種《しぐさ》や言葉の端々にそういう資質が表れる。それが気取りなく、ありのままの姿なのだから、よほどいい性格なのか、恵まれた育ち方をしたにちがいない。

浅見は中環のノッポビルの60Ｆにある中華料理店で、それほど豪華ではないけれど昼食をご馳走《ちそう》してくれた。もちろん案内したのは久代のほうだ。浅見はおっかなびっくり、窓の下の街を見下ろして、窓際からいちばん遠い席を選んで座った。ものすごい高所恐怖症なのだそうだ。そういう「欠陥」のあることも、もうあまり若くない久代の目には「かわいい」と映ってしまう。

香港の料理店では大抵、お客が席につくとまずおしぼりをくれる。女性がやってきて、ボウルのような洗面器のような金属容器の中の蒸したおしぼりを、大きなピンセットのようなもので挟んでお客の手に載せる。病院の手術室で、看護婦が医者に消毒済の道具を渡す様子を連想させる。

その女性もそうだが、注文を取る女性たちのほとんどが無表情だ。日本の女店員のように愛想のいい笑顔を見せることはめったにしないらしい。そのことに浅見はすぐに気づいて、「面白いですね」と言った。ふつうの感覚だと不快に思いそうなことでさえ、彼にかかると何でも「面白い」対象になるのかもしれない。

食事を終えて、街を案内して歩いた。なにしろ外国旅行は初めてという浅見は、見るものすべてに興味の目を注ぐ。案内をして、これほど張り合いのある相手も珍しい。放っておくとこっちの存在を忘れて、どんどん先へ進んで行ってしまいそうだ。

「迷子にならないようにしてください」

堀田久代はそれを口実に、浅見の腕に自分の腕を絡ませて歩いた。いやがったり照れたりするかと思ったが、浅見は案外、自然な態度でそれに応じてくれた。むしろ、当然のことのように振る舞っている。まあ、浅見ほどの見栄えのいい男性だったら、ふだんからそういう相手がいたとしても不思議はない。そう思いながらも、久代は少しジェラシーを感じた。

雑踏の中を歩いていると、どうかした弾みに、浅見の肘《ひじ》のあたりが久代の胸のふくらみに当たる。そのつど、久代はドキリと胸がときめいた。しかし肝心の浅見のほうはまるで意識しないらしい。街の風景や、店のショーウィンドウの中について、あれこれ質問をしてくる。頑是ない子供が母親に素朴な質問をするのとそっくりだ。それでまた久代は（かわいい——）と思ってしまう。

　折角の香港だというのに、浅見はビクトリア・ピークやレパルス・ベイといった、定番の観光名所へは行く気がないのだそうだ。「そういうところはガイドブックや写真を見れば分かりますから」と素っ気ない。

「それよりも街の中の様子や、人々の生活ぶりを見たいですね。危険でない程度に、裏町や庶民の街を案内してください」

　そう言われても、香港には十回近く来ている堀田久代だって、いまだかつてそんなところに足を踏み入れたことはない。いくら治安がよくなったといっても、マフィアの巣窟《そうくつ》みたいなところがいまでもあるかもしれない。中環は香港の中でもとくに治安のいいところだが、結局は繁華街の裏通りを少し丹念に歩く程度のことしかできなかった。

　久代は夕刻までに「飛鳥」に戻らなければならない。そう言うと、浅見も一緒に帰船すると言う。付き合いというより、一人歩きは不安なのかもしれない。

　ショッピング・センターのあるビルを出たところで、和田隆正と江藤美希にパッタリ出会った。美希のほうが救われたような顔で駆け寄ってきたところを見ると、和田との「デート」があまり嬉《うれ》しくなかったらしい。

「ちょうどよかった、和田さんが香港は初めてなんですって。私はエステサロンに行かなきゃならないから、堀田さん、案内して差し上げて」

「あら、でも私はもうそろそろ帰らないといけないんですけど」

「ああ、そうか……いいわよ、花岡さんには私から電話しておいてあげる、少し遅れるって。じゃあお願いします」

江藤美希は独り決めに言って、さっさと街の雑踏に紛れ込んだ。

(逃げられた——)と思ったが、まさかAスイートのお客をほったらかしにして行くわけにもいかない。もう一人の浅見だって、同様に香港は不案内なのだ。

「どういうところへいらっしゃりたいのでしょうか?」

久代は和田に尋ねた。

「そうだなあ、そう言われてもどこへ行けばいいのか、見当がつかない。あんたたちはどこへ行ってきたんだい?」

和田は久代と浅見を等分に見ながら、言った。

「大したところへは行ってません」

浅見がニコニコして答えた。「食事をして、ショッピング・センターを冷やかして、あとは街をブラついただけです」

「ふーん、ショッピング・センターね」

和田はビルを見上げて、

「こんなところ見て、面白いのかね?」とケチをつけるようなことを言った。

堀田久代は「あのう……」と、遠慮がちに声を発した。

「ここで立ち話するより、どこかでお茶でも飲みませんか」

三人は近くのカフェに入った。アルコール類が置いてある以外は、日本の喫茶店とそう変わりはない。三人とも紅茶を注文した。浅見はともかく、和田がコーヒーではなかったのが、久代には少し意外な気がした。

高級そうな店だったので、さぞかし上等の紅茶を飲ませてくれるだろうと期待したのだが、何のことはない、女性が銀盆に載せてうやうやしく運んできたカップには、リプトンのティーバッグが入っていた。浅見はさり気なく上品にティーバッグを引き上げたが、和田は洗濯でもするようにジャブジャブとカップの中でバッグを踊らせた。

「浅見さん、あんたもライターなら感じると思うけど、あの後閑っていう姉妹の妹さんのほう、どことなく変じゃないかね」

紅茶を啜《すす》りながら、和田は言った。

「そうでしょうか、変でしょうか」

浅見は茫洋《ぼうよう》とした返事である。

「ああ、変だよ、大いに変だな」

「何が変なのですか？」

久代が訊いた。

「第一に名字が同じじっていうのがよく分からない。妹さんが離婚して元の名字に戻ったっていうのは分かるが、それじゃ、姉さんのほうが同じ後閑なのはどうしてなんだい？」

「それでしたら簡単ですわ。後関さんは女性ばかりのご姉妹で、お姉様がお婿さんをお取りになったのだそうですから」

「ああ、なるほどね、そういうわけか」

和田は拍子抜けしたが、すぐに態勢を整え直して、「それはそれとしてもさ、あの妹さんはおかしい」と言った。

「僕は女を見る目には自信があるのさ。僕に言わせれば、彼女の過去には只事《ただごと》でない悲劇的な事情があるな」

「ええ、離婚なさったのですから、それはそうだと思います」

「いや、離婚だけじゃなくてさ、もっと悲劇的な出来事があったにちがいない。彼女の表情ばかりか、全身から滲《にじ》み出るような悲劇の匂いが感じ取れるね。そう思わない、浅見さん？」

「はあ、そういうものですか」

「なんだ、ずいぶん素っ気ないんだな。あんた、ああいう女性を見て、何も感じない？たとえばさ、死ぬほど辛いことがあったんじゃないか、とか、いったいこの旅の目的は何なのだろうか、とか」

「しかし、人それぞれですから。この『飛鳥』に乗り合わせている皆さん、それぞれの人生を生きているわけですから、あえて詮索《せんさく》するのはいかがなものでしょうか」

「へえー、驚いたなあ。まるで年寄りみたいに達観したことを言うねえ。そんなんでよくライターが務まるもんだ」

和田は呆《あき》れたように言った。

浅見の正体を知っている久代には、彼がそらっとぼけているのが分かる。しかし、和田に一方的に軽く見られてばかりいる浅見に、久代は少し歯がゆいものを感じた。

(何か言い返してやればいいのに——)と思う。

「それから神田さんていうのも何かありそうだね」

和田は執拗《しつよう》に続ける。

「あの夫婦もただ者じゃない。松原氏にいたっては、奇々怪々といったところだな。とにかくAスイートの乗客は一癖も二癖もある連中が揃っている。どうかね、あんたもジャーナリストの端くれならさ、少しは関心を抱いてみたら？」

「いえ、僕はそういう人間関係のややこしいのは苦手ですから」

浅見はニコニコ笑いながら、顔の前で手を振っている。

3　未帰還者

「飛鳥」のクルージングで、クルーたちがもっとも気を遣っているのは、乗客の員数の確認である。寄港地で下船した客の積み残しがないように、舷門《げんもん》で乗下船のチェックを厳重に行う。とくに外国航路の場合には、不正乗船や密入出国の防止にも繋《つな》がるのだから、この作業はおろそかにできない。

チェックの方法は、横浜出港前に乗客に渡されてある乗船証のバーコードを、コンピュータに読み取らせる方法によっている。乗客はゲートを通過する際、コンビニやスーパーマーケットのレジにあるのと同じような、光電管による読み取り機に乗船証をかざすだけですむ。

以前は下船の際に各自、乗船証をレセプションのカウンターにある箱の中に置いて出て、帰船のときに持ち去るという方法を採用していた。ところがこの方法だと、しばしば乗船証を取り忘れたまま、キャビンに戻ってしまうといううっかりミスがある。出港時刻がきても、箱の中に乗船証が残っていることがあって、そのつど、船内放送で呼び出し確認をしなければならなかったものだ。

「飛鳥」の香港出港は二十三時。乗客の帰船時刻はそれより一時間前の午後十時と決まっている。ほとんどの乗客は午後九時頃までには戻っている。街で夕食を楽しんできても、十分、間に合う時間だ。

しかし、二十二時になっても、未帰船の乗客が一名いることをコンピュータが報じた。402号室の村田満である。

ギャングウェイと舷門の往来を監視している二人のクルーは「しようがないなあ」とぼやいた。しかしこの時点では、さほど大事になるとは考えていなかった。約束の時間までに戻らない例は、これまでにも何度かある。実際に出港時刻までに戻らず、置いてけぼりを食った客もいる。本人にはその気はなくても、思いがけない事故や交通渋滞に引っ掛かって遅刻することはありうる。

出港時刻が迫って、さすがにクルーは慌てた。花岡チーフ・パーサーからさらに八田野キャプテンにまで報告が届いて、最悪の場合どうするか、あらかじめ判断を仰いだ。

八田野キャプテンは「タイムリミットは十分間だけ」と決定を下した。

繋船料《けいせんりょう》はそれぞれの港でまちまちだが、世界的な人気港である香港はとくに高い。香港を代表するオーシャン・ターミナルはもちろんだが、代替港というべきここ「青衣島《チンイーアイランド》港《ベイ》」もそう安くはない。たった一人の無責任な乗客のために、いたずらに係留時間を引き延ばせば、その客の乗船料くらい吹っ飛んでしまう。

二十三時十分――「飛鳥」は抜錨《ばつびょう》して岸壁を離れた。村田満はついに帰船しなかった。

コンピュータの記録によると、村田満は午後二時二十三分に舷門を通過している。その頃は下船する客たちも少なく、レセプション・ホールがもっとも閑散とする時刻だ。そのためか、レセプション・ホールや舷門付近で、村田が船を出て行く姿を目撃したという者が一人もいなかった。

乗客の中に消息を知っている人がいないかどうか訊きたかったが、すでに真夜中である。プロムナード・デッキやスカイ・デッキで出港風景を楽しんでいる人々はいたが、その人たちに聞いて回るのも差し障りがある。

村田満の同室客である浅見光彦は、ほかの乗客と一緒に、スカイ・デッキに上がって、香港の夜景を眺めていた。

深夜だというのに、香港の高層ビル群のほとんどは窓という窓に灯をともして、まさに不夜城のように美しい。この日、夜に入ってから、香港は濃霧が発生して、空港が閉鎖されたほどだが、湾内に立ち込める霧が街の明かりを滲ませて、夢幻の世界を効果的に演出している。むしろ泣きたいくらいに旅情をそそった。

島々が浮かぶ水域を出はずれ、外洋のうねりが感じられる頃になって、浅見は部屋に戻った。それを待ち受けていたのか、花岡チーフ・パーサーが廊下に佇《たたず》んでいた。

「じつはですね、同室の村田さんが船に乗り遅れたのですが、浅見さんは何かご存じありませんか」

花岡は困惑しきった顔で訊《き》いた。

「いいえ、知りませんが、それじゃ、村田さんは戻ってなかったのですか」

浅見は驚いて、思わず丸窓の外の真っ暗な海を覗《のぞ》いた。村田が帰船していないこと自体、いま花岡に言われて初めて気づいた。

浅見が和田や堀田久代と共に船に戻ったのは七時前である。それから夕食を済ませ、風《ふ》呂《ろ》に入り、ヴィスタ・ラウンジで寛《くつろ》いだあとスカイ・デッキに上がった。もちろんその間も、村田の姿を見ていない。もっとも、村田のことはまったく気にかけていなかったというのが本当のところだ。

同室とはいえ、村田とはおたがいに干渉しないような関係を保っていた。浅見のほうがあえてそうしていたというより、村田があまり人付き合いのいい性格ではないのかもしれない。寝に戻る以外はほとんど部屋を出ていた。なるべく顔を合わさないようにしているのではないか――とさえ思えた。

「船に乗り遅れた場合には、どうすればいいのですかね？」

知らない土地、それも異国である。さぞかし心細いだろう。わが身に置き換えてみて、浅見はその不安さに身が竦《すく》んだ。

「まあ、『飛鳥』を追いかけるとなると、差し当たり、飛行機でシンガポールまで飛ぶことになるでしょうね」

「あ、なるほど、そういう手がありますね。じゃあ心配ないですか」

「しかし、出国手続きなど、ややこしい問題もあるわけでして、一刻も早く連絡していただかないと対応ができないことになりかねません」

花岡は憂鬱《ゆううつ》そうに言って引き揚げた。

浅見はあらためて部屋の中を見渡した。

村田とはこの小さな部屋の中で、なるべく軋轢《あつれき》が生じないように棲《す》み分けている。荷物の量は二人とも似たようなもので、たぶん「飛鳥」の乗客の中でも少ないほうだろう。それでも、百日の旅行では南北の移動があり、寒暖の差のはげしいところを通過するわけで、そのための着替えからフォーマル用の服装に至るまで、日常生活では存在しないようなものを持ち込んでいる。ふつうの旅行とは比較しようのないほどの量である。

村田の荷物は大型のスーツケース二個とそれ以外は、段ボール箱で出港前に送ったものが三個分あるだけだ。その中身は大半を室内のクローゼットやチェスト（小簞笥《こだんす》）に収め、差し当たり必要のない物は船内の荷物室に預けてある。浅見もほぼ同様にしてあった。

村田は神戸からの乗船だが、それから四日を経過していながら、浅見とのあいだではほとんど親密さを深めてはいない。最初の顔合わせのときに会話を交わしたのがもっとも長いくらいのもので、それ以降はくだけた会話がない状態で過ごしてきた。浅見のほうは何のこだわりもないのだが、村田の側にどことなく、立ち入った話を避けているような気配があった。

それにしても、いかにも関西人らしい機敏さを感じさせる村田が、こともあろうに出港時刻に遅れるようなヘマをしたというのが、浅見には奇妙に思えた。花岡が言っていたように飛行機で追いつくにしても、宿泊代やら飛行機代やら、無駄な出費が嵩《かさ》んで、スポンサーに文句を言われないのだろうか——と、余計な心配までした。

翌朝、5Fのフォーシーズンで食事をしていると、近くのテーブルの客たちが、村田が乗り遅れた噂をしているのが耳に入った。浅見の知るかぎりでは、「飛鳥」側が積極的に事情を調べている気配はないのだが、そういうニュースに敏感な乗客がいるものである。

「へえーっ」とか「ずいぶん間抜けな人ね」などという露骨な声も聞こえた。

しかしそういう野次馬的なことを言うだけで、親身になって村田のことを気づかう人間はいないらしい。それ以前に、村田満なる人物のことを知る者が少なかった。もっとも、村田は確かに目立つ存在でなかったかもしれない。関係のない人たちは、「あの色黒の、小柄な人？」という程度に認識しているのが精一杯のようだ。

4　アジアン・ナイトの惨劇

横浜出港から七日目――「飛鳥」は南シナ海をシンガポールに向けて南下しつつある。天候はおおむね晴れか曇り。快適な航行といってよかった。6Fのグランド・ホールでは、午前中は売れっ子作家「S」氏の講演があり、午後は落語の口演があった。キャプテンの八田野も、その時間は手隙だったので、ホールの後ろのほうで楽しませて貰《もら》った。

香港での忙しさに取り紛れてしまったせいか、その後、神田夫妻から「覗き魔」に関する苦情は伝わってこない。その神田夫妻をはじめスイートのお客のほとんどが、グランド・ホールでの両方の催しに出席して、落語のときなど、馬鹿笑いに笑っている。まずまず平和が戻ってきたと考えてよさそうだ。もっとも、香港を出港した後は、南シナ海に出没するという海賊情報に備えて、全船で警戒態勢を強化している。「覗き魔」はそれに恐れをなしたのかもしれなかった。

ただし、その平和の裏側で、「飛鳥」のクルーたちは村田満の未帰還にまったく手こずっていた。電話ぐらいしてきてもよさそうなものだが、夕刻近くになっても、村田とは連絡がつかないままだ。

(何か、事故や事件に巻き込まれたのでなければいいが――)

八田野は内心、不安でならない。「飛鳥」船上でのことではないにしても、乗客の身に万一のことがあれば、やはりクルーズ全体を指揮する八田野に責任の一端がかかってくる。その不安はクルーの幹部連中には共通したものにちがいなかった。

その日は一日、ひたすら村田からの連絡を待つことに徹して、翌日になって本社と連絡を取りながら、村田満の所在を突き止める作業を始めることになった。

香港を出て、南シナ海の終日クルーズは三日間である。シンガポールに着く前には、なんとか連絡を取りたいものだ。香港からシンガポールまでは直行便が頻繁に出ているし、時差もない。シンガポールで「飛鳥」に追いつかないと、その次の寄港地はモルジブ共和国のマーレ。たしか、香港からの直行便はないはずだ。さらにその先となるとインドのムンバイ(ボンベイ)になってしまう。

香港を出てから二度目の朝を迎えると、本社も相当に慌てだした様子だ。現地の支店や領事館、それにマスコミ関係にも問い合わせて、何かそれらしい日本人を巻き込んだ事件・事故が起きていないか、確認を取る作業に入っている。

事件・事故とは不吉だが、冗談でなく、その可能性が強くなってきた――と、八田野は真剣に考え始めた。

しかし、だからといってどうすべきか、いまの段階では手の打ちようがない。ただひたすら連絡を待つのみである。連絡が吉報なのか凶報なのか、しだいに悪いほうの予感が強まってくる。

船内は一見、平穏無事な時間がのどかに流れている。乗客のほとんどは香港での乗り遅れ「事件」を知っているはずだが、所詮《しょせん》はわが身に関係のないことなのである。村田満が単独客だったことも、無関心の理由にちがいない。

明朝はシンガポール入港という日、この辺りの海域は第二次大戦の冒頭、有名な「マレー沖海戦」があったところだ。イギリスが誇る戦艦「プリンスオブウェールズ」「レパルス」が日本海軍機の爆撃で撃沈された。それからほぼ三年後の「レイテ沖海戦」では逆に、日本の連合艦隊は壊滅的な大打撃を受け、日本側の敗勢が決まってしまう。フィリピン海溝に近いこの付近の海底には、そうした戦いの犠牲者が数えきれないほど眠っている。

それからわずか五十数年を経て、その悲劇の海を通過しながら、豪華な船旅をエンジョイすることに、八田野は何か罪悪感にも似たやる瀬ないものを感じる。香港で乗り遅れた乗客がいたといって騒ぎたてることなど、虚《むな》しいものに思えてくる。

しかし、そうした個人的な感慨とは関係なしに、乗客の行方不明は客船にとって由々しき一大事ではあった。

三日を経ても村田満からの連絡がないことについて、クルーの中や本社側から悲観的な見方が出てきた。事件・事故もそうだが、ひょっとすると、村田の失踪《しっそう》は計画的な密出国だったのではないか——という憶測まで浮かんでいる。

この日、「飛鳥」船上では「アジアン・ナイト」とうたったイベントが繰り広げられた。夕食後、乗客は思い思いに、なるべくアジア各国の民族衣装をまとってデッキに出る。リド・デッキでは香港のドラゴン・ダンスや中国楽器の演奏、バリ・ダンス、バンブー・ダンスなどが演じられ、最後は乗客も参加してコンガ・ダンスで盛り上がる。

9Fのアスカ・デッキにはスイート客のための大テーブルが三脚、設《しつら》えられた。ウェーターが焼きたてのシシカバブや大海老《おおえび》の料理などを運んでくる。テーブルを囲んで、思い思いの衣装に趣向を凝らしたスイートの面々が、ほぼ勢ぞろいしている。

神田夫人の千恵子は思いきりスリットの入った中国服をまとって、太股《ふともも》を腰までチラつかせ、周囲の男どもの注目を集めている。ご亭主の神田功平も、さながら大人《たいじん》を思わせる高級な中国服姿で隣にいるが、千恵子夫人の背後に控える、スマートでダンディなマジシャンの志藤や、筋骨逞《たくま》しいスポーツ・インストラクターの塚原の存在ばかりが目立って、どことなく霞《かす》んでいた。

もちろんそこには内田康夫・真紀夫妻もいた。内田は相変わらず社交性がなく、とくにアジアらしい服装もしていない。真紀夫人のほうは香港で買ったばかりの中国服を慎《つつ》ましやかに着て、後閑姉妹をはじめ、松原夫妻、それに後閑姉妹の916号とは内田の部屋を挟んで逆隣になる920号室の大平正樹・信枝夫妻など、テーブルを共にする人々とざっくばらん、楽しげに会話を交わしている。

そのうちに内田が神田千恵子に近づいて、小声で喋《しゃべ》りだした。

「例の、ベランダに怪しい人影が現れたという、あれはその後、どうなりました？」

デッキでどんなに賑《にぎ》やかなパフォーマンスをやっていようと、テーブルが陽気な話題で盛り上がっていようと、一切お構いなしに、そういう「事件」がらみの話題にしか興味を持たない陰気な性格だ。

「ああ、あの件はあれっきりですのよ。香港以来、怪しい気配も消えています。もしかしたら、犯人は私が内田さんにお願いしたことを知って、警戒して近寄らないのかもしれませんわね」

「なるほど、そういうことは確かに考えられますね。しかし、いつまた危険が迫らないともかぎりません。そのときはすぐに相談してください。僕のほうも、この前お話しした弟子のようなやつに協力させる段取りを整えましたから」

「それはありがとうございます。いまのところは志藤さんや塚原さんのおかげで、安心していられますけど、お二人とも本来のお仕事がおありです。四六時中ご迷惑をおかけしているわけにいきませんものね」

「そのとおりです。危険は根本的に解決してしまうにかぎりますよ」

内田はしかつめらしく言った。

「でも、内田さんは本音として、何か事件でも起きたほうが面白いと思っておいでじゃありませんの？」

「えっ……ははは、まさかそんなことは思っていませんよ。そりゃまあ、事件があるに越したことはないけれど、奥さんのように美しい女性に危険が及ぶのは誰にしたって望まないでしょう」

際どいところでお世辞を忘れないのも、この男の特徴である。

「私、一つ思いついたことがあるのですけれど」

神田夫人はいっそう声を潜めて、内田の耳に囁《ささや》くように言った。

「内田さんは香港で一人、船に乗り遅れたお客さんのいること、ご存じですか？」

「ああ、そんなような噂を聞きましたね。間抜けなやつもいるものだと思いましたよ。『飛鳥』にしたって迷惑千万でしょう。いったいそのアホなお客っていうのは何者ですか？」

あけすけに悪口を言うので、真紀夫人が内田の脇腹をつついた。

「おやめなさいよ、そんな言い方は」

「いいじゃないか、事実なんだから。僕はそういう無責任で、他人に迷惑をかけるやつは大嫌いなんだ」

「だけど、その人にしてみれば、何か、やむをえない理由があって遅れたのかもしれないじゃありませんか」

「なるほど、それもそうだな」

ずいぶん気負っていたわりには、夫人に窘《たしな》められると、あっさり反省してホコを収めてしまう軟弱なところも、内田の特徴というべきである。

「それはそれとして」と、神田夫人は内田夫妻のやりとりに割って入った。「その人がいなくなってから、怪しい出来事が起きなくなったのは、もしかしたら、単なる偶然ではないのでは――って、そんな気がしたのですけど」

「えっ、えっ、それはどういう意味ですか。つまり、その人物が怪しいと？」

「これは勝手な想像ですけどね」

シラッと言ってのけて、神田夫人はすました顔で会話を打ち切った。


アジアン・ナイトには、ギャレー（厨房《ちゅうぼう》）のスタッフはほとんど総出で対応する。8Fリド・デッキの各所に置かれた調理台でシシカバブや魚介料理等々、種類も豊富な料理を作り、デッキに溢《あふ》れんばかりのお客に、遅滞なく供給しなければならない。長い船旅に倦《う》んだお客にとっては、こういうイベントが何よりも楽しく、気分転換になる。

もっとも、厨房を預かるシェフとしては、料理とも呼べないような食べ物をお客に供することに、少なからず抵抗はある。料理長の高原勝彦《たかはらかつひこ》はとくに気位の高い男というわけでもないが、この手の馬鹿騒ぎがあまり好きではない。そのこともあって、高原は8Fデッキには出ず、倉庫係に協力して、手隙のスタッフと共に、シンガポール入港に備える作業を始めた。

「飛鳥」は世界一周に必要な資材のほとんどを横浜港で積んで出発している。最も重要な水は、海水を真水に変える「造水器」の活躍で解決できる。「飛鳥」の造水器は日産四百トン。船内で使用されるあらゆる水を賄って余りある。

寄港地で調達する必要があるのは、主に燃料と生鮮食料品だ。世界一周の場合、燃料の重油は通常、六カ所で補給する。もちろん、価格のなるべく安い港を選ぶ。必ずしも産油国が安いというわけではない。産油国に近くて、しかも石油精製工場が充実した港で買うのが望ましい。安いからといって、タンクを満杯にすることはしない。これは陸上の自動車でも同じことだが、わざわざ重荷を抱えて走るのは、エネルギーの無駄遣いというものである。

生鮮食料品、とくに野菜や果物は、物価高の日本で仕入れるより現地調達のほうがはるかに安くつく。ことに東南アジアは果物類の宝庫で、シンガポールはその中心であり、物資の集散地である。

シンガポールでの大量の入荷を見込んで、「飛鳥」のギャレーと食品倉庫の担当者は、大童《おおわらわ》だった。この先の長いインド洋航海中に、トロピカル・フルーツの食べ放題というイベントが企画されている。日常的にも、昼食時に供される果物は食べ放題である。乗客乗員合わせて七百人以上の胃袋を満足させるとなると、並大抵の量では間に合わない。現在ある食料を整理整頓《せいとん》して、新たに入ってくる果物を入れるスペースを用意しなければならなかった。

果物は主として常温より低めに設定された低温倉庫で保管する。当面使わない肉や魚類は冷蔵庫か冷凍庫に入れる。入荷量が多いときは空きスペースを作るのがひと苦労だ。「飛鳥」には遺体安置用ケースが二体分、用意されている。「飛鳥」に限らず、長い航海では当然、死者が出ることもありうる。海外で荼毘《だび》に付すか、遺体のまま日本に帰るかはべつとして、少なくとも最寄りの港までは冷蔵設備のある遺体安置ケースが必要だ。

もっとも、航海中に死者が出ること自体、ごく稀《まれ》なのだから、「飛鳥」でそのケースに実際に遺体が安置されたことは過去にない。となると、何も入っていないケースは、大型冷蔵庫四個分に相当する冷蔵機能の高い容器である。たとえばマグロ一匹を丸ごと収めることだって可能なのだ。それを空いたままにしておくのは、大いなる無駄にちがいない。

ギャレー倉庫係の若いフィリピン人クルーが、牛の枝肉を遺体安置ケースに入れることを提案した。牛の枝肉は置場に苦労する。場所は取るし、温度の管理などにも気を遣う。ギャレーのチーフである高原も「いいだろう」と了解した。

倉庫係は口笛まじりに枝肉を担いで遺体安置ケースの把手《とって》を引いた。ケースは早い話、ジュラルミン製の大きな引出し状になっている。引き出したケースに枝肉を収めようとして、フィリピン人青年は「ギャッ」と叫んで腰を抜かした。覗《のぞ》き込んだケースの中に人間が横たわっていた。

ギャレー倉庫はたちまち大騒動になった。今航海で死者が出たという話は、誰も聞いていなかった。死者があったことを伝えていないばかりか、断りもなしに遺体をケースに収納したのは、ギャレーや倉庫部門を馬鹿にしている証拠――と、早とちりした高原が、花岡チーフ・パーサーに文句をつけた。

もちろん花岡だってそんなことはまるで知らない。大慌てに慌てて倉庫に吹っ飛んできた。開けっ放しになっている遺体安置ケースを覗き込んで、花岡は遺体の顔よりも青くなった。変わり果てた姿ではあるけれど、遺体の主はどうやらあの402号室の客、村田満に間違いなさそうだった。

すぐさま八田野キャプテンが呼ばれ、船越ドクターが呼ばれ、主だった連中が次々に駆けつけた。江藤美希も堀田久代も、少し離れた位置から不安そうに現場の様子を窺《うかが》った。最後に、村田と同室の客である浅見光彦も呼ばれて、やってきた。

「ああ、村田さんですね」

浅見はひと目見て、明言した。あまり村田の顔に馴染《なじ》みのなかったクルーたちも、その一言で結論を得た。

「死後経過はどのくらいでしょうか？」

浅見は船越ドクターに訊《き》いている。

「さあねえ、はっきりしたことは分からないが、二、三日は経っているでしょうな。もっとも、冷蔵されているので、解剖《ひら》いてみなければ、正確な死後経過は判断しかねます」

「香港から行方不明になっているのだから、その時点ですでに亡くなられていたと考えていいのじゃないでしょうか」

八田野が言った。それはきわめて常識的だし、ほかに考えようもなかった。

「それにしてもキャプテン、村田さんがどうしてここで亡くなっているのですかね？」

花岡がオロオロ声で言った。

「村田さんは香港に上陸したっきりになっているはずなのです。いつ、どうやって船に戻ったのでしょう？」

「そんなことを訊かれたって、私にも分かるはずがないじゃないか。第一、村田さんが自分でこの中に入ったとは考えられないから、いったい誰が何のためにこんなことをしたか、それが問題になってくる」

八田野はこみ上げてくる恐怖と怒りを抑えきれないような口調になった。

「つまりこれは、明らかに殺人事件と考えていいでしょうね」

浅見は場違いなくらい落ち着いている。

「この場合の司法権は、船長さんにあるのでしょうか？」

「ああ、まあそういうことになります。シンガポール入港までは私に全権があります。といっても、殺人事件の捜査ができるはずはありませんが」

八田野が言い、クルー全員が、憂鬱《ゆううつ》そうに黙りこくった。シンガポールの警察が関わったときの混乱ぶりを想像するのだ。シンガポール入港は七時、出港は二十三時。停泊時間は長いがその時間内で「捜査」が終了するとは思えない。その場合、さらに「飛鳥」が足止めを食うのかどうか、何しろ初めての経験だけに、誰にも予測がつかない。

「問題は、この船の中の誰かが犯人である可能性が強いということです」

浅見はニュース解説者のような平板な口調でそう言った。

「当然、シンガポールの警察当局もそう考え、乗客乗員を対象に事情聴取をすることになるでしょう。しかし、いずれにしても短時間で捜査が完了するはずはありません。先方にしても迷惑なことだと思います。さっさと出港してもらいたいというのが本音かもしれません。いかがでしょうか、そのための環境づくりに、日本の警察から捜査員を派遣してもらうというのは。そうすれば、『飛鳥』は洋上を航行しながら、事件捜査を進めることが可能です」

「なるほど……」

八田野は感心したように頷《うなず》いた。ほかのクルーたちもいっせいに浅見に注目した。いままでどことなく頼りなさそうに見えたこの男が、にわかに頼もしく思えてきた。

「しかし浅見さん、警察に依頼するといっても、どうすればいいのですかね。水上警察に頼むのか、それとも海上保安庁の管轄になるのか、ひょっとすると外交ルートを通さないといけないかも……」

「末端の警察署に頼むと、いろいろな手続きを踏むことになって、結果が出るまで時間がかかりかねません。上部機関である警察庁に直接依頼するのがいいと思いますよ。この時点で連絡すれば、明朝、成田発の一番機に乗って明日中にはシンガポールに到着できるのではないでしょうか。幸い警察庁には僕の知り合いがいますから、もしよければ頼んでみますが」

「そうですか、それはありがたい、ぜひお願いします」

そうは言ったものの、八田野にしろほかのクルーたちにしろ、浅見某なる若造に、はたして警察庁を動かすほどの力量があるものかどうか、信じがたい気分だ。

そんな彼らの思惑を知ってか知らずか、浅見光彦はひょうひょうとした足取りで自分のキャビンに引き揚げて行った。その後ろ姿を見るかぎり、豪華客船「飛鳥」の命運を託すに足る大人物——という印象には程遠いものがあった。

もっとも、じつをいえば浅見のほうも見た目ほどに気楽なわけではなかった。何しろ同室の人間が殺されたのである。被害者の魂魄《こんぱく》が部屋に留まっていて、「うらめしや」と化けて出ないともかぎらない。部屋に戻るとすぐ、浅見は堀田久代に連絡して、部屋換えを申し出た。たまたま4F最後尾の454号室が、エンターテイナー（ショー等の出演者）の付き人用に空けてあったので、そっちへ移ることになった。部屋を移るとすぐに、浅見は兄陽一郎と連絡を取った。刑事局長は弟の説明をざっと聞いただけで、「明日の朝、なるべく早い飛行機で、警視庁の捜査員を数名、現地へ向かわせる」と言ってくれた。「ただし光彦、でしゃばった真似をするなよ」とクギも刺された。

第六章　憂鬱《ゆううつ》な港

1　悪い噂は早い

村田満の死体が発見されたのは、アジアン・ナイトの騒ぎが終わる頃である。歌と踊りと興奮の熱気が冷めやらぬ舞台からもっとも遠い楽屋裏に、いまや物体と化して冷えきった死体が横たわっていたというわけだ。

すでにかなり夜も更けた時刻だったにもかかわらず、乗客の男の人が死んだ――それもどうやらただの病死ではないらしく、しかも死体がギャレー（厨房《ちゅうぼう》）用倉庫で発見された――というニュースは、その夜のうちから翌朝にかけて、深く静かに、そして著しく正確さを欠きながら船内に伝播《でんぱ》された。「飛鳥」側が正式に発表したわけではないのだから、あくまでも口コミによる噂という形で伝わった。

ニュースの発信源は、第一発見者であるフィリピン人クルーとその周辺の同僚たちと見られる。八田野キャプテン以下、花岡チーフ・パーサー、船越ドクター、江藤美希、堀田久代といった日本人クルーには、いち早く箝口令《かんこうれい》がしかれたから、そのセンから洩《も》れることはないはずだった。

しかし、フィリピン人クルーは「事件」発生直後、むしろ現場周辺から遠ざけられていた。もちろんその後、八田野が気づいて口封じをしようとしたのだが、そのときにはすでに遅かった。二人の第一発見者からギャレーの同僚たちを通じて、仲間たちへと噂の輪が拡散した。

こういう場合、日本人クルーと外国人クルー――とくにフィリピン人クルーとのあいだで、意思の疎通を欠くことが問題ではあった。「飛鳥」の乗組員二百七十名のうち、外国人クルーはおよそ六十五パーセントに当たる百七十五名。イギリス、オーストラリア、チェコ、オランダ、中国、インドネシアなど二十カ国近い国籍に分かれ、そのうちフィリピン人クルーは百三十数名を占める。

フィリピン人クルーはほぼ全員が英語を話し、たどたどしいながら日本語も話す。日本人クルーには英語で、乗客には日本語で話すことが多いが、仲間同士の日常会話ではタガログ語が交わされる。彼らが事件に関する話をしているのかどうか、何しろフィリピン人クルーの話すタガログ語を理解する日本人クルーはまったくといっていいほどいないのだから、制止のしようもなかった。

フィリピン人クルーが話す日本語はごく日常的な挨拶《あいさつ》程度だから、乗客に噂話をするといっても、「事件」の複雑な内容などは正確に伝わるはずがない。それだけに噂には尾ひれがついて、どんどん独り歩きしていったと考えられる。

彼らから断片的に噂を聞いた乗客の側も、受け取り方は人それぞれだったにちがいない。

死んでいたのが、例の香港で乗り遅れたと思われた人物らしいということも、ほとんどの人間は知らなかった。

団体生活にはつきものの「消息通」はどこの社会にもいるものである。ダイニングルームやラウンジでは、そのたぐいの人物を中心とする人の輪ができて、まことしやかな「目撃談」や今後の見通しに至るまで、ほとんど憶測だけの解説が語られた。

おそらく最初は、食料倉庫で人が死んでいたという事実が語られたのだろうけれど、そこからさらに噂に尾ひれがついて、とんでもない猟奇事件のように膨らんでゆく可能性もあった。

死因にしても、「階段で転んだ」から始まって、喧嘩《けんか》で殴り殺されたのだとか、バラバラの箱詰死体になっていたとか、いったい誰が何を根拠にそういう発想をしたのか、呆《あき》れ返るほどの脚色が加えられていた。

もっとも、そんなふうにインチキな噂が流れるということは、別の見方をすると、事実関係についてはまったく知られていないに等しいともいえた。

浅見にとって幸いだったのは、村田が人付き合いの悪い性格で、402号室の「住人」であることや、同室者が浅見某であることを知る人間がまったくといっていいほどなかった点だ。

それに、浅見と村田を結びつけようにも、この二人が行動を共にしている現場を見たのは、ベッド・メーキングに訪れるキャビン・スチュワーデスぐらいなものだった。

402号室は4Fの――というより、この船のいちばん端っこということもあって、目撃されることも少なかったのだろう。中には浅見をつかまえて、「あなた知ってますか、倉庫で人が死んでいたんですよ」と、得意気に話す者もいた。

浅見がもっとも警戒したのは、あのうるさい内田康夫が首を突っ込んできて、浅見の存在を発見することだった。八田野キャプテンにはその点をくれぐれも気をつけてもらうように頼んだ。

その内田ももちろん、朝食の席で噂を耳にし、キャビン・スチュワーデスから聞いて、「事件」のことは知っていた。しかしそれ以降は、八田野や花岡に詳細を問い合わせただけで、積極的に関与しようという姿勢は示していないらしい。

「これはちょっと意外でした。すぐにでも飛んできて、死体を見たいなどとおっしゃるかと思ってましたがね」

八田野はそう言ったが、浅見には不思議でも何でもなかった。要するに内田は死体を見るのが怖いのである。「えっ、推理作家がそんな臆病《おくびょう》でもいいんですか？」と八田野は驚いたが、推理作家が臆病であってはいけないという法律もないだろう。

2　シンガポール警察

シンガポール港の接岸は午前七時の予定だが、それよりかなり早く、「飛鳥」はシンガポール港内に、しらじら明けの時刻に入っている。セントーサ島のてっぺんにある「マーライオン」という、この国の守護神といったところだろうか、巨大なライオンの立像が、見下ろすように「飛鳥」を迎えた。

港には、「飛鳥」の姉妹船であるアメリカ船籍の「クリスタル・シンフォニー」がすでに接岸していた。「飛鳥」より少し遅れてイギリス船籍の「オリアナ」も入ってきた。シンガポールは港そのものが美しい観光地だ。真っ白な船体の豪華客船がいくつも入っている風景を眺めるだけで、乗客たちの観光気分は浮き立ってくる。まあ、無関係の人間が死亡しても、彼らの遊び心を萎縮《いしゆく》させることはないとしたものらしい。

港から対岸のセントーサ島まではロープウェイで結ばれている。港のターミナル・ビルから島の高台まで、百メートル以上の上空を、白い球形のかわいらしいゴンドラが連なって揺られてゆく。

午前七時の接岸と同時に入国審査官が乗船して、八時前には審査が完了している。乗客たちは朝食を済ませると、慌ただしく上陸していった。堀田久代の話によると、内田夫妻も出掛けたそうだ。シンガポール在住の知人の案内で、夕方までは帰ってこないということである。

タラップを下りてゆく乗客たちを眺めながら、浅見は不安でならない。考えてみると、彼らの中に村田殺害の犯人が混ざっているかもしれないのだ。このまま逃亡することはないにしても、何か証拠を隠滅する余裕を与える可能性はあった。

「飛鳥」はシンガポールでは、一日・半日市内観光と、夜間の自然動物園を見学する「ナイト・サファリ」というオプショナル・ツアーを企画していた。浅見も市内をぶらついたり、セントーサ島の博物館を見学したり、とくに夜の部のツアーには参加するつもりでいたのだが、そういう状況ではなくなった。東京から捜査員が到着するまでのあいだ、事件の概要など、調べなければならないことが山とある。

「飛鳥」側は午前九時頃になってシンガポール警察に「事件発生」を通報している。「飛鳥」側としては、殺人事件が起きたことが原因で入国審査が遅れ、乗客に迷惑がかかるのを恐れたはずだ。通報するタイミングを、審査に影響がない時刻ギリギリまで遅らせたと勘繰れないこともない。

港内にいるかぎり、船舶はその国の法律下にあることになる。とはいっても、友好国の観光船が相手では、治外法権とまではいかないにしても、なにがしかの遠慮のようなものがあって、通常の事件捜査とは、かなり対応の仕方が異なるようだ。かりに「飛鳥」の通報の遅れが意図的だったとしても、それは双方の腹芸で収めることのできる許容範囲の内なのかもしれない。

捜査官は午前十時近くになって乗り込んできた。人数は五名である。一般に殺人事件の初動捜査となれば、百人前後の捜査員が駆けつけて、現場保存やら遺留品の捜索、周辺の聞き込みなど、大騒ぎになるのがふつうだ。しかし、船舶内部という範囲の限られた状況では、そこまでやる必要もないということなのだろう。

シンガポール警察当局には、「飛鳥」からの通報とほぼ同じ頃、国際刑事警察機構を通じて日本の警察庁から連絡があったそうだ。「即刻、警視庁より捜査員を派遣しますが、現場保存および司法解剖などについては、職務ご繁忙の折、まことに恐縮ですが、貴国捜査当局において、なにぶんよろしくお手配ください」といった趣旨を申し入れた。ということは、つまり日本警察の捜査員が到着した以降の捜査については、彼らの手に委《ゆだ》ねていただきたいという意味だ。

それはシンガポール警察にとっても望むところだったにちがいない。いずれにしても、他国の船で起きた事件に捜査員を割くほど暇ではないのである。死体の解剖ぐらいはしなければならないだろうけれど、いつ決着がつくか分からない事件捜査に関わっていられるはずもなかった。

それでも一応、八田野以下、「飛鳥」幹部をはじめとする事件関係者は、順繰りに事情聴取を受けた。「捜査本部」は8Fの寿司店「海彦」の隣、「コンパス・ルーム」という小宴会用の個室を使用した。当然、浅見も死んだ村田の同室者として、捜査本部に呼び込まれた。

捜査官は英語で質問し、花岡が通訳を務めた。日本の警察官よりも表情は豊かだが、言葉が通じないもどかしさはどうしようもない。こっちの立場を理解してもらうのに、ずいぶん時間がかかった。

彼らにしてみれば、同室者である浅見と村田が、まったくの行きずりで、「飛鳥」乗船までは見ず知らず同士だったということは、ほとんど理解しにくかったようだ。アメリカ人などになると、男同士で部屋が同じだったりするだけで、ホモの疑いをかけられるらしい。そのあらぬ疑いを晴らすのに、かなりエネルギーを要した。

もっとも、浅見と村田が乗船したのは横浜と神戸であったこと、それに八田野や花岡が、日本のツアー客では、男同士の相部屋が必ずしも珍しくないことなどを説明し、二人の無関係を証言したことで、何とか容疑者扱いにまで発展しないですんだ。

捜査員たちは乗客に対しては友好的だったが、その反面、クルー——とくに八田野キャプテンに対してはかなり辛辣《しんらつ》な質問を浴びせている。被害者の下船・乗船の実態を把握しえなかったのは、客船の運航責任者として失格ではないか——などと、あからさまな厭味《いやみ》を言った。

そのときはまだ、浅見もコンパス・ルームにいたから、八田野の意気消沈した様子を目のあたりにすることになった。人一倍プライドの高い八田野の屈辱感は、想像以上のものがあったにちがいない。部屋を去るときの、思いつめたような表情が気になった。

とはいえ、もともとシンガポール警察としては、トコトン捜査を行う意思はないのだ。午前中には取り調べを終了して、「飛鳥」のディナー用のメニューで昼食をすますと、午後二時過ぎに引き揚げた。所詮《しょせん》は他国の船の中で起きた事件だ。どうせ長く停泊させておくわけにいかないのは分かりきっている。間もなく日本警察から捜査員が派遣されてきて、後のことは彼らに委ねるという約束も交わされていた。

村田の遺体はそのときに搬出され、シンガポール国立病院で解剖に付されることになった。この時点で死因も死亡推定時刻もまだ確定されていなかったが、不幸中の幸いというべきか、遺体の安置されていた場所が場所だけに、保存状態はきわめて良好であった。むしろ冷蔵が進捗《しんちょく》しすぎて、死亡時刻の推定が難しくなるおそれがある。シンガポール警察もその点を指摘していた。

村田の服装はブルーのスポーツシャツにズボンという恰好《かっこう》で、ズボンのポケットにパスポートのコピー（上陸時には通常、パスポート本体は持ち歩かない）と現金が約六万円。ほかはハンカチと煙草等で、それを見たかぎりでは盗み目的の犯行ではなさそうだ。

3　下船記録

午後三時頃になると、市内観光に出掛けていた乗客たちが三々五々、帰ってくる。赤道直下に近いシンガポールは温度も湿度も高い。土産物を抱え、汗ビッショリになって引き揚げてきて、冷房の効いた船内に入ると、一様にほっとした顔になった。

浅見は「飛鳥」側の許可を得て、レセプション・ホールの裏にあるオフィスの中に入り込み、帰船する乗客たちの様子を、モニター映像で眺めていた。

乗客たちのほとんどが六十代以上の中高年で、暑い日盛りを歩き疲れた様子だが、そのわりにはどの顔も笑って、迎えに出ているクルーの挨拶《あいさつ》に応《こた》えている。

クルーズ・コーディネーターの江藤美希が浅見の脇に佇《たたず》んで、モニターを覗《のぞ》いて、「皆さんお元気そうですね」と、ほっとしたように言った。

「まったくですね」

浅見も、彼らの行動力や旺盛《おうせい》な食欲には感心してしまう。

「あの人たちはいわゆる高度経済成長期のモーレツ時代を、仕事一途《いちず》に頑張ってきた人ばかりなのでしょう。これから人生を楽しもうという気概が横溢《おういつ》していますね。それにしても、あの楽しそうな表情を見るかぎりでは、彼らの中の誰かが殺人を犯したようには、とても思えないし、それどころか、『飛鳥』船内で恐ろしい殺人事件が発生したことさえも、つい忘れてしまいそうです」

「まさか浅見さん……」

江藤美希は非難する声になった。

「お客様の中に犯人がいるって考えてらっしゃるんじゃないでしょうね」

「いや、それは分かりません。どっちにしても、『飛鳥』の乗客乗員、およそ七百名の中の誰かが犯人なのですから、可能性という点ではその誰にも可能性があります。七百分の一か二か、それとももっと多い複数か……もし乗客の中にいないとするなら、クルーの誰かが犯人ということですね」

「そんな……」

江藤美希は一歩下がって身構えた。柔らかくカールした、ほとんどストレートといってい美しい髪が、一瞬フワッと広がって、鬼女のような目になった。いまの言葉、クルーの一員としては聞き捨てならない——といった怖い顔である。

「……でも、確かに浅見さんが言うとおりかもしれませんね。だとすると、これから先、その犯人と一緒にクルーズをつづけることになるってことですか」

「もし犯人が、シンガポールで下りてしまわなければ、そうなります」

「ああ……」と、江藤美希もそのことに気がついた。

「じゃあ、こんなふうに舷門《げんもん》をオープンにしていたら、逃げられてしまうってことですか」

「ええ、そうなると厄介です。もっとも、犯人はたぶんそうはしないと思いますよ。ここで逃げてしまっては、まるで自分が犯人であることを証明するようなものですからね」

「あ、そうか、そうですよね。浅見さんて冷静なんですね」

「そんなことはないですよ」

「いいえ冷静ですわ。みんなが右往左往している中で、そうやって泰然自若としていられるんですもの」

「いや、泰然自若としているわけじゃありませんよ。とりあえずこうして、乗船してくる人たちの様子をチェックしているしかしようがないのです。それにしても、あの自動読み取り装置はちゃんと機能しているものですねえ」

浅見は本音で感心したのだが、江藤美希は「それは、ちゃんと機能しなければ困りますもの」とおかしそうに笑った。

乗客は上陸する際と帰船する際に一人一人、乗船証のカードをバーコードの読み取り機に翳《かざ》す。そのつど読み取り機はカードが通過したことをコンピュータに記録する。もっとも、中には、かなり年配の女性など、要領が分からずにカードを翳しそこなって、機械が読み取れない場合もある。そんな時には「ピッ」という電子音が鳴らないので、警備係が懇切丁寧に指導している。こうして下船の際に読み取った「船を出た」という記録と、乗客が船に戻ったことを通過時刻ごと確認できる仕組みだ。

村田満については、香港での下船の記録だけがコンピュータの中に残ったままになっていた。したがって、彼はまだ「飛鳥」に戻っていないはずの人物なのだ。

「念のために訊《き》きますが、すべての乗客は、この5F舷門からしか乗船できないことになっているのですね？」

「ええそうですけど」

「ほかに、どこかから『飛鳥』に乗り込む方法はありませんか」

「絶対にありえないというわけでもありません」

「えっ、ほかからも乗り込むことができるのですか？」

「通常はお客様はお乗りになれませんけど、4Fにも乗降口はありますよ。たとえばモルジブ共和国のように接岸できる港がなくて、沖停泊してテンダーボートで上陸するような場合には、海面に近い4Fのテンダーステーションから乗降します。入出港時にパイロット（水先案内人）が乗り降りするのもそこからですね」

「ああ、あれがそうですか」と、その光景は浅見も目撃している。港の入口付近まで来ると、港内からタグボートが迎えに出てきて、パイロットが「飛鳥」に乗り移る。まだ航行中だし、かなりの波が立っていることもある。それでも、ヒョイと身軽に飛び乗るのである。つまり4Fの乗降口はタグボートの低い甲板と同じ程度の高さということだ。

「それともう一つ、貨物の積み込みや廃棄物の搬出などに使う業務用の『プロビジョンステーション』と呼ばれる開口部がその少し後方の4Fにあります。でも、航行中はもちろん、通常の場合でも必要がなければすべてロックされています。それは飛行機と同じですよ。香港で開いていたのは、5F舷門と4Fプロビジョンステーションの二カ所だけだったはずです」

「そうすると、そのプロビジョンステーションから乗り込んだ可能性もあるわけですね」

「可能性としてはありますけど、四六時中、警備のスタッフが見張りをしてますから、事実上は無理ですよ」

「見張りは万全ですか？」

「それは万全です。外航船でいちばん注意しているのは密航ですもの」

「ちょっと見てきましょう」

浅見は立ち上がった。

「じゃあ、ご案内します」と江藤美希もついてきた。

４Ｆに下りて、最前見学したばかりの、船尾方向へ抜ける従業員専用の鉄扉を入り、倉庫の前を通過すると、なるほど、船腹にポッカリ口が開いて、荷物の積み入れ作業が行われていた。５Ｆのギャングウェイからだと、岸壁までは長いタラップを下りるが、ここからはほとんど高低差がないほどのところに埠頭《ふとう》の地面がある。

開口部の脇には白いつなぎの作業着姿のフィリピン人クルーが佇んで、出入りする作業員のチェックをしている。船内に物資を運び入れる作業員ももちろん「飛鳥」のクルーだ。物資を港まで運んできたトラックの運転手と助手らしき現地人は、タラップの下まで荷物を運搬して、その先のことはクルーに任せているようだ。

「いつもこういう状態ですかね」

浅見は江藤美希を通して警備のクルーに訊いてみた。

「ハッチが開いている時はだいたいこんなものだそうです。交代要員がきたときは、少しのあいだ二人で詰めていることもあると言ってます」

つまり警備は万全ということか。それでも浅見は丸々それを信用する気はなかった。所詮は人間のやることだ。百パーセント万全なんてことはありえない。いまはああして律儀に警備に当たっているけれど、ちょっとした油断で持ち場を離れることだってあるにちがいない。

とにかく村田満が帰っているはずのない「飛鳥」船内に「存在」しているのが、何よりの証明なのだ。

4 岡部《おかべ》警視来る

事件発生後、「飛鳥」側としてもっとも当惑したのは、村田満の日本での連絡先が不明であるということだった。留守宅に電話してもまったく通じないのである。

乗客は乗船申込みの際に、旅行先で何かあった場合の連絡先を「飛鳥」に通告してある。村田満は彼の住所地である神戸市灘《なだ》区に「村田修二《しゅうじ》」という人物の名を登録していた。彼との続柄は「弟」となっている。

ところが、「飛鳥」の運航会社である郵船クルーズ神戸支社から、住所地にある村田のマンションを訪ねたところ、そこには「村田修二」なる人物は存在しなかったという連絡があった。隣近所で訊くと、そのマンションの部屋には村田満が一人で住んでいて、弟がいるどころか、出入りする人も見たことがないというのである。そういう事実が分かってくると、村田の素性がいよいよ怪しく、事件の謎が深まるような予感が強くなった。

夕刻近く、警視庁の捜査員が到着した。すでに現地警察に立ち寄って、挨拶《あいさつ》を済ませてきたということだ。捜査一課から警視と警部補と巡査部長が、ほかに鑑識課員が二名の総勢五名だ。浅見も「コンパス」に呼ばれ、顔合わせをした。

指揮官である警視が「浅見さんですね」と確かめてから、名刺を出した。八田野や花岡が同席しているので、あえて口には出さないが、明らかに浅見刑事局長の弟であることを承知している印象だ。

〔警視庁捜査一課　警視　岡部和雄《かずお》〕

岡部は三十代後半といったところだろうか。浅見よりはいくらか小柄だが、スーツの着こなしのいいなかなかの紳士だ。頰が鋭角に削《そ》げ落ちた、いかにもキレ者という風貌《ふうぼう》をしている。親しげに微笑を浮かべ、一見したところ穏やかそうな人柄に見えるが、切れ長の目は、時に応じて鋭く輝きそうな気配を感じさせる。兄が選抜して送り込んできたのだから、よほど有能な人物にちがいない――と浅見は思い、これ以降は兄の命じたとおり、なるべく出しゃばるまいと自戒した。

岡部の伴った部下は、岡部より少し年長に見えるのが神谷《かみや》警部補。若い長身の男が坂口《さかぐち》巡査部長であることを、岡部が口頭で紹介した。鑑識の二人は自ら「川野《かわの》」「古田《ふるた》」と名乗った。

互いに「よろしく」と挨拶を交わして、すぐに状況の説明に入った。岡部たちが到着する前に、警察庁から村田満の身上調書がファックスで送られてきていた。それによると村田には親兄弟など、近い親類が存在しないということだ。戸籍を辿《たど》れば親類はあるにせよ、ほとんど絶交状態にあるらしい。

「飛鳥」側については八田野と浅見がこれまでの経緯を説明したが、死因など、まだ分からない点が多い事件だ。犯行の手口、動機といったことは、いまのところ推測さえできない。とにかく死体発見の現場と４０２号室の実況検分から作業を進めることになった。

船内見取り図を手に、いったん最上階の「スカイ・デッキ」まで上がり、そこから順次、階段を使って最後に5Fのメイン・ダイニングルームを通り、ギャレーに入った。死体の第一発見者二人がそこに待機していた。

ギャレーと倉庫は、階段と業務運搬用のエレベーターで上下に結ばれている。

「低温倉庫に入るには、ほかにどういうルートがあるのですか？」

岡部は花岡に訊《き》いた。

「4Fデッキのエレベーター・ホールから、船尾側のドアを入れば、機関操作室の前を通って、そのまま倉庫に行くことができます。倉庫は機関操作室と廊下を隔てて向かい合う位置関係にあります。ただし、ドアには『スタッフオンリー』の表示が出てますので、お客様が無断でお入りになることはありません」

「しかし鍵《かぎ》がかかっているわけではないのですね？」

「はい」

「それじゃ、その気になれば入れるわけですか」

「それはまあ、そのとおりですが……」

チーフ・パーサー――つまりホテル業務の責任者である花岡は立場上、お客に容疑が向けられるのを警戒している。

花岡の解説を実地に確認するために、岡部の注文で、一行は4Fエレベーター・ホールに行って船尾側の鉄扉を開けた。ドアを入ると、三十メートルほどの廊下がある。客室へ向から廊下とは異なり、壁も床も鉄板張りの殺風景な造りだ。

廊下の右手——左舷側《さげん》が機関操作室だ。岡部は花岡に断ってドアを開けた。計器類が壁にビッシリ並ぶ細長い部屋に、制服の男が二人詰めていた。花岡が「機関長の勝俣浩《かつまたひろし》です」と紹介した。腕に四本筋のモールの入った年配のほうの男が、不機嫌そうな目を闖入者《ちんにゅうしゃ》たちに向けた。

「警視庁の岡部といいます」

岡部は一歩、室内に足を踏み入れ、名刺を渡した。

「ほう……」

警視庁と聞き、名刺の「捜査一課　警視」の活字を見て、勝俣機関長の表情が少し変わった。

「それじゃ、日本からわざわざ？」

「はい、たったいま到着したところです」

「それはご苦労さまですなあ。運航管理部とホテルの連中が呑気《のんき》なもんだから、妙な事件が起きて、われわれも当惑しとるところです。何分よろしく」

勝俣は軽く頭を下げた。話の様子から察すると、船長や航海士などブリッジのスタッフやホテル業務関係の人間と、あまりうまくいってない雰囲気だ。どこの船でも、いや船に限らず一般企業でも、ホワイトカラーとブルーカラーはソリが合わないことが多い。それと似たような関係かもしれない。もっとも勝俣本人はいかにも技術屋らしく気難しいが、男っぽい印象だ。

「機関室というのは、もっと油臭くて、暑いところかと思っていました」

岡部は周囲を見回して、ふつうの見学者のように素朴な感想を述べた。たしかに岡部の言うとおり、広いとは言えないが、コンパクトで清潔そうな環境だ。大きなビルの管理室のようでもある。

「ここは機関室といっても、コンピュータをリモコン操作するオフィスみたいなもんで、実際に機関が運転している場所とは隔たっていますからね」

勝俣は苦笑して説明した。

「機関にはショック・アブソーバーもついていて、多少は音も振動もありますが、昔とは比べ物にならないほど静かだし、エアコンも効いて快適なもんです」

停泊中でも機関は完全に停止しているわけではない。プロペラ（スクリュー）を回していないだけで、発電用に回転を続けていなければならないのだ。

ただし、廊下の突き当たりにある鉄扉の向こうは、一万二千馬力が二基、合計二万四千馬力を誇るディーゼル機関がある本来の機関室で、そこは四十度以上の高温と騒音が渦巻く空間だという。

「ありがとうございました。また後でいろいろお話を聞かせていただくことになると思いますので、その節はよろしく」

まだ話が尽きそうもない勝俣を押し止《とど》めるように、岡部は挨拶してドアを出た。

廊下の突き当たりを左に曲がると倉庫のドアがある。七百人分の生活物資を賄う巨大倉庫だ。その一角に冷蔵倉庫がある。倉庫には三人のフィリピン人クルーが、食料品の積み込み作業に従事していた。そのうちの二人は真っ白なコックのユニフォームを着て、品目別に仕分けをしている。

倉庫のもっとも奥まった所に、問題の遺体収納用の冷蔵ケースがあった。

「倉庫にはいつも誰かが詰めているのでしょうか？」

岡部が花岡に訊いた。

「いえ、日中は材料の調達などがあって、何らかの人の出入りがありますが、常に誰かが詰めているということはありません。ことに夜間は、巡回の者が一時間に一度ぐらいの頻度でやって来る以外、ほとんど無人状態になるはずです」

「そうすると、何者かが死体をここに運び入れたとして、誰にも目撃されない可能性もあるわけですね」

「そうですね……そういうことになりますかねえ……」

花岡はあまり認めたくない口ぶりだ。そういう事情に詳しい人物の犯行となると、クルーの中に犯人がいると限定することになりはしまいか――と気にしている。

問題の死体が入っていた引出し型の「冷蔵庫」を開けて、二人のフィリピン人クルーが発見時の様子を説明した。

鑑識の二人は持参したジュラルミンのケースを開けて、鑑識作業に使う器具を取り出した。型通りに指紋採取などを始めるらしい。彼らに後を任せて、他の者は402号室へ向かった。

402号室のほうは証拠の保存状態がきわめて悪い。何しろ村田が失踪《しっそう》してから、すでに四日間が経過している。死体発見後、部屋を移ったとはいえ、その間、浅見は部屋の中で自由に振る舞ってきたし、毎日の清掃もきちんきちんと行われていた。キャビン・スチュワーデスは椅子の肘掛《ひじか》けからドアノブに至るまで丁寧に拭《ふ》き掃除をする。指紋を採取してみたところで、彼女たちのものがほとんどで、わずかに浅見のものが残っている程度だろう。

捜査員は花岡の了解を得て、村田の荷物を点検した。ほとんどが着替えで、スーツやズボン類はクローゼットに、洗面用具はバスルームにあった。全体の荷物の量は浅見よりも少なく、スーツケースも浅見と同様、大型のが二個と、簡素なものだ。

部屋にはセーフティ・ボックス（金庫）がある。「飛鳥」側が気を利かせて二個を備えておいてくれたので、浅見と村田はそれぞれ別のボックスを利用していた。村田のボックスにはパスポートとクレジットカード、現金が五十万円ほど、そしてなんと、覚醒剤《かくせいざい》の粉末と注射器が入っていた。

「こんな物が出てきたとなると、動機は単純じゃなさそうですね」

岡部は眉《まゆ》をひそめて、「ところで、事件前後の村田の行動ですが、いちばん身近にいた浅見さんとしては、何か気がついたことはありませんでしたか？」と訊いた。

「そうですね……前の晩は午後十一時頃までピアノ・サロンにいたそうですよ。彼が部屋に戻ったとき、僕はまだワープロを叩《たた》いていましたが、村田氏はさっさとバスを使って、先にベッドに入って、『静かにしてよ』と厭味《いやみ》を言われました。夜中に彼のイドキでなかなか寝つかれませんでしたが、翌朝は僕がまだ眠っているうちに外出して、それっきり会っていません。そうか、考えてみると、彼の消息はそれ以来、死体が発見されるまで途絶えてしまったのですね」

「そういうことなのです。死亡推定時刻はともかくとして、午後二時二十三分にコンピューターに下船記録を残すまで、村田はいったい船内のどこにいたのか、不思議ですねえ……」

「まったくですねえ……」

結局、さしたる収穫や目処《めど》もつかないまま、全員がふたたび「コンパス」に引き返した。

第七章　魔の海峡をゆく

1　刑事局長の企み《たくら》

夕刻までには乗員乗客のかなりの人々が「村田満の死」を知っていた。午後五時半からは定刻どおり、第一回目のディナーが始まったが、その噂でもちきり状態だった。

もっとも、乗客たちはさほど深刻に受け止めてはいない。真相が正確に伝わっていないから、村田某なる人物に馴染《なじ》みはないし、死因に関しても、さまざまな憶測の中から最も穏当な「階段で転んで死んだ」という説に落ち着いたようだ。その証拠に、暑さでバテた以外、食欲を喪失したという話は聞かない。

午後七時になると、予定どおり「ナイト・サファリ」という、夜間の動物公園を巡るオプショナル・ツアーの参加者たちが賑《にぎ》やかに出発した。まだ昼間の市内観光から帰っていない乗客も多く、船内は閑散とした雰囲気である。

浅見光彦と岡部和雄警視たち警視庁の連中は、コンパス・ルームで一緒に遅い夕食をとった。話題はしばらくのあいだ、世界一周船の旅に参加していることの感想など、雑談のようなことだったが、すぐに事件の話に戻っていった。

「じつは、この事件と関係があるかどうかは分かりませんが、香港入港以前から、『飛鳥』では妙な出来事がありましてね」

浅見はまず、乗船と同時に、花岡チーフ・パーサーから受け取った「手紙」に「貴賓室の怪人に気をつけろ」という紙片が入っていた話をした。

「貴賓室というとスイートのお客という意味でしょうか」

岡部は訊《き》いた。

「一般にはロイヤル・スイートを指すのではないかと思うのですが、本船にはロイヤル・スイートは二室しかなく、もしかすると、スイート全体を指しているのかもしれないというのが船側の考えのようです。これがそれに該当する乗客名簿です」

浅見はポケットからスイートの乗客リストを出した。岡部はザッと目を通して、「この中で私が知っている名前は内田康夫氏だけですね」と言った。それはむしろ浅見には意外だった。

「へえー、岡部さんがこんな人物の名前を知っているとは思いませんでした。何者だかもご存じなんですか？」

「推理作家でしょう。ははは、知っている理由がありましてね。以前、私が手掛けた事件をネタにして、ミステリー小説を書かれたことがあるのです。換骨奪胎、針小棒大もいいところで、捜査の当事者から見ると噴飯ものでした。まあ、私のことをかっこよく書いてくれたから、あえてクレームもつけませんでしたがね」

「そうだったんですか、岡部さんもやられていたんですか」

「というと、浅見さんも被害に遭っているのですか？」

「ええ、僕などはもっとひどい目に遭っています。兄の立場を脅かすようなこともしょっちゅうだし、おふくろさんには叱られるし、たまったものじゃありません」

「なるほど、局長さんに累が及ぶようでは深刻ですね」

岡部は思案して、言った。

「だとすると『貴賓室の怪人に気をつけろ』の『怪人』とは、まさに内田氏のことじゃありませんか？」

「えっ……」

浅見は不意を突かれたような気がした。確かにそういう解釈もできる。内田康夫の厚かましさは、ある意味では「怪人」と呼ぶにふさわしいかもしれない。貴賓室に内田が乗っているから、またぞろ小説のネタにされないよう、気をつけろ——と注意していると受け取れないこともない。

「しかし、違うでしょうねえ」

浅見はせっかく浮かんだ希望的解釈に、あっさり決別した。内田の「魔手」に気をつける程度のことだったら、なにも他人に注意されるまでもない。論より証拠、乗船時に内田の存在を知って以来、最善を尽くして隠れつづけているのだ。第一、それだけのために何百万も出費するような物好きがいるとは思えない。

「そうですか、違いますか……分かりました。一応調べてみましょう」

岡部も浅見説に納得した。

「それとは別に、覗《のぞ》き魔事件というのもあるのです」

浅見は908号の神田夫妻のキャビンが再三覗かれている——と神田氏が訴えている話をした。

「何者がどういう目的でそんなことをしているのか、いや、事実、覗き魔が存在するのかどうかもはっきりしないのですが、神田夫妻はそう主張しています。ちなみに、隣の小泉夫妻のキャビンのベランダに、フィルムの箱の一部が落ちていたのを、その覗き魔と結びつける意見も出ています」

「神田夫妻と、それに小泉夫妻というのは、どういう人たちなのですか？」

「神田さんは病院や老人医療機関のグループの理事長で、日本有数の高額納税者です。もちろん小泉さんもそれなりの富豪だとは思いますが、詳しいことは知りません」

「覗きの対象としてはどうなのでしょう。つまり、覗いてみたくなるほど魅力的であるとか」

「まるっきり……というと怒られそうですが、どちらもかなりのご年配です。神田夫妻はまだ五十歳そこそこで、とくに夫人は実年齢よりはお若く、なかなか魅力的ともいえますが、小泉夫妻にいたっては七十代。夫人は日本舞踊の先生だそうですが、覗きの対象にはちょっとどうでしょうか。もっとも、最近は七十歳近い女性のヌード写真集も出るそうですけどね」

「ははは、怖いもの見たさということもあるかもしれませんね」

岡部は笑ったが、すぐに真顔になった。

「それらの出来事と、今回の村田氏の事件とに関係があると仮定すると、どういう状況が考えられそうですか」

「ぜんぜん分かりません」

浅見は首を横に振った。

「村田さんの死はあまりにも唐突です。それ以前に何か兆候でもあったのなら、推理のしようもありますが、神戸から乗船して、香港入港前日まで、誰かに狙われているとか、生命の危険が迫っているとか、それらしい様子はまったく見られませんでした。もっとも、その間、彼と交わした会話なんて知れたものですが」

「しかし、それでも村田氏は殺害されたのです。殺されるには何らかの理由はあるし、この『飛鳥』の中の何者かが犯人であることも動かせません。必ずどこかに手掛かりがあるはずでしょう」

「岡部さんのおっしゃるとおりです。幸い、船というやつは巨大な密室みたいなものですから、ここに乗り合わせた人物を片っ端から消去法で消していけばいい。乗員乗客、合わせて七百人という人数は多いけれど、犯人探しとしては、比較的楽な状況といっていいのではありませんか」

「浅見名探偵には、少し物足りない事件かもしれませんね」

「えっ、名探偵だなんて、誰がそんなことを言ったんですか」

「浅見局長さんです。『うちの名探偵』とおっしゃってましたよ」

「参ったな……」

浅見は頭に手を載せた。兄陽一郎が冗談半分にもせよ、余所《よそ》の人間に弟を「名探偵」などと紹介するのは、相手によほど気を許している証拠だ。しかし、たとえそうだとしても、何かの必要に迫られないかぎり、ありえないと思っている。

（兄は何を企んでいるのかな？――）

東京にいて、はるか洋上の弟を遠隔操作している兄の姿を空想して、多少、不気味でもあった。

「局長さんは、この事件は一筋縄ではいかないと踏んでおいでなのです」

岡部は浅見の様子を眺めて、解説するような口調で言った。

「世界一周の外洋を航行中の船の中で起きた事件となると、たとえそれが殺人事件であっても、それほど大規模な捜査陣を送り込むことはできない。われわれを派遣するのが精一杯なのでしょう。捜査が長引いた場合、われわれまで世界一周するわけにもいきません。せいぜいムンバイ辺りまでで引き揚げることになりそうです」

「えっ、ほんとですか……」

浅見はほとんど絶句しかけた息を呑《の》み込んで、言った。

「シンガポールからムンバイまではたったの八日間の航海ですよ。この事件がそんな短期間で解決しないのは、当然、予測がつきそうなものじゃありませんか。世界一周はともかく、捜査に目鼻がつくまではご一緒するものと思ってました。兄だってそう考えたから、岡部さんを派遣したのだと思いますが」

「いや、それは違います。じつを言うと、局長さんがわれわれを派遣した本来の目的は、あくまでもシンガポール警察に対するジェスチャーです。そうしなければ、『飛鳥』はしばらくシンガポールで足止めを食うことになりかねませんからね。もちろん、運よく早期に事件が解決できれば、それはそれで言うことはありませんが、ムンバイ辺りまでに解決できなければ、その後の捜査は浅見さんにお願いするしかないのです」

「驚きましたねえ……」

浅見はいよいよ呆《あき》れた。

「お願いされたって、僕なんか、ただのフリーライターですよ。捜査権も何もありはしない。よしんば容疑者が浮かんだとしても、訊問《じんもん》することだってできません。いったいどうすればいいんですか？」

「心配ありません。船上では船長に全権があります。全権の中には司法権も含まれているはずです。何かの時には船長に協力を仰げばいいでしょう」

「参ったなあ。かりに船長に司法権があっても、相手が凶暴だったりした場合はどうなるんですか。アメリカ映画もどきじゃないですが、この『飛鳥』ごと乗っ取られるような事態だって考えなければなりませんよ」

「まさか、そんなことはありえないでしょうけどね」

岡部警視は苦笑いした。

「しかし、相手はかりにも殺人犯ですよ」

「そんなふうに悲観的にならないでくださいよ。とにかく、ムンバイに着く前までに事件を解決すれば問題ありません。目下、村田氏の経歴などを警察庁に照会していますから、何か手掛かりが得られるでしょう」

「もちろん解決すれば問題ありませんよ。しかし難しいでしょう」

「困難であることはよく分かります。もしもムンバイまでに片づかなかったとしても、犯人の目処《めど》がついたら、そのときはまたあらためて呼んでください。世界のどこへでも、すぐに飛んで行きますよ」

岡部は平然として言う。確かに、どこまでも世界一周に付き合うわけにはいかないにしても、ムンバイまでとはあまりにも早い。そこから先、捜査官抜きで殺人犯と同じ船で航海するのかと思うと、急に心細くなった。

2　殺される予感

食事を終えてひとまず全員が自室に引き揚げることになった。警視庁組はシンガポール警察とコンタクトを取って、村田の死因や解剖所見を確認するそうだ。

浅見がエレベーターで4Fに下りると、目の前に、ソーシャル・オフィサーの堀田久代が待ち受けるように佇《たたず》んでいた。

「やあ、なかなか、ゆっくり話もできませんね」

浅見は本音でそう思った。考えてみると、村田の事件が発生してから、堀田久代とは顔を合わせたことがある程度で、言葉を交わすゆとりもなかった。

「ええ、なんだか浅見さんが急に遠い世界の人になってしまったみたいで」

久代は悲しそうな顔をした。

「ははは、いつも『飛鳥』の中にいるじゃないですか。逃げも隠れもできない」

「それはそうですけど、でも、浅見さんてやっぱりただのフリーライターや私立探偵もどきなんかじゃなかったんですね。警視庁の警視さんなんかと対等にお付き合いして、一緒になって事件を推理しているって聞きました。警察でさえ一目置くような、すごい名探偵なんでしょう?」

「あははは、そんな大それた人間なんかじゃありませんよ」

浅見は笑いながら、さり気なく周囲を見回した。4Fのエレベーター・ホールは比較的、人の往来が少ない場所だが、それでも人目につきやすい。

「もしよければ、あとでスカイ・デッキに上がりませんか」

「そうですね、じゃあ九時半にスカイ・デッキの左舷《さげん》中央で」

硬い口調で言ったが、どことなく秘密を楽しむような気配も感じさせた。

浅見は約束より少し早めに部屋を出て、8Fのリド・デッキからオープン階段を上がって、スカイ・デッキに向かった。その途中、人けのない9Fデッキの最後部の淡い灯火の下に、八田野船長と大平正樹が後ろ向きに立っているのが見えた。二人とも手すりに凭《もた》れて、長く尾を引く航跡を眺めながら、時折、わずかに顔を寄せ合うようにして何か話している。

このあいだ大平から、八田野の父親とは戦艦「大和」の戦友であったという話を聞いている。浅見は近寄って声をかけようかと思ったが、二人の様子が妙に深刻そうなことに気づいて、足を停めた。

八田野の岩のように強張《こわば》った後ろ姿に対して、大平のほうはわずかに背を丸め、気のせいばかりでなく、頭を下げているように見える。何か頼みごとをしているのかもしれないが、乗客であり、しかもかなりの年長である大平がそうしていることに、浅見は不自然なものを感じた。

ともあれ、邪魔をしていいような雰囲気ではないので、浅見は踵《きびす》を返してスカイ・デッキへの階段を駆け上がった。

午後九時半ともなると、ナイト・サファリへ行った連中も引き揚げて、夜の早い年配者たちは寝《やす》んでしまう。デッキに上がってくる客はそれほど多くないものだ。それでも出港までのひととき、常夏の風に吹かれながら、シンガポールの夜景を楽しむ人はいる。デッキをそぞろ歩きしたり、南十字星が浮かぶ星空を眺めたり、船旅のよさを満喫できるのはこういうときではある。

セントーサ島の巨大マーライオン像は、日が暮れるとライトアップされて、赤や青、黄、白と、暗い空を背景に浮かび上がる。これはなかなか幻想的で美しい。浅見がぼんやり港の風景を眺めていると、小走りに足音が近づいた。

「お待たせしました」

堀田久代は弾んだ声で言った。気持ちも弾んでいるような様子で、浅見に並んで手すりに摑《つか》まった。

「やっぱり夜の海はロマンチックですね」

何を勘違いしたものか、明らかにデート気分でいる。おやおや——と思ったから、浅見は努めて事務的に「さっきの話のつづきですが」と言った。

「あら、何のお話でしたっけ？」

もうすっかり忘れている。

「ほら、僕が警視庁の岡部警視たちと付き合って、事件を推理しているんじゃないかって言ってたでしょう」

「ああ、そうでしたね」

久代はつまらなそうな声になった。

「あれは僕がたまたま村田さんと同室だったから、いろいろ事情聴取をされたり、『飛鳥』

での船内生活や周辺の状況を説明しているだけです。何しろ僕は、村田さんといちばん近い関係でしたからね、まかり間違うと容疑者扱いされかねない」

「ほんとかしら？」

「本当ですとも……それにしても、あの村田さんがああいうことになるとは、世の中、何が起こるか分からないもんですね」

「ほんと……あ、そうそう、その村田さんのことをお話ししようと思って、浅見さんを探していたんです。ほら、浅見さんから、村田さんがどういう方なのか調べておいてくれって言われていたでしょう」

「そうでしたね。しかし事件が起きたおかげで、村田さんのことについては、警視庁のほうで調べがついたようです。もっとも、それもきわめて妙な結果で、いったい村田という人物は何者なのか、ますます謎めいてきましたけどね」

「ええ、そのことはチーフ・パーサーの花岡から聞きました。連絡先に指定されていた弟さんが実在しなかったし、それに大神創研という会社も、村田さん一人だけの、幽霊会社みたいなものなんだそうですね。でも、私が話したいのはそういうことでなくて、私だけしか知らないことがあるんです」

「えっ、堀田さんだけが何か知っているんですか？」

「ええ、私だけが知っている……」

堀田久代は薄明かりの中で妖《あや》しい目つきになって、浅見の顔をじっと見つめた。

「香港に入港する前の日のことですけど、エレベーターで偶然、村田さんとご一緒したんです。そのとき、村田さんからいろんなことを訊《き》かれました」

「ほう、どんなことを？」

「なぜか知らないんですけど、村田さんはパイロット——水先案内人のことをしきりにお訊きになるんです。何時頃、どんなふうに乗ってくるのかとか」

「はあ……しかし、それは誰でも知りたがるんじゃないでしょうか。僕だって、水先案内人がどうやって『飛鳥』に乗り移るのか、とても興味がありましたからね。あれはいつ、どうやって乗り込むのですか？」

「あっ、そうそう、いま浅見さんが言ったのと同じように訊かれたんです。パイロットはタグボートがやってきて、テンダーステーションから乗船します」

「それから？」

「それから、たいていは二等航海士が付き添ってブリッジへ上がって、キャプテンに代わって航路の指示を出します」

「ふーん……村田さんにもそう話したんですね？」

「ええ。それから、海が荒れたときなんか、パイロットが海に落ちることはないのかって訊かれました。ついでに乗客が落ちるとか、知らないうちに船からいなくなったとかした場合はどうするのか——って、いろいろ訊かれました」

「ふーん……それで、堀田さんはどう答えたんですか？」

「たぶん、そのまま航海を続けるでしょうって言いました。現に、過去にもそういうことがありました。出港時刻に間に合わなかったお客様がいらしたんです。連絡もなくて、三十分ほど待って出港しました。今回の村田さんの場合だってそうでしょう。もっとも、海に転落したのを誰かが見ていた場合は、船を停めて海上を捜索するでしょうけれど。でも、それだってずっと探しつづけるわけにはいきませんから、ある時点で切り上げることになると思いますって申しました」

「村田さんは何て言いましたか」

「何かおっしゃりかけたんですけど、エレベーターが止まって、私は降りましたから、それっきりです」

「どういうことだろう」

「そのときはただの興味本位な会話ぐらいにしか思わなかったのですけど、後になって村田さんがああいうことになって、もしかするとあれは何か意味があったんじゃないかしらって思えてきたんです」

「そうかもしれませんね」

「でも、実際は海に落ちたわけでもなく、いなくなったわけでもないんですよね。だから事件とは関係ないのでしょう？　そうですよね？」

そのことを警察にも誰にも喋《しゃべ》らずにいたのは、ひょっとすると悪いことなのかもしれない――と気がさすのだろう。不安な気持ちを浅見に押しつけたいのか、久代は迫るような言い方になった。

「関係はないにしても、村田さんには何か予感があったのかもしれませんよ。虫の知らせというじゃありませんか。もしかすると自分が消されるという……」

話しながら、浅見はふいに衝撃を感じた。夜の闇の中に、まがまがしい幻覚を見たような気がした。

「そうか、そういうことも……」

浅見は思いついたことを言いかけて、喉《のど》の奥でストップした。

「そういうことって……何ですか？」

「いや、何でもありません」

「嘘、狡《ずる》いわ、ご自分だけ言わないなんて。私もお話ししたんですから、浅見さんだってちゃんとお話ししてくださいよ」

胸ぐらを摑みかねない勢いだ。

「困ったな……ほんの思いつきですから、話すほどのことじゃないんです」

「それでもお聞きしたいわ」

「うーん、つまりですね、犯人はまさかああいう形で死体が発見されるとは思っていなかったんじゃないかと思うんです」

「えっ？　それって、どういうことなんですか？」

「あの冷蔵ケースは、それこそ船内で死者が出た場合以外は使われないのがふつうなのでしょう。だから犯人にしてみれば、あんなふうに死体が発見されるとは考えていなかったのだと思います。犯人は、いったんはあそこに死体を隠しておいたけれど、いずれチャンスを見て海へ捨てるなどして、犯行を隠蔽《いんぺい》する予定だったのではないですかね。村田さんが香港で下船したことになっているのも、そのための工作だったと考えれば、納得できるじゃないですか」

「ああ、それは確かにそうですわね。でも、そもそも香港で下りた村田さんが、いつ、どうやって船に戻ったのか、それが不思議ですけど」

「そう、それもトリックだと気がつきました。要するに、村田さんは最初から船を下りていなかったのです。犯人は下船する際、自分のカードをコンピュータに読み取らせたついでに、村田さんのカードも読み取り機を通過させて、あたかも村田さんが下船したかのように仕組んだのでしょう。というわけで、村田さんのカードが通過した時刻、午後一時二十三分の前後に、ゲートを通過した乗客が誰か、後でこっそり調べてくれませんか」

「えっ、じゃあ、その方が犯人……」

久代の目が恐ろしげに見開かれた。

「たぶん……いずれにしても、犯人が村田さんのカードを使ったことは間違いありません。そっちのほうはそれで解決できるのだけれど、むしろ問題は死体をいつどうやって始末するかでしょうね」

「浅見さんは何か、その方法を考えたんですか？」

「大まかにいって、二つの方法があると思います。いちばん簡単なのは、それこそ海に投げ捨てることですが、それは案外、難しいのかもしれない。航行中に死体をデッキまで運び上げるにしても、誰かに見とがめられそうな気がします」

「ええ、それはそのとおりですよ。『飛鳥』に限りませんけど、船舶は人の出入りにとくに気をつけてますからね」

久代は「飛鳥」のセキュリティが完璧《かんぺき》であることを強調した。

「外部からの侵入や、もちろん転落事故などのないよう、各デッキには監視カメラも設置してあります。ですから死体を捨てるチャンスなんて、ほとんどないみたいなものです。もしそうでなければ、殺してすぐ海に捨てたほうがいいはずですよね」

「やはりそうでしたか」

「ええ、だから、あの冷蔵ケースに死体があったって聞いたとき、犯人はどうするつもりだったのかしら？——って思ったんです。もちろん、長いクルーズ中にバラバラにして、隙を見て捨てることは可能かもしれないけど、それまでに発見される危険性だってあるし。ひょっとすると、犯人は発見されてもいいと思っていたんじゃないかしら？」

「いや、それはないでしょう。それなら、わざわざ村田さんが香港で下りたように工作したり、死体を隠す必要はありませんからね。犯人はほかの方法を考えていたのかもしれない」

「といいますと？」

「倉庫と同じフロアに、ギャレー（厨房《ちゅうぼう》）から出る廃棄物を溜《た》めておく場所があって、その中に、牛や豚などの枝肉から出た骨がありますね。それをクラッシャーで破砕して、海に捨てると聞きました」

「えっ……」

久代は一瞬、息を呑《の》んだ。

「じゃあ、死体をクラッシャーにかけるんですか？」

その状況を想像したのか、彼女の顔が月明かりの下で真っ白になった。

「たぶんそうだと思います。頭部は無理だとしても、ほかの部位はバラバラにすれば処理できるのじゃないでしょうか」

「やめてください！……」

久代は吐き気がしたように顔をそむけた。最前までのロマンチックな気分は、いっぺんで雲散霧消したにちがいない。

「死体を処理するのでしたら」と、妙に事務的な口調になって、言った。

「何もクラッシャーなんかにかけたりしないで、プロビジョンステーションのハッチを開けて海へ放り込めばいいと思いますけど」

「えっ」と浅見は驚いた。

「航海中にハッチを開けることができるのですか？」

「それは、ふつうは駄目ですけど、やろうと思えばできますわ」

「しかし、ハッチを開ければ、警報とかブザーとか、何か異常を知らせる装置が働くのじゃありませんか？」

「警報は鳴りません。ただ、ブリッジにどこのハッチが開いているか、赤いランプが点灯しますけど」

「ほら、それじゃ、すぐに気づかれちゃうじゃないですか」

「でも、点灯する場所はブリッジの正面のパネルではなく、脇のほうのちょっと引っ込んだ小部屋のような所ですから、前を向いて操舵《そうだ》しているかぎり、たぶん気がつかないと思います」

「ふーん、そうなんですか……だったらクラッシャーにかける必要はないわけですね。それにしても……」と浅見は首をひねった。

「どっちの方法を取るにしても、犯人はすぐにそうしないで、なぜ死体を放置しておいたのかが不思議ですね。堀田さんの言うとおり、一日二日と時間が経てば経つほど、死体が発見される危険性は増すはずなのですから」

その謎は残った。

3　計画されなかった計画

浅見が堀田久代とデッキにいる頃、シンガポール警察から解剖所見の報告がもたらされた。村田満の死因は毒物による中毒死。毒物投与の方法は注射によったものと推定される。村田の腕には、明らかに麻薬の常習を思わせる注射痕《あと》がいくつかあって、毒物の注射痕を特定するのに苦労したそうだ。実際、監察医は当初、覚醒剤《かくせいざい》の過剰投与によるショック死ではないかと思ったという。毒物の種類は「筋弛緩《きんしかん》剤」、いわゆる安楽死をさせる場合に用いる劇薬だ。死亡推定日時は正確なところは断定できないが、おそらく香港入港当日の午後三時から五時頃にかけてではないかという。

その情報と入れ替わるように、警視庁からきたメンバーの内、鑑識の連中は下船した。明朝の便で帰国の途につく。

午後十時半、浅見は花岡チーフ・パーサーと岡部たち三人の刑事と一緒に、10Fのヴィスタ・ラウンジにいた。ここは十一時がラストオーダーで、その後はほとんどお客はいなくなる。全員が花岡の奢《おご》りで、ランの花で飾られたトロピカルなカクテルを飲んだ。

岡部から村田の死因などを聞かされた後、浅見はついさっき堀田久代と話し合った、クラッシャーやプロビジョン・ハッチによる死体処理の方法を開陳した。岡部たちは「なるほど」と感心したが、花岡はさすがにいやな顔をした。

「それだと、まるでギャレーや倉庫部門の関係者が犯人であるかのような印象を受けますね」

「確かにその可能性はありますが、しかし必ずしもそうとは限らないと思いますよ。たとえば僕だって、クラッシャーの取扱い法さえ分かれば実行できます」

「それにしても、われわれ『飛鳥』クルーの人間である可能性は高いでしょう」

それは浅見も認めないわけにいかない。

「浅見さん、そんなことを軽々しくおっしゃらないでいただきたいですね。いやしくも『飛鳥』のクルーの中に、そんな危険人物がいるはずはないのです」

「というと、花岡さんは、犯人は乗客の誰かだとおっしゃるのですね」

「えっ、あ、いや、そういうわけじゃないですけど……」

花岡は慌てて否定したが、「飛鳥」クルー対乗客の、いささか不穏な空気が漂った。

「問題は動機ですね」と岡部警視が行司役のように割って入った。

「本事件は突発的、あるいは偶発的に発生した事件とは思えません。明らかに計画的な犯行です。単独か複数による犯行か。いずれにしても、村田さんに殺意を抱く何者かが、この船の中に存在したことは間違いないでしょう。現在、警察庁のほうで被害者のデータを調査中ですので、動機の面から犯人の割り出しが可能になってくるものと考えます。それまでは浅見さんも花岡さんも、軽挙妄動は厳に慎んでいただきます」

いつもの穏やかな顔から一転、警視庁警視の怖い顔でクギを刺し、誓いの杯を交わすように、カクテルグラスを捧《ささ》げ持って、乾杯のポーズをした。

全員が黙ってそれに和したとき、錨《いかり》を巻き上げる音が響いた。

「飛鳥」は定刻どおり二十三時ちょうどに岸壁を離れた。香港でもそうだったが、寄港地でのツアーが日中から夕刻過ぎまでに行われる関係で、出港は深夜になることが多い。乗客は文字通り白川夜船《しらかわよふね》のうちに、次の寄港地へ向けて運ばれ、見知らぬ海の上で目覚めるわけだ。

ヴィスタ・ラウンジからお客の姿が消え、従業員たちも全員が引き揚げた。暗く落とした照明の中で五人の男たちは、はるか遠くを過ぎてゆく島の明かりを眺めた。

「世界一周がまだ緒についたばかりで、こんなことを言うのは生意気かもしれませんが」

と浅見は述懐した。

「世界一周船の旅は、どこか人生に似ているような気がしますね。日々、新しい出会いがあって、別れがあって、すべての出来事が思い出となって、航跡のようにきらめきながら遠ざかり、もう二度と還らないという」

「なるほどねえ。さすがに文学的な美しい表現をしますね」

岡部がややオーバーに感心するので、浅見は照《て》れた。

「そんなことはないですが、こういう、人の死を目のあたりにすると、いっそう人生の無常みたいなものを感じちゃいます」

「確かに浅見さんのおっしゃるとおりです。クルーのわれわれでさえ、日本近海のクルージングではさほどに感じないのですが、世界一周のときはちょっと違いますね。なんていうか、この船が社会の縮図そのもののような感じとでも言いますか……」

と花岡は少し思案して、

「ほら、昔、ひょっこりひょうたん島というのがあったでしょう。あれですね」

いつも笑顔を絶やさない、端整な顔だちのチーフ・パーサーから、思いがけない比喩《ひゆ》が飛び出したので、みんな一瞬、あっけに取られ、それから和やかに笑いだした。

一夜明けて、「飛鳥」はマラッカ海峡を通過しつつあった。ここはレーダーなどの装備がない時代には、船舶の航行にとって「最大の難所」といわれた。なぜ最大の難所かというと、細長い海峡がえんえんと続き、おまけにところどころ、暗礁が待ち受けているからだ。海峡の真ん中に、座礁した船がいまも残っている。

朝食の後の清掃が終わり、浅見は久しぶりにワープロに向かって、遅れている「旅と歴史」用の原稿を仕上げた。そろそろ午《ひる》かなと思ったとき、岡部警視から電話で「コンパス」に来てほしいと言ってきた。昼食に寿司《すし》でもいかがですか——などと、呑気《のんき》そうな口ぶりだが、それだけの用事ではなさそうだ。

コンパス・ルームには三人の警視庁組が顔を揃え、資料らしきものに見入っていた。浅見のために空けてある椅子の前にもコピーが一部、用意されている。

「浅見さん、昨日あなたがおっしゃっていた、例の『貴賓室の怪人』の件ですが」

浅見の顔を見るなり、岡部が言った。

「その件の依頼人が判明しました」

「えっ、ほんとですか、誰なんですか？」

「いや、それは『飛鳥』側との申し合わせで、いわば守秘義務ということになっております。ただ、本事件とはまったく関係がないとだけは申し上げられますが」

浅見の不満そうな視線を避けながら、岡部は「さて」と本題に入った。

「警察庁から村田満のデータが送られてきましてね、それによると村田という男は相当な札付きのようです。前科が三つ、いずれも詐欺でした。しかし、今回あらためてわれわれが、さらに詳細なデータを求めたところ、村田は若い頃から暴力団とつるんで、かなりあくどいことをやっているという記録が出てきました。とくに、大阪府警と兵庫県警が、最近は麻薬のほうでマークしていたそうです」

「やっぱりそうでしたか。しかしそっちのほうの前科はないのでしょう？」

「明らかに麻薬を扱っていると見られるのだが、なかなか尻尾《しっぽ》を摑《つか》ませない。麻薬は現行犯逮捕が原則みたいなものですから、難しいのは分かりますが、捜査が杜撰《ずさん》だったとも言えます。現に、大阪府警も兵庫県警も、村田が出国していることさえキャッチしていなかったのです。空港には手配がいっていたそうですが、のんびりした世界一周船の旅は想定外だったのでしょうか」

困ったものだ——という苦笑が岡部の頰に浮かんだ。

「だとすると、麻薬がらみの事件ということになりそうですか」

「そうですなあ……しかし、それで殺しにまでゆくというのがよく分かりません。村田の手荷物が奪われたり、室内が荒らされたりした形跡はないのですから、何を目的に殺害したのかが分かりません」

「それはそれとしても、村田氏の世界一周は麻薬の売買が目的だったと考えていいのでしょうか。たとえば寄港地のどこかで麻薬を仕入れて、日本に持ち帰るか、あるいは日本付近で海上に投棄して、待機している仲間の船に渡すとか」

「大阪府警と兵庫県警はそう思っているようですね」

「岡部さんはどうなんですか」

「私は分かりません。三百万円もの元手をかけて、ただの物見遊山で世界旅行をするとは思えないので、たぶんそうだとは思います」

「あ、そういえば村田氏は、今回の世界一周には金主元がいると言ってました」

「なるほど。そうすると出資者か後ろで糸を引く人物が存在していたのですね。しかし、それでもやはり、殺されたのが麻薬がらみだったとは考えにくいですね」

「そうじゃないとすると、怨恨《えんこん》ですか？」

「そうですね……いや、私よりも浅見さんはどう考えているんですか」

「僕は怨恨だと思っています」

「理由は？」

「第一に計画性があること。第二に計画性がないこと」

「は？　ははは、なるほど面白い。局長さんが推薦されるのも納得できます。浅見さんはそうやって警察をけむにまくのですね」

「とんでもない、僕はそんなに人間が悪くはありません。この事件を眺めていて、そう感じただけです。岡部さんだってそう思うでしょう?」

「確かに、浅見さんが説明したような、コンピュータによる乗船証の読み取りチェックを逆用したトリックなどを見ると、事前に綿密な計画が行われているように思えますね。しかし、殺害した手口は存外、荒っぽい。そもそも、こんな密室のような船内でやらなくてもよさそうなものです。死体を冷蔵ケースに隠したのも、よく考えられた方法のようで、じつは緊急避難的な、その場凌《ばしの》ぎの苦しまぎれだったのかもしれません」

「そうでしょうか、僕はそうは思いません。船内という、いわば密室状態のところで自ら退路を遮断していることや、しかも容疑対象を乗員乗客合わせておよそ七百名の中に限定していることなど、確かに無謀のようにも見えます。しかし、それが単なるミステークだとは思えないのです」

「浅見さんは何かそれに理由があると?」

「たとえば、船の中での犯行というのも、日本近海ではなく、世界一周航路であるところに意味がありそうです。現に、岡部さんたちが滞在できる期間もほんの一週間あまり。それでは捜査に完璧《かんぺき》を期すことなど不可能でしょう。犯人はそれを見越していたのかもしれません。それから死体を冷蔵ケースに隠したのも、さっき言ったクラッシャーやプロビジョン・ハッチを利用するなど、その後の死体の処理にちゃんと計画性があってのことではないでしょうか。死体がギャレーの従業員に発見されたことは予測外の突発事ですが、犯人には死体安置用の冷蔵ケースは絶対安全だという知識というか、固定観念があったのだと思います」

「もしそうだとすると、その知識があるというだけでも、容疑の範囲はかなり絞り込めますね」

「そのつもりでいたのですが、ところが、実際にはいとも簡単に死体が発見されてしまいました。となると、完璧な計画性があったとは到底、思えません」

「そうですね。それに、なぜ何日も死体を冷蔵ケースに隠していたのかが分かりません。浅見さんが言ったように、死体処理の方法があるのなら、なぜもっと早くにそうしなかったのか……なるほど、確かに計画性があり、計画性のない犯行ですね」

浅見の口真似をしながら、岡部はまったく笑わない。

「問題は怨恨の中身ですね。誰がどういう恨みを抱いていたのか……ヤクザがらみと言いましたが、単純なヤクザがらみとは思えない一種、陰湿な雰囲気があります」

「いずれにしても、クルーの誰かが犯人であることは間違いないと思っていいのでしょうかな」

「ははは、そんなことを聞いたら、花岡さんはまた目を剝《む》いて怒りますよ」

浅見は笑ったが、岡部は真顔を崩さないで言った。

「しかし、一般乗客にはあんなところに死体置場があるなどという知識はないでしょう。それと、単独犯か複数犯かも問題だ。常識からいって、一人では難しい犯行だという心証をえていますが」

「それは僕も同感です。ただしその場合、クルーだけの犯行ではなく、共犯者に乗客かいる可能性だって考えられます」

「本来なら、もっとも怪しいのは同室の浅見さんということになるところでしたが」

「そうですね。その点では犯人もアテが外れたのかもしれません。いちばんのカモのはずだった男が、たちの悪いコウモリだったのですから。煮ても焼いても食えない」

「ははは、コウモリはないでしょう」

岡部が初めて笑った。

そのとき、寿司店の「海彦」に通じるドアが開いた。昼食に頼んである寿司ができてきたのか――と振り返った浅見の目の前に、意外な人物が現れた。ミステリー作家の内田康夫である。

4　センセの名推理

浅見はとっさに顔を背けた。内田のほうも「あっ、失礼、間違えました」と、慌てふためいてドアの向こうへ引っ込んだ。しかしドアが閉まる直前、「あれっ？」と動きを止めた。それからソロソロと開いたドアから顔を覗《のぞ》かせ、浅見のほうを無遠慮に眺めた。

「あっ、やっぱりそうか、浅見ちゃんか。驚いたなあ、どうしてこんなところにいるんだい？」

「やあ、先生、ようやく会えましたね」

浅見も仕方なく立ち上がって、ピョコンとお辞儀をした。

「先生からああいう連絡を貰《もら》ったもので、万障繰り合わせて駆けつけたのです。昨夜、シンガポール出港前に、辛うじて間に合いました」

「ふーん、そうだったの、来てくれたの。やっぱり持つべきものは友達だね。しかし、来てくれたのなら、いの一番、僕のところに声をかけてくれればいいのに。こんなところで何をしてるのさ？」

グルッと見回した「こんなところ」の一人である岡部警視が立ち上がった。

「しばらくです」

「は？　えーと……そう、しばらくですね。元気そうで何より……どうです、その後……皆さんは……」

健忘症の内田が憶《おぼ》えているはずがない。そうやっていろいろ喋《しゃべ》りながら、懸命に記憶を辿《たど》ろうとするのはいつもの手なのだが、どうせ思い出せっこない。

「警視庁の岡部和雄警視ですよ」

浅見が助け船を出した。

「ん？　分かってるよ、岡部さんだろ。そうに決まっているじゃないか。それ以外の何者でもない。いやあどうも、その節はすっかりお世話になりました。あれは『萩原朔太郎』の事件のとき以来でしたかね」

「いえ、『追分殺人事件』以来です」

「あれ？　そうだったかな。僕も多忙だが、岡部さんも忙しそうだから、なかなか会えませんな。そこへゆくと浅見ちゃんはヒマジンだから、しょっちゅう会える」

「しょっちゅう会えるのは、先生もヒマだからじゃないのですか」

浅見は一矢を報いたが、内田は聞こえないふりを装って、岡部たち三人を見渡した。

「ところで、こんなところに浅見ちゃんと岡部警視がいて……となると、あれ？　浅見ちゃんそれじゃ、やっぱりあの話は本当だったんじゃない。村田とかいう人が殺されたっていうのは」

「えっ……」

岡部は二人の部下と浅見の顔を見渡した。箝口令《かんこうれい》をしいている状況で、内田はどの程度の事実を知っているのだろう。

「先生はそのこと、どうして知っているんですか？」

浅見が訊《き》いた。

「ん？　ああ、そうか、あまりオープンにはしていないらしいね。しかし僕は千里眼みたいに何でもお見通しさ。というのは嘘で、客室係のミセス・カティに噂を聞いたんだ。それによると、倉庫の冷蔵ケースから死体が発見されたのだそうじゃないか。なるほど、そうすると、単なる噂じゃなかったっていうことですか。浅見ちゃんは別口だとしても、警視庁から岡部警視が派遣されたくらいだから。そうなんですね、岡部さん？」

「そのとおりです」と岡部は仕方なさそうに頷《うなず》いた。

「われわれは浅見刑事局長の指示で参りました」

「なるほどなるほど。しかし、僕に言わせれば、浅見ちゃん一人で十分、岡部警視がお出ましになるほどの大事件じゃなさそうですけどね」

「ほう、すると内田さんには何か、事件の真相に関するお考えがあるのですか？」

岡部は真面目《まじめ》だし、内田の虚言癖を知らないから、まともに受け取っている。

「もちろんありますとも。犯人の条件に当てはまる人物は一人しかいません」

内田はドアの外にひっくり返りそうになるほど、胸を張った。

「えっ、誰ですか、それは？」

岡部ばかりでなく、二人の部下も、それに浅見までも、ひょっとすると——という期待を抱いて、内田の口許《くちもと》を見つめた。

「誰かって言われても、僕は名前なんかは知りませんよ。しかし犯人はそいつに決まっています。殺された村田某という被害者と同じキャビンにいる男です」

四人の男どもは顔を見合わせた。笑うわけにはいかないし、さりとて文句をつけるにしても、その言い方が難しい。

「それはたぶん、違うと思いますが」

岡部が遠慮がちに言った。

「違うですと？　なぜです？　誰がどう考えたって、同じ部屋で暮らしていたやつが犯人に決まっているじゃないですか。少なくとも重要参考人であることは間違いない。そいつを引っ張って叩《たた》けば、簡単だと思うのに、どうしてそうしないのか、さっぱり分からない」

珍しいことに、今回ばかりはまったく内田の言うとおりなのだから、困ってしまう。

「内田さんのおっしゃることはよく分かります」

岡部が真面目くさって言った。そういう説得をさせるには、謹厳実直を絵に描いたようなこの男は、まさに適役だ。

「じつはですね、被害者と同室のお客さんは、神戸を出港した頃からひどい船酔いで、診療室のベッドから動けないでいたのです。結局、香港で下船して日本へ帰ってしまったのだそうですよ。アリバイその他、ドクターが証言してくれました」

「えっ、そうなの？　そうだったんですか。なんだ、早いとこそう言ってくれればいいのに。だけど、うちのカミさんだって相当、酔ったけど、けっこう楽しんでいますよ。その人はよっぽど体調が悪かったんだろうねえ。そういえば、カミさんが注射してもらいに行ったとき、診療室のベッドにひっくり返っている人が見えたと言ってたが、それだったのか」

「そういうわけでして、いまのところ、これといった容疑者が浮かんでいないのです」

内田の饒舌《じょうぜつ》を封じ込めるように、岡部はきっぱりと言った。

それで引き揚げるかと思ったが、内田は時計を見て、「ちょうどいい時間ですね、皆さんに寿司を奢《おご》りますよ」と、これまた珍しく気前のいいことを言った。

「あ、寿司ならさっき注文しました」

浅見が言うと、「だけど、それには僕の分は入っていないんだろ」と、当たり前のことを言って、隣の「海彦」に「握り、特上、一人前追加、特上ね」とむやみに「特上」を強調して怒鳴った。

「奥さんはお呼びしなくていいんですか」

浅見は訊いた。

「ああ、カミさんはだから、ダウンして部屋にいるんだよ。寿司を食おうって言ったら、それどころじゃないって、いやな顔をされちゃった」

そう言ったときの内田の顔は、少し寂しそうだった。

寿司を食べ終えると、さすがに内田はそれ以上はオジャマ虫になる気はないのか、さっさと引き揚げて行った。やはり夫人のことが気にかかるのかもしれない。

帰りがけに「浅見ちゃん、ストーカーの事件のほうだけど、村田氏が死んだ後、それらしい事件は再発していないのだそうだ。だからそっちのほうはいいから、殺人事件を早いとこ解決してくれないか。もしも捜査に行き詰まったり何か困ったことがあったら、力になってあげるから、僕の部屋に遊びにおいでよ」と言った。

「918号のロイヤル・スイートだ。飲み物はふんだんにある。そうそう、よかったら岡部さんたちも来ませんか。ロイヤル・スイートですぞ」

今度はやたら「ロイヤル・スイート」を自慢げに強調している。まったく、いくつになっても子供っぽい男である。

うるさいのがいなくなって、ふたたび「捜査会議」が始まった。

犯行が怨恨によるものだとして、殺意を抱くほど、村田を恨んでいる人間がはたしているのかどうか――が議題になった。

「前科三犯の詐欺の被害者は、いまでも恨んでいるのでしょうね」

浅見が素朴に言った。

「それはもちろん恨んでますよ。しかし、そうやって立件された分については、まだしも村田は刑に服しており、被害もある程度は補塡《ほてん》されているでしょう。本当に恨んでいるのは、被害を受けながら、立件もされず、損害賠償も取れなかった人たちじゃないですかね。いや、表面化していないだけで、もっとひどい被害に遭って、泣き寝入りした人もいるにちがいない」

「そういう人が『飛鳥』に乗っている可能性もありますね」

「そうですね、ありえます」

「村田氏の顔を見て、殺してやりたいと思ったとしても、不思議はありませんね」

四人の「捜査員」は無意識のうちに険しい目つきになった。その緊張を解きほぐすように、岡部がニヤリと笑った。

「といっても、それはあくまでも一つの仮説にすぎませんよ」

「そうでしょうか」と浅見は反論した。

「僕はむしろその可能性が強いと思います。『飛鳥』に乗る前から村田氏が乗ることを知っていたか、それとも乗ってから村田氏の存在を知ったのかはともかく、不倶戴天《ふぐたいてん》の敵に恨みを晴らす絶好のチャンスだと思ったとしても不思議はないと思います」

「そうですね、浅見さんの言うとおりです。なんとかやってみますか」

「しかし警視」と神谷が難色を示した。

「村田に被害を受けたとしても、立件していなければ記録を探すのが難しいのじゃありませんか？」

「ああ、難しいでしょうな。しかし不可能ではない。たとえ立件されていないとしても、苦情や相談などがあって内偵したとか、多少なりとも警察に被害届などがあったケースなら、記録が残っている可能性もあって、過去に遡《さかのぼ》って村田満の経歴を調べ上げることはできます。逆に犯人の側から詰めてゆくにしても、『飛鳥』の乗員乗客、合わせて七百人ですか、それを片っ端からつぶしていけばいい。なにも全員を対象にすることはなく、関係なさそうなのは削除すればかなり人数も減りますしね。消去法でいけば、十分の一にするのはわけないでしょう」

「しかしそれでも七十人ですが」

苦労人の神谷警部補が言った。

「たった七十人――というべきではありませんか」

浅見はどこまでも強気だ。

「ムンバイまではちょうど一週間。一日十人ずつ消化すれば、ぴったりムンバイで大団円を迎えられますよ」

「最初の十分の一にするのを計算に入れてませんが」

神谷の思考法はネガティブらしい。

「じゃあ、それはいまから始めましょう」

「えっ、ここで、ですか？」

「そうです、ここでです。善は急げです」

浅見に煽《あお》られ、神谷はどうしますか？——という目を岡部警視に向けた。

「いいですね、その意気でやりましょう」

岡部は大きく頷いて、若い坂口巡査部長に命じた。

「坂口君、オフィスへ行って、乗員乗客、全員のリストを貰《もら》ってきてくれないか。なるべく詳細なものがいい。たぶん、乗船者を決める場合には、何らかの選別基準のようなものがあるはずだ。チーフ・パーサーの花岡さんに相談するといい。もし手が空いていたら花岡さんにも来てもらってくれ」

ラグビーのスタンドオフが務まりそうな、長身でがっしりした坂口が、部屋の空気をかき回す勢いでドアを出て行き、間もなく、花岡の腕を掴《つか》むようにして戻ってきた。花岡は分厚い乗船名簿と関係資料を後生大事に抱えている。犯人探しを手伝わされると知って、不承不承、やってきた様子が、笑いの消えた顔から読み取れる。

「まず女性の方は削除できますね」

名簿を広げながら、花岡は言った。

「いや、必ずしもそうとは言えませんよ。むしろ女性のほうが被害を受け、泣き寝入りしているケースが多いかもしれません。とりあえず、絶対に犯行に参加できそうにないお年寄りとか、地理的に関係なさそうな人から削除していきましょう」

岡部の音頭取りで、作業は急ピッチに進められた。最初は高齢者を外し、次いで、それに準じるような年配の女性。それから、どう考えても接点がなさそうな人物――とくにフィリピンなど、外国人クルーの女性のほとんどはそれに該当した。

しかし、村田がかなり外国旅行を繰り返していたことを考えると、外国人だからといっても、無視できるどころか、むしろ事件との関わりを疑ってかかる必要があった。そうやってゆくと、当初は簡単そうに思えた「十分の一」に減らす作業もなかなか難しいことが分かってきた。

第八章　謀殺の可能性

1　プールサイドの密談

今回の「飛鳥」世界一周では、北緯二度付近に位置するシンガポールが南限で、ほとんど赤道直下といってもいい。シンガポールを離れた後は、次の寄港先であるモルジブのマーレへ向けて、マラッカ海峡を一路北北西に進むのだが、インド洋に出るまで、気温はあまり下がらない。常夏の気候がそのまま「飛鳥」で運ばれているようで、デッキに出ると海風が心地よい。

８Ｆの後方のオープン・デッキには「飛鳥」自慢のプールがある。真夏の日本近海クルーズなど、若い乗客が多いときは、それこそ芋《いも》の子を洗うほどの賑《にぎ》わいになるのだが、高齢者の多い世界一周クルーズでは、さすがにプールの利用者は現れない。香港までは気温が低かったせいもあるけれど、熱帯域に入ってからもプールはガラガラ、もったいないほど澄みきった水が、船のエンジンに合わせてかすかなさざ波を立てるばかりだ。

岡部たちとの打合せを終えた浅見光彦が、オープン・デッキに出てゆくと、そのプールで珍しく、男が独り、泳いでいた。和田隆正である。和田はむろん、そう若くはないが、さりとて高齢者の中には入らない。それにしても体型はごく貧弱で、あまり他人に見せびらかすような肉体の持ち主というわけでもない彼が、衆人環視の中で泳ぐのは、ずいぶん度胸のいいことだ。

もっとも、衆人環視というほどの見物人が集まっているわけではない。それも、チラッと一瞥《いちべつ》するだけで、悪いものを見てしまったように立ち去ってゆく。誰にしたって、若くてピチピチした女性の水着姿ならともかく、どう見ても色気のない中年男の裸を正視する気にはなれないだろう。

浅見もついうかうかとプールサイドに近づいたのを、じきに後悔することになった。

「やあ、あんた、浅見さんでしたっけ」

水の中から和田が声をかけた。

「どうです、一緒に泳ぎませんか。いい気分ですぞ」

泳ぎに誘うのは単なる口実で、和田の真意は別のところにありそうな気配だ。

「いえ、僕は水着の持ち合わせがありませんから」

「そんなもの、ショップに行けば売ってますよ」

「はあ、そうですか。しかしまあ、いまはやめておきます」

手を横に振って断ったが、すぐに退散するのも礼を失するので、浅見は近くにあるデッキチェアに腰を下ろした。折り畳み式のチェアで、背もたれの金具を外して延ばすと、ベッドタイプにもなるやつだ。

和田は水から上がって、プールサイドに置いてあったバスローブを羽織ってやってきた。フランス製のブランド物のサングラスをかけている。

「あんたもいい災難でしたねえ。例の事件のことだけど」

浅見の隣のデッキチェアに寝そべると、すぐに切り出した。

やはりその話か——と浅見は苦笑した。

「しかし、冗談で言っていた殺人事件が、本当に起きちゃったじゃないですか。いや、船側は変死だと発表しているが、おそらく殺人事件に間違いない。その証拠に日本から警視庁の刑事も飛んできたらしい。あんたにしてみれば、願ってもない展開でしょう。とはいえ、殺された村田っていう客は、あんたと同室だったんだから、警察はまずあんたに目をつけたんじゃないの？」

どこで情報を仕入れるのか知らないが、和田は思いのほか詳しい。もっとも、浅見と岡部たちの関係を知らないから、ひとが容疑者であることを楽しんでいるような言い方をしている。

「たぶんそうでしょうね。しかし僕と村田さんには、たまたま同室になっただけで、過去にまったく接点がないことが分かって、すぐに無罪放免されました」

「ははは、それはまあとりあえず無罪放免だろうけど、いぜんとして最有力の容疑者であることは間違いないんじゃないかな。東京から来た警視庁の刑事も、ずいぶんしつこくあんたを訊問《じんもん》してるみたいじゃない」

「しつこいかどうかはともかく、一応、事情聴取はされました。いくら関係がないといっても、同じキャビンで何日間も過ごしたんですから、やむをえません」

「そう。ふつうに素人が考えると、常識的に言って怪しいのは同室の人物ってことになるもんね。だけどね、僕に言わせれば、真犯人は別にいる。警察は見当違いなところを捜していますね」

和田は何やら確信ありげにそう言った。

「ほう、どうしてですか？」

「じつはね、ここだけの話だが、僕は殺された村田って男を知っている」

「えっ、お知り合いですか？」

「いや、知り合いってわけじゃないが、ある大がかりな詐欺事件を取材しているときに、村田の名前が浮上したことがありましてね。それで少し調べてみると、ほかにもいくつかの疑惑のある人物だと分かった。だから『飛鳥』に乗って村田の顔を見たときには驚いた。もっとも、その事件では結局、警察も確証が摑《つか》みきれなかったようだけど」

「相当なワルだったのですか」

「まあ、そんなに大物というわけではなく、小才の利く小悪党ってところかな。ヤクザがらみの経済事犯の裏で動いて、小判鮫《こばんざめ》みたいにちゃっかり稼いだり、美人局《つつもたせ》もどきの恐喝をしたり、もちろん麻薬にも手を出していただろうしね。僕が取材した事件は東京で起きたものだが、もともとは関西を舞台にいろいろやっていたみたいだね」

和田の話は岡部警視から聞いたことと一致する。

「和田さんはさっき、真犯人とおっしゃったけれど、何か心当たりがあるのですか」

「えっ、そんなこと言いましたかね。いや、それはまあ、ないこともないが……」

どういうわけか、自説を撤回するような、歯切れの悪い口ぶりになった。

「詐欺事件の被害者だった人が、『飛鳥』に乗っているということですか？」

浅見は重ねて訊《き》いた。

「たぶんね。しかし滅多なことは言えない。なんたって狭い船の中ですよ。どこで誰が聞いていないともかぎらないでしょう」

和田はわざとらしく首を竦《すく》めながら周囲を見回したが、二人の会話が聞こえる範囲内には誰もいない。遠くのビーチパラソルのついた丸テーブルで、後閑姉妹が飲み物を前に寛《くつろ》いでいるのが見えた。

「考えてみるとさ、この船に乗ってる連中の多くは年輩者が多いじゃないですか。何かしら過去に経歴というか、歴史を背負っていると思って間違いない。あの後閑姉妹にしたって、ただの物見遊山で世界一周しているわけじゃないかもしれない」

「ほう、そうですかねえ。僕の目には、どう見ても優雅な人たちに思えますが」

「そりゃまあ、大半はそうだけど、中にはいわくのある人間もいるってこと。現に殺された村田がそうだったじゃないですか」

「というと、和田さんもそうですか」

「僕？……へへへ……」

とたんに和田は狡《ずる》そうな笑い方をして、そっぽを向いた。

「じつは僕はずっと不思議に思っているのです。僕みたいなへっぽこルポライターならともかく、和田さんは出版社の取締役でいらっしゃる。さぞかしお忙しいはずなのに、どうしてこういうのんびりしたクルージングを楽しむ余裕があるのか、ですね」

「ははは、のんびりしているように見えますかね」

「じゃあ、違うのですか？　というと、何か仕事上の目的がおありなんですか」

「そうね、仕事にもいろいろあるけど」

話が都合の悪いところに迫ったのか、和田は急に落ち着かない様子を見せて、はぐらかすように問い返した。

「ところで浅見さん、村田って男だけど、一緒にいて何かおかしな素振りみたいなものは感じなかった？」

「といいますと？」

「たとえばさ、どこかに怪しげな電話をしていたとか、夜な夜などこかへ出掛けて行くとか」

「そうですね……」

浅見はすばやく頭脳を回転させた。和田の誘い水に乗ったふりをして、相手のカードを読むチャンスかもしれない。

「じつはまだ、これは警察にも話していないのですが、村田さんの電話をちょっと漏れ聞いたことがあります」

「ほう、どんな話だった？」

「いや、それは言うわけにいきません」

「どうして？　いいじゃないですか。誰にも言わないからさ」

「ですから、僕としても誰にも言わないつもりでいるのです。ある意味で企業秘密というところでしょうか」

「えっ、あんた、それ、何かに書くつもりなの？」

「さあ、書くかどうかはともかくとして、秘密にしているかぎり、僕の財産であることは確かですからね」

「ふーん、あんた、見かけによらないワルだなあ。そのネタを強請《ゆすり》の材料にしようっていうわけか」

「そんな、人聞きの悪いことを言わないでくれませんか。ただ、僕の知りえた情報が正当に評価されるかどうか、それは今後の展開しだいだと考えています」

「ふん、持って回った言い方をしなくてもいいよ。つまり恐喝っていうことになるんじゃないの？　いや、それを悪いとは言わないけどさ。あんたには無理だよ。下手すりゃ、またぞろ村田の二の舞だな。どうかね、おれと組まないか」

それまでの「僕」が「おれ」になって、和田の本性が現れたと浅見は思った。

「えっ、和田さんとですかァ……」

いくぶん大げさに、腰が引けたような素振りを見せた。

「あんた、おれを知らないから、敬遠したくもなるだろうけど。しかしね、いずれにしたってあんた独りじゃ無理だよ。ほんとに殺されるぞ」

「和田さんと一緒なら、殺されないっておっしゃるのですか」

「ああ、大丈夫だ。こういうことにはコツがあってね。村田みたいなヘマをしなきゃ、いのちに別状はない。端的にいえば、君子危うきに近寄らずってとこかな」

よほどの自信でもあるのか、ニヤリと笑って断言した。

「村田さんはヘマをしたのですか」

「そうに決まってる。どんなヘマかは知らないけど、おめおめと殺されるようなやり方をしたことは確かだ。おそらく単刀直入にいったんじゃないのかな。こういうことはね、あまり相手を追い詰めてもいけない。窮鼠《きゅうそ》猫を噛《か》むってやつだ。素人はその辺の駆け引きがだめだね」

「なんだか恐喝のプロみたいですね」

浅見は皮肉を交えて言った。

「ははは、それこそ人聞きが悪い。正当な経済活動の一種だと言ってもらいたいな。こっちの事業に出資してもらうか、あるいは広告料を頂戴《ちょうだい》するだけです。つまり、あんたは共同経営者というわけだ。優雅な船旅を楽しみながら収益を上げる。どうです、理想的なべンチャービジネスだと思わない？」

ベンチャービジネスかどうかはともかく、和田の「飛鳥」乗船の目的がそこにあったことははっきりした。

「しかし、和田さんにはすでにターゲットがあるんでしょう？」

「ん？……ああ、それはまあそうだけど、取引先は多ければ多いほど効率的だからね。それに、ひょっとすると村田が狙っていた——逆にいえば村田を殺したやつが、おれのターゲットかもしれないじゃないの」

「誰なんですか、ターゲットは？」

「それは……あぶないあぶない、あんたに言うわけにはいかないよ。その前にあんたの握っている秘密ってやつを聞かないとね。さあ言っちゃいなさいよ。村田が接触していた相手っていうのは誰なのか」

「そうですね……」

浅見は言い渋った様子を見せた。

「これだけは言ってもいいかな。要するにスイートの乗客です」

「それはそうだろうね。スイート客の誰なのさ。松原？　牟田？　神田？　まさか、あの後閑姉妹ってことはないだろうね」

スイートの乗客の名前を並べ立てて、最後にすぐそこにいる後閑姉妹のほうを見た。浅見も和田につられて、そっちの方角に視線を走らせた。その視線の先で、後閑姉妹に挨拶《あいさつ》している女性がいた。シンガポールで買ったのか、日差しの強い南国を象徴するような、おそろしくつばの広いストローハットをかぶって、ブルーのスカーフを首になびかせている。

2　後閑姉妹の秘密

「草薙夫人だな。あの夫婦も怪しい」

和田が呟《つぶや》いた。浅見の脳裏に堀田久代からもらった名簿の「草薙由紀夫・郷子」という名前が蘇《よみがえ》った。夫人は確か、兄の陽一郎と同い年のはずだ。

「きれいなひとですね」

浅見は率直な感想を述べた。

「ふん、おミズ上がりの女だよ。大銀行の重役だった旦那《だんな》を誑《たぶら》かして、後妻の座に納まっちまった」

和田の言葉に反応したかのように、草薙夫人がこっちを見た。聞こえるはずはないのだが、和田は一瞬、ギョッとして、すぐにさり気なく、愛想よく手を振って見せた。

草薙夫人は短パンの裾《すそ》から白く長い脚を惜しげもなく伸ばして、颯爽《さっそう》と歩いてきた。

「あーら和田さん、泳いでいらしたの？　わたくしも泳ごうかしら」

言いながら、浅見を見て会釈した。

「こちら、お初めてですわよね。わたくし草薙郷子です」

「浅見といいます。よろしく」

浅見は立って挨拶した。

「浅見さんね、こちらこそよろしく。ずいぶんお若いのねえ。世界一周のお客さんの中じゃ、いちばんお若いんじゃなくて？　それにハンサムでかっこいい。あ、もしかして、お客じゃなくて、エンターテイメントのタレントさん？」

「まさか……ただの客です」

開けっ広げの賞賛を浴びせられて、浅見は照れて頭を掻《か》いた。

「そうですの、こんなお若い方が乗ってらしたのねえ。奥様もご一緒？」

「とんでもない。僕はまだ独りです」

「えーっ、ほんとに？　あーらまあ、もったいない。こんなハンサムを放っておくなんてねえ。そうかと思うと、和田さんみたいに、奥様とお子さんをほっぽりっぱなしにしてる殿方もいるんだから」

「ははは、僕を引き合いに出さないでくれませんかねえ」

和田が抗議したが、草薙夫人は完全に無視した。

「浅見さん、今夜からダンスをお付き合いしていただけません？　うちの主人はもちろんですけど、ダンスもできない無粋な殿方ばっかりで、つまらないったらないの」

「あの、僕もその無粋な殿方の仲間なのですが」

「あら、そうなの？　でもいいのよ、若くてハンサムなら何もしなくてもいいんです。ただわたくしに摑《つか》まって足を動かしてさえいてくだされば、それで十分」

「つまりチークダンスってやつですか」

和田の品のない容喙《ようかい》はまたしても無視された。草薙夫人はダンスの相手を確保したことに満足して、ご機嫌で去って行った。

「ふん、ただの玉《たま》の輿《こし》のくせに」

和田は面白くもなさそうに舌打ちをして、「浅見さん、ああいう女狐には用心したほうがいいよ」と忠告した。

「ははは、気をつけます」

浅見は笑って、それを汐《しお》にプールサイドを離れ、後閑姉妹のテーブルに向かった。

「お邪魔していいですか」

礼儀正しく訊《き》いた。

「もちろんですわ」

姉の後閑富美子が例によってガラッパチな声で言い、妹の真知子は黙って、浅見のために椅子の位置を少しずらした。

「和田さんと何をお話ししてらしたの？」

富美子が声のトーンを落として訊いた。

「例の事件のことです」

「あ、やっぱりね。あなた、殺された村田さんをご存じでいらっしゃるの？」

後閑姉妹までが「殺人事件」と知っているようでは、箝口令《かんこうれい》はほとんど効果がなかったようだ。

「ええ、同じキャビンの住人でしたから」

「えっ、そうでしたの？」

後閑姉妹は飛び上がるほど驚いた。とくに妹のほうは、氷の壁のようなバリアーを作って身構えるのが分かった。

「じゃあ、あなた、村田さんのお友達？」

「いいえ友達ではありません。『飛鳥』に乗ってたまたま同室になったのが初対面です。同じ部屋ですが、親しく話したこともほとんどないくらいです」

「そう、そうでしたの……」

富美子の顔に安堵《あんど》の色が浮かんだ。

「後閑さんはどうなんですか。和田さんの話によりますと、村田さんという人は、財界の方々とお付き合いがあったのだそうですが、村田さんのことはご存じでしたか？」

「ほほほ、私たちは財界人と言われるほどの者ではございませんわよ。でも、村田さんが財界人とどんなお付き合いをしていらしたかは、多少は知識がございます。あの方の悪名は有名ですものね」

「ほう、そうなんですか。たとえば？」

「それは申し上げられませんけど」

後関富美子はにこやかに拒絶した。

「和田さんは、村田氏がヤクザがらみ麻薬がらみの犯罪に関わっていたのではないかと、そんなことを言ってました」

「そのようですわね」

富美子の顔から笑いが消えた。

そのとき浅見は、隣の真知子の様子がおかしいことに気がついた。浅見とのあいだに張ったバリアーは消えたが、それとは別の強い屈託が彼女を襲ったように見えた。表情は平静を保とうと努めているけれど、明らかに動揺している。

「警察沙汰《ざた》にはなっていないものの、村田氏に被害を受けた人はかなりの数に上るのではないかとも話してました」

真知子の様子を意識しながら、浅見は追い打ちをかけるように言った。

「じつは、警視庁の捜査官もその点を重視して、『飛鳥』の乗客の中から、過去に村田氏と接触なり被害に遭ったことのある人々をピックアップして、順次事情聴取を行う方針のようです」

「そんな……不愉快ですわねえ」

「は？　後関さんを対象にしているわけではありませんが」

「え？　ああ、それはそうでしょうけれど……」

狼狽《ろうばい》ぎみに言ったとき、妹の真知子がツイと立ち上がった。

「失礼します」

挨拶を背中に投げて、顎《あご》を突き出すようにして去って行った。

「真知子さん、何かお気に障ったのでしょうか」

浅見は小声で訊いた。

「それはあなた、傷つきますわよ」

「どうしてですか？」

「浅見さん、ほんとにご存じなくて、そういうことおっしゃったの？」

「はあ、何のことでしょうか？」

「信じられませんわね、知らないなんて。ご一緒のキャビンにいらしたのなら、村田さんから何かお聞きになってらっしゃるんじゃなくて？」

「いや、そうおっしゃられても、さっぱり何のことか分かりません。村田氏と同じ部屋にはいましたが、あまり込み入った話をしませんでしたから。もし差し支えなければ、何があったのか教えていただけませんか」

「ほんとにほんとなの？……」

何度も疑わしそうに躊躇《ためら》ってから、富美子は意を決したように言った。

「真知子の夫は、村田さんに殺されたようなものなんですよ」

浅見は驚いた。

「えっ、殺されたようなって……あの、真知子さんのご主人は亡くなられたんですか？」

「あら、わたくし、そのことは申しませんでしたかしら？」

「ええ、お聞きしていません。離婚なさったことはお聞きしましたが」

「そうでしたかしら。わたくしとしたことが、また余計なことを……でも、いずれは分かることですものね。そうなんですの、真知子の夫は離婚をしたあと、間もなく亡くなりましたのよ。それも車ごと崖《がけ》から落ちて……事故ということでしたけど、たぶんあれは自殺だと思います」

「そうですか、それはどうも……しかし、殺されたようなものとおっしゃったのは？」

「いえ、それはまあ、じかに殺されたわけじゃありませんけど。でも殺されたも同然。ひとを陥れておいて、それを脅しの材料に使って追い詰めるのが、村田のやり口だったのだそうです」

ついに「村田」と呼び捨てになった。

「じゃあ、妹さんのご主人が亡くなったというのは……」

「ええ、ひどいノイローゼに罹《かか》って、その挙げ句に……」

富美子は悔しそうに唇を噛《か》みしめた。

「『飛鳥』に乗ったら、その不倶戴天《ふぐたいてん》の村田がいたんですもの、それはびっくりしました。妹はもちろんですけど、私も殺してやりたいくらいに憎らしかった。でも、よくしたものですわねえ。天の配剤っていうのでしょうかしら。どなたか知りませんけれど、ちゃんと罰してくださいました」

「しっ……」と、浅見は唇に人指し指を当てた。

「そんなことは妄《みだ》りにおっしゃらないほうがいいですね。それでなくても、警察は容疑の対象がいなくて困っているのですから、早速飛んできて、事情聴取されちゃいます」

「あら、警察に何を訊かれたって、いっこうに構いませんことよ。村田への恨みの数々を洗いざらいぶちまけて上げますわ。殺されても当然の人ですって。そう言えば犯人探しなんかやめて、日本へお帰りになるかもしれませんわね」

後閑富美子の姐御《あねご》顔が怒りの形相を露《あらわ》にすると、相当な迫力があった。

3　ロイヤル・スイートにて

部屋に戻ろうとエレベーター・ホールへ行くと堀田久代とバッタリ出会った。

「あ、浅見さん、昨日の下船記録のことですけど」

「調べていただけましたか」

「ええ、でも、村田さんの記録の前後には、前も後も二十分間ぐらい、どなたも下船していないのです」

「えっ、ほんとに？……」

ショックのあまり浅見は絶句したが、久代は乗客が犯人でないことを願っているのか、表情が明るい。

「そうそう、それから内田さんがお探しでした。お部屋に連絡して差し上げてください。浅見さんが乗ってらっしゃること、ご存じだったんですね」

「そうだ、伝えるのを忘れてましたね。とうとう見つかって、シンガポールから乗り込んだことにしちゃったんです」

「そうだったんですか。突然、レセプションにお電話で、浅見さんのことをおっしゃるんですもの。びっくりしちゃいました」

「ははは、申し訳ない」

浅見は苦笑し、気を取り直して言った。

「ところで堀田さん、『飛鳥』のクルーの中で、以前から村田さんを知っていた人がいないかどうか、分かりませんか」

「さあ、知りません。村田さんは『飛鳥』は初めてのお客様でしたから、たぶん誰も存じあげていないと思いますけど」

「いや、『飛鳥』船上でなくても、どこかで接点があった可能性はあるかもしれません。日本国内はもちろんですが、村田さんはしょっちゅう海外旅行をしていたそうですから、外国で会ったことも考えられます」

「ああ、それはそうですね。じゃあ、心当たりを訊《き》いてみましょうか」

「お願いできますか。ただし、さり気なく、できれば雑談の中で訊き出せるといいのですが」

「はい、承知しました」

堀田久代は新しい任務を得て、気分が高揚したのか、勇躍して去った。

部屋に戻って918号室に電話すると、真紀夫人が出た。

「あら、浅見さん、どうして？……」

驚いた声を発したところを見ると、内田は浅見のことを夫人に話していないらしい。いつものことながら、あのセンセのズボラさ加減には呆《あき》れるほかはない。

詳しい説明を始めたところで、内田が夫人の手から受話器をひったくった。

「ああ浅見ちゃんか、すぐ来てくれ」

例によって一方的な命令であった。

浅見にとって禁断の場所だった9F客室エリアに初めて行くことになった。「飛鳥」は完全にノー・ランク制だが、廊下の広さなど、造作には若干の違いがありそうだ。とはいっても、9Fはスイートだけのフロアではない。前半分がスイート、後ろ半分がデラックス・ルームになっている。

918号室はフロアのほぼ中央左舷《さげん》側にある。チャイム・ボタンを押すと、ドアが開いて真紀夫人が顔を覗《のぞ》かせた。

「びっくりしたわァ、わざわざいらしてくださったんですってねえ。うちの先生は何も言わないんですもの」

不満そうに背後を見返った。これでよく亭主に愛想が尽きないものである。

「浅見ちゃんか、入れよ」

内田が奥から呼んだ。

ロイヤル・スイートはさすがに広い。リビング・ルームと寝室が別になっている。リビング・ルームには応接セットと、ほかに丸テーブルとひじ掛け椅子が二脚。トイレが二カ所にあるのだそうだ。

丸窓二つしかないエコノミーの部屋と違って、リビング・ルームのガラス戸の外側はベランダである。デッキの向こうは紺碧《こんぺき》の海。時折、白い波頭を立てて、マラッカ海峡が過ぎてゆく。もうそろそろインド洋に出る頃だ。

「うわー、いいですねえ」

浅見は単純素朴に感嘆した。

「いいだろう、爽快《そうかい》だろう」

内田もごく単純に自慢して、浅見を引き連れてベランダに出た。冷房完備の室内から出ると気温は高いが、頬を撫《な》でて吹き抜ける潮風が、まさに爽快だ。船が進むたびにトビウオが驚いて何百メートルも飛んで逃げる。

ベランダには白いテーブルとデッキチェアが二脚ある。夫人が氷を浮かべたカナダドライを運んできた。室内の棚には常時、高級スコッチのボトルがズラッと並んでいるのに、内田は下戸だから、ぜんぜん手をつけていないのだそうだ。「飛鳥」にとっては安上がりな客だが、飲んべえが聞いたら、さぞかし悔しがることだろう。

「例の、村田が殺された事件のほうはどうなっているんだい？」

カナダドライを一口飲んで、内田が切り出した。

「まだこれといった進展はありません。ただ、村田氏には過去にかなりの犯罪歴があるのだそうです。立件されたものだけでも前科三犯。しかし、それ以外に被害を受けて告訴もできず、泣き寝入りした人は少なくないそうです。その被害に遭った人間が『飛鳥』に乗り合わせている可能性はあります。警察としては、まずその辺りから対象を絞ってゆくことになるのでしょう」

「ふーん、それに該当しそうな人間は浮かび上がってきてるのかい？」

「いえ、そこまではいってません」

「なんだ、ずいぶんのんびりしてるな」

「そんなことを言っても、まだシンガポールで乗船して二日目ですよ。そう簡単に解決するような事件ではありませんせん」

「なあに、名探偵が三人も揃っているんだから、あっさり片づくさ」

「は？　名探偵が三人といいますと？」

「決まってるじゃないの。岡部和雄警視と浅見ちゃんと、それにこの僕だ」

「ははは、そんな、名探偵だなんて……」

「いや、謙遜《けんそん》することはない。きみだってなかなかの名探偵だよ」

「はあ、そうでしょうか……」

内田の辞書には「謙遜」の文字はないにちがいない。

「ところで、先生がファックスで連絡してくれたストーカー紛《まが》いの話ですが、そっちのほうはどうなのですか？」

「ああ、あれね。殺人事件ですっかり影が薄くなってしまった恰好《かっこう》だが、いぜんとして解決したわけではない。じつは、ことの起こりは三つ隣の神田夫妻の部屋だ」

内田は神田夫妻の908号室で起きた「覗き」事件の顚末《てんまつ》を説明した。

「最後に覗きがあったのはいつのことだったのですか？」

「いつだったのかな……えーと、確か香港に着く前の晩じゃなかったかな」

「三月六日ですね」

「ああ、そういうことだね」

「つまり、村田氏が殺される前日ということになります」

「そうだけど、何が言いたいんだい？」

「それ以来、覗き事件は起きていません」

「なるほど。要するに、神田夫妻のところの『覗き』事件と村田の事件とに、何か関係があるってことかな？」

「さあ、分かりませんが、もしあるとすれば、どういう関係が考えられますか？」

「覗きの犯人が村田だとすると、覗かれた側が殺したと考えるのがふつうだね」

「神田さんが犯人ですか」

「いや、覗かれた部屋は神田夫妻のところだけとは限るまい。現に小泉夫妻のところも覗かれた可能性があるそうだ」

「小泉さんというと、確か七十代のお年寄りじゃないですか」

「年寄りだって殺しはやるさ」

「それはそうですが、しかし覗かれたぐらいで殺しちゃいますか？」

「覗かれたときの状況にもよるだろうね。見られて都合の悪い状況だったら、口封じのために殺《や》るよ」

「たとえば？」

「麻薬の取引をしている現場とか」

「まさか……」

馬鹿馬鹿しい――と思ったが、内田は大真面目《おおまじめ》だ。

「ありえないこともない。たとえば神田氏は病院経営をしているんだから、合法的に麻薬を入手できる。それを持ち込んで、豪華客船のスイート・ルームを麻薬の密売所にするというのは、ちょっとした盲点にちがいない。いや、僕だってそんなようなことを考えたくらいだ」

「えっ、先生も麻薬の密売をやるつもりだったんですか？」

「おいおい、ばかを言っちゃいけない。そうじゃなくて、僕の著書をここで売ろうかと思ったのさ。『飛鳥ブックセンター』とかいってね。うまくすれば乗船料の幾ばくかを回収できるかもしれないじゃないか」

何千万円も払っている貴賓室のお客が、どうしてそういうセコいことを──と、浅見は開いた口が塞《ふさ》がらない。

「犯行動機はそんなことではなく、もっと根深い怨恨《えんこん》がらみだと思いますが」

内田のせっかくの着想を貶《けな》さないように、いくぶん遠慮がちに言った。

「何しろ、村田氏はかなりの人間に恨まれていたそうですからね。たまたま『飛鳥』に、そういう被害者が乗っていたとしても不思議はないのです」

「ふーん、そうなのか。なるほど、それだったら殺人の動機は覗きとは関係のないことかもしれないな。しかし、それでも神田氏の犯行である疑いは強いね」

「どうしてですか？」

「だいたい病院経営なんてやつは、それ自体が犯罪の温床みたいなものだ」

「またまた、そんな過激なことを」

浅見は慌てて左右に気を配った。プライベート・デッキとはいっても、隣のベランダとは仕切りがあるだけで、話し声は筒抜けかもしれないのだ。

「過激なものか。病院だとか警察だとか宗教団体なんてやつは、一種の治外法権みたいなもので、中で何をやっているか知れたものじゃない」

内田はまるで頓着《とんちゃく》しない。

「たとえば、治療ミスで患者を殺す例がいくらでもあるじゃないか。それだって、マスコミで報道されるのは氷山の一角で、実際はその何倍も何十倍も、文字どおり闇から闇に葬られているにちがいない。それどころか、治療ミスを装って、気に入らないやつを殺すことだってできるかもしれない。

宗教団体に至ってはもっとひどい。信者から財産を根こそぎ巻き上げておいて『最高です』と喜んだりしても罪にはならない。頭をペタペタ叩《たた》いて殺しちまっても、『これは定説です』なんて主張するのもある。それを捕まえるべき警察だって無茶苦茶だ。マージャン賭博《とばく》をやってバレても『勝った人が図書券をもらうゲームでした』と言ってりゃ、それで通るのだからすごい。それにしてもあれは世のバクチ打ち共にとっては、またとない教訓だったね。丁半バクチの現場に踏み込まれたとしても、図書券をやり取りしていれば罪にはならないのだからね。……えーと、何の話をしていたんだっけ？」

「病院が犯罪の温床だとかいう話でした」

「ああ、そうそう、だからね、村田っていう男が、神田氏の病院の不正をキャッチして恐喝したことがあるとか、現在も脅していたということだって考えられるのじゃないかって言ってるんだ」

「それにしても、どうして神田さんなんですか」

「決まってるじゃないの。覗きの被害に遭ったと言って騒ぐのは、自分を被害者らしく見せかける常套《じょうとう》手段だよ。それと、もう一つ。９Ｆで騒ぎが起きて、警備を強化すれば、その分、4Fに対する警備が手薄になるじゃないか。つまり孫子の兵法にいう陽動作戦というやつだ。隣の小泉夫妻のベランダにもフィルムの箱のかけらが放り込まれていたそうじゃないか。それだって神田氏の仕事に決まっている。浅見ちゃんも名探偵と言われたければ、その程度のことは見破ってもらいたいものだなあ」

「そうでしょうかねえ。僕はむしろ、そんなふうに騒いだりすれば、注目の的になってしまって、むしろ不利じゃないかと思うのですが。ほら、諺《ことわざ》にも、キジも鳴かずば撃たれまいっていうのがあるじゃないですか」

「ん?……ああ、まあそういう解釈もできなくはないがね」

とたんに内田は自信を喪失したらしい。鼻っ柱が強いくせに、自説を撤回するときもあっけない。およそ信念などには縁がない。東京人の軽さを絵に描いたような男だ。

4　殺意の人々

スマトラ島の先端をかすめるように、マラッカ海峡を抜けてインド洋に入ると、いくらか波が高くなってきた。それでもこの海域としては静かなほうなのだそうだ。

夕刻近く、岡部警視からの招集を受けて、浅見は「捜査本部」のあるコンパス・ルームに行った。大テーブルを前にして、三人の捜査官が硬い顔で待ち受けていた。いちばん若い坂口巡査部長が、浅見のためにお茶のお給仕をしてくれた。

「つい先程、警察庁のほうから連絡が入りました」

岡部は浅見が座るのと同時に言った。

「それによりますと、過去、村田満によって大なり小なり、何らかの損害を被《こうむ》った人物が、この『飛鳥』には少なくとも四名は乗船しているもようです」

「えっ、四人もですか」

浅見は驚いた。

「それはあれですか。つまり、殺意に通じるような怨恨を抱いている人たちなのでしょうか」

「いちがいに判断することはできませんが、あるいは人によっては殺意を抱いたかもしれませんね」

「もしよければ、その人たちの名前を教えていただけませんか」

「もちろん、そのつもりです。これに氏名とデータが書いてあります」

岡部はA４判にコピーした資料を浅見の前に置いた。最初に目に飛び込んだのは「神田功平・千恵子」の名前だ。ついさっき、内田との話題に上ったばかりである。

次に「松原京一郎」、「堀内清孝」という、堀田久代がくれたスイートの名簿に記載されていた人々ばかり、二名の名前が並んでいる。つまり、三組四名ということになる。

被害の内容についても細かい解説が載っていた。

神田夫妻に関しては、ほぼ内田の憶測したとおりだった。それも、千恵子夫人の父親である前理事長と、前夫である前副理事長時代の頃からの不祥事にも及んでいた。経営する病院の不正——ことに脱税と、競合関係にある医療施設買収にからんだ問題について、何らかの弱みを村田に握られ、恐喝を受けたものであるらしい。その背後には、千恵子夫人の「ご乱行」が見え隠れするらしいことも、リポートに付け加えられていた。「らしい」というのは、いずれも立件されないまま、いつの間にか立ち消えになったからである。おそらく村田と神田側とのあいだで、何らかの取引があったと思われる。その「取引」が、ずっと続いていた可能性は否定できない。

松原京一郎は、一部上場中堅商社の三代目オーナー社長だったとき、村田に不倫とギャンブルの尻尾《しっぽ》を摑《つか》まれ、さんざん恐喝されたあげく、総会屋に情報を流され、株主総会直前の取締役会で失脚に追い込まれた。会社でも家庭でもワンマンだった松原としては、死ぬほどの屈辱を嘗《な》めさせられたようだ。

堀内清孝は大阪では名の通った不動産会社の社長だった。バブル期の浮沈もうまく切り抜けてきたのだが、旧国鉄の所有地払い下げにからんで、運輸省幹部との癒着をスッパ抜かれた。村田の脅しに屈しなかったのだが、そのために「真相」がバラされ、まとまりかけていた巨大な商談が反故《ほご》になったばかりか、その後の官庁関係の入札から外された。堀内はその責任を取って社長を辞任、代表権のない会長職に退いた。

以上が村田満の「悪行」を紹介するデータである。いずれのケースも村田が告訴されるような事件にはならなかったが、水面下では恐喝すれすれ、あるいは事実上の恐喝があったと考えられる。

浅見が不思議に思ったのは、後関姉妹に関係することがまったく欠落していることだ。この分ではリポートを丸々信用するわけにいかないかもしれない。

「これ以外にも被害を受けた人がいる可能性があるのでしょうか？」

念のために訊《き》いてみた。

「あるかもしれませんが、現時点で明確なのは以上のようです」

浅見の不満を感じ取ったのか、岡部は白皙《はくせき》の顔をわずかに歪《ゆが》めた。警察庁の調査にも限界があるということなのだろう。

「浅見さんは何か、ほかにも思い当たる人物がいるのでしょうか？」

逆に訊かれて、浅見はすぐに首を横に振った。後関姉妹を騒ぎに引きずり込むのは、信義に反すると思った。

「思い当たることはありませんが、ただ、僕の感じを言わせてもらうと、ここに名前の出ている人の誰が犯人であろうと、その人物だけでは犯行は無理なような気がします。たとえばギャレーや倉庫に入り込めたり、遺体安置ケースの存在を知っているのは、どう考えても内部関係の人間を想像できます」

「つまり共犯関係ですね」

「ええ、それも乗客ではなく、船の事情をよく知っている『飛鳥』の関係者である可能性が強いと思います」

「それは同感ですね。むしろ、こういう年配者の乗客ではなく、内部事情に詳しい『飛鳥』の乗員が犯人であるとしたほうが、説得力があります。ただし、そっちのほうは動機を探すのに苦労しそうですがね」

「どうなんでしょう。『飛鳥』のクルーの中から、過去に村田氏と接点のあった人物を洗い出すことは可能ですか？」

「それは絶対不可能ということはないでしょうが、何しろ時間が……われわれが引き揚げる予定のムンバイまで、あと六日しかありませんからねえ」

「そうですね。おまけに言葉の壁もあります。彼らの母国語であるタガログ語はおろか、英語だってさっぱりなんですから」

「えっ、浅見さんはフィリピン人クルーも捜査の対象にするつもりですか？」

「もちろんそのつもりですが。じゃあ、岡部さんは彼らは除外するんですか？」

「うーん……いや、そこまでは気がつきませんでしたねえ。村田は『飛鳥』に乗るのは、今回が初めてだったそうですよ。日本人の乗員はともかく、はたして外国人クルーと接点があったものでしょうか」

「『飛鳥』は初めてだとしても、村田氏は海外旅行はしょっちゅうやっていたようです。旅行先で知り合うこともあるでしょうし、それ以外にも、思いがけないところで接点があったかもしれません」

「なるほど、そういうことですか。しかしそうなると浅見さんが言ったように、確かに難しいですね。外国人クルーはフィリピン人ばかりでなく、何でも十数カ国だかの人たちが乗り込んでいるそうじゃないですか。総勢二百名近いはずですね。それを相手に事情聴取をするなんて、気の遠くなるような話ですねえ。第一、嘘をつかれたって、こっちにはさっぱり分かりませんよ」

岡部警視は完全にお手上げ——というように、両手を広げるポーズを作った。話が行き詰まったところで、「少し視点を変えまして」と、老練な神谷警部補が口を開いた。

「犯行の手口がどのようなものであったか、一応、推測してみたのですが。まず犯人は被害者と顔見知りか、あるいはそれ以上に親しい関係の人物だったと考えられます。被害者の着衣等に乱れや争った形跡はありませんでしたし、まず、睡眠薬入りのコーヒーをこんなふうに和やかな雰囲気で、楽しく飲んだものと考えていいでしょう」

神谷はそう言って、自らお茶を啜《すす》った。そういう剣呑《けんのん》な比喩《ひゆ》を言いながら、よく平然とお茶を飲めるものである。

「犯人は被害者を自分の部屋かどこか、安全な場所に誘い込んで、睡眠薬を飲ませた。実際の死亡推定時刻は午後三時から五時までのあいだですから、それまで何度か睡眠薬を注射して、眠らせ続けていたのでしょう。その後、殺害し、死体を倉庫まで運んだ。死体の運搬や見張り役のことなども考えると、二人以上の作業だったと思います。こうなると、浅見さんが言われたように、乗客というより乗員による犯行と考えたほうが当たっていいそうですね。少なくとも、犯人の片割れは乗員だと考えてよさそうです」

訥々《とつとつ》とした語り口だから、かえって信憑性《しんぴょうせい》がある。それを結論にしてもいいような気分がしてきた。

「乗客と乗員の共犯というセンも考えられますね」

浅見は言った。

「それも二人ではなく、もっと大勢でやったかもしれません」

「このリストにある人たち全員——いや、もっと多くの連中が犯行に参加したということも考えられませんか」

坂口が威勢のいいことを言いだした。

「恨みを持つ連中が、寄ってたかって殺しちまった……となると、アガサ・クリスティの『オリエント急行殺人事件』みたいですけどね」

「なるほど、そっくりですね」

浅見はあやうく笑いだしそうになった。

「だけど坂口さん、そんなことは内田さんの前で言わないほうがいいですよ。あの先生が聞いたら、早速、小説のネタに使うに決まってます」

「そうだよ坂口、ここだけの話にしておいてくれよな」

神谷が窘《たしな》めた。

「もちろん、こんなことは外では言いませんよ。しかし神谷さん、実際にそういう犯行だってありうるんじゃないですか。ねえ警視、考えられますよね」

「分かった分かった、そういうことも含めて仮説を樹《た》てるとしてだ、とにかくこのリストに上っている人物を対象に、事情聴取を始めるかどうか検討することにしよう。ただし、相手は世界一周を楽しんでいる純粋な善意の人々であるという認識を持って、十分に紳士的に話をお聞きするように」

岡部は判定を下すように言った。

「その場合、神田さんについては『覗《のぞ》き魔事件』のからみで話を聞くという建前で臨むといいと思います」

浅見は脇から助言をした。

「なるほど、それはいいですね。そうだ、浅見さんはわれわれとは一線を画して、先方の相談に乗って上げる立場で、それとなく話を引き出してみてくれませんか」

「分かりました。それ以外にも、乗員の中に入り込めば、何か聞き込みができるかもしれません。しばらくはコウモリみたいに飛び回ることにします」

「またコウモリですか。あまりいい譬《たと》えではありませんねえ」

岡部は苦笑して、「しかし、よろしくお願いします」と頭を下げた。

第九章　灰色の南十字星

1　ロマンチックな夜なのに

インド洋上で迎える最初の夜、快晴に恵まれて、南十字星が見えた。

荒れると聞かされたインド洋だが、波もなく、緩やかな追い風に乗って、「飛鳥」はすべるように進む。

スカイ・デッキには星座観測同好会のグループがおよそ四十人、思い思いの恰好《かっこう》で空を見上げながら講師の説明を聞いた。中には仰向《あおむ》けに寝そべっている者も少なくない。

浅見光彦はその同好会には参加していないが、やはり南十字星を見る目的でスカイ・デッキに上がった。

少し離れたところで、ハンドスピーカーから流れる講師の解説に従って星空を見るのだが、南十字星を識別するのはなかなか難しいものだ。それらしい十字にクロスする星の群れを見つけて（あれがそうかな——）と思ったのは、どうやら違うらしい。

講師は「本物の近くにウソ十字星と呼ばれるのがあるから、騙《だま》されないように」と言っている。本物よりも大きくはっきりと十字に見える星群があるという。浅見もその「ウソ十字星」を、てっきり南十字星と思い込んでいたようだ。

星に気を取られていて気づくのが遅れたのか、「見えますか」と、息がかかるほどの近くで、囁《ささや》くような声をかけられギョッとして振り向いた。江藤美希であった。

「あ、今晩は。いや、よく分かりません」

「でしょう。私もはっきり、どれがそれだって言えないんです。でも悔しいから、友達には何度も見たことにしてますけど」

いたずらっぽく言って、呆《あき》れた浅見と顔を見合わせて小さく笑った。

「まだ始まったばかりだというのに、大変な世界一周になっちゃいましたね」

浅見はクルーズ・コーディネーターである美希を労《ねぎら》って、言った。

「ええ、私たちはともかく、お客様たちがショックを受けたり、恐怖を感じたり、とにかく不愉快な気分におなりになるんじゃないかって、そのことが心配です」

「そうですね。僕なんかはスリルを楽しんじゃうほうだけど、女性のとくにご年配の人なんかは嫌な気分でしょうね。その意味からいっても、早く事件を解決しなければいけないな」

「ええ……」

美希は頷《うなず》いて、しばらく黙ってから小声で「神田さんの奥様が殺人者に狙われているっておっしゃっていたこと、ご存じですか？」と訊《き》いた。

「ええ、そのことは聞いています。しかし、もともとは確か、覗《のぞ》き魔に狙われているような話ではなかったのですか」

「ええ、最初はそうだったんですけど、そのうちに奥様は殺されるというようなことをおっしゃり始めたんですって」

「殺されるって、誰になんですかね」

「それは分かりませんけど、このあいだも真っ昼間にちょっとした騒ぎがあったんです。神田夫人が覗き魔がいたって叫んで」

「ほう、見つけたのですか」

「そうおっしゃって、クルーの者に捕まえてって。でも、追いかけたのですけど、見つからなかったそうです」

「それはいつのことですか。僕はぜんぜん知りませんでしたが」

「ええ、浅見さんは堀田と一緒に香港に上陸なさって、お留守だったでしょう。あのときですもの。私が駆けつけたときには、レセプション・ホールの階段のところで、夫人はいまにも失神しそうなほどショックを受けていらっしゃいました」

「どんなやつだったのですかね？」

「さあ、はっきりしたことはおっしゃらないのです。こんなことを言うのは失礼かもしれませんが、私は神田夫人の思い過ごしではないかと思っています」

「じゃあ、ノイローゼみたいなものですか」

「たぶん……だって、ベランダに覗き魔が出たっていうのも、奥様一人がご覧になっていて、ご主人はご覧になったことがないっていうのですもの。でも、このことは事件捜査の参考になればと思ってお話しするのですから、絶対に秘密にしてくださいね」

「もちろんですよ」

浅見は苦笑した。

岡部警視が取り寄せた警察庁のデータでは、村田に恨みを抱いている人物が、神田夫妻を含めて、少なくとも四人は「飛鳥」に乗っている——ことになってはいるが、それ以外に後閑姉妹のことも浅見は知っている。

しかし、怨恨《えんこん》や軋轢《あつれき》がある人間関係ということなら、何も村田がらみだけにかぎったことではないだろう。現に神田千恵子が怯《おび》えているように、恨みを抱かれるような相手が偶然、同乗しているケースは他にもあるかもしれない。

年齢も境遇も似たような乗客が四百五十人もいれば、その中には予測もつかないニアミスは生じるものだ。たとえば内田康夫との接触など、浅見は予想だにしなかった。

「ところで、神田夫人は香港を出た後は、覗き魔が出たと騒ぎたてることがなくなっているのでしたね」

「ええ、そうですね」

「人によっては、村田氏がいなくなったからだ——という人もいるようですが」

「えっ？　それって、つまり、覗きの犯人は村田さんというわけですか？　それは違うと思いますけど」

「香港からシンガポールまで、南シナ海は最近、海賊が出没するので、『飛鳥』もその付近を航行するときは、夜間の警備員を増強して、厳戒態勢をしいたんです」

「なるほど……それじゃ、もし覗き魔がいたとしても、そのあいだは影を潜めていたのかもしれないな……」

浅見はそう言いながら、何か胸に引っ掛かるものがあるのを感じていた。

「浅見さんはもう、犯人の目処《めど》がついているのですか？」

江藤美希は試すような、少しきつい光を帯びた目を浅見に向けた。

「いいえ、ぜんぜん」

「ほんとに？」

「本当ですよ。ただし、犯人たりうる条件は限定していますが」

「ふーん、どういう条件ですか？」

「犯人は……といっても、まだ単独犯か複数による犯行かも分かっていませんが、いずれにしても、犯人はあの日、犯行時刻に『飛鳥』船内にいた人物です」

「えっ、そうなんですか、ああよかった。私たちは該当者にはなりませんね。その時刻には香港の街中でちゃんとお会いしましたもの」

香港中環《チュンワン》のショッピング・センター前で、江藤美希と和田隆正に堀田久代と浅見は遭遇している。

「でも、船内にいた人物って、どうしてそう断定できるんですか」

「それはほら、江藤さんが見せてくれたじゃないですか。犯人は、村田さんが上陸したまま戻らなかったように見せかける偽装工作を施しているでしょう」

「ああ、コンピュータによる乗船証の読み取りのことですね」

「そうです。その彼らにとって、死体が発見されたのは、やはり予定外だったと考えていでしょう。死体はいずれ、何らかの方法で消滅させるつもりだったはずです。犯人側の思惑としては、村田さんは香港に上陸したまま、何かの事件・事故に巻き込まれ、行方不明になった——という状況を設定したかったのです。そうすればあの日、その時間帯に『飛鳥』に乗っていた人物が、その事件に関与することはありえない。つまり、計画どおりことが運べば、完全犯罪を構築できたかもしれないのです」

「なるほどねえ、そのとおりですね。だとすると、コンピュータをチェックして、犯行時刻に香港に上陸してなかった人を洗い出せば、自然に犯人が浮かび上がってくるわけですよね。じゃあ、すぐにやってみましょうか」

美希は手すりから体を離した。

「ちょっと待ってください」

浅見は慌てて制止した。

「そのことは警視庁の岡部警視から正式にお願いするまで、手をつけないでおいてください。コンピュータを調べる作業は江藤さん以外の人には気づかれないように、ごく内密に行いたいのです」

「えっ？　ということは、コンピュータの周辺にいる人が犯人……つまり、『飛鳥』のクルーが犯人なんですか？」

「ははは、そうと決まったわけじゃありません。しかし警戒はしなければならない。人を見たら泥棒と思えとまでは言いませんが、誰が犯人であっても不思議はないと思わなければいけないのです」

「はあ、そうなんですか……」

美希は星空を見上げた。

彼女の頭の中にはさまざまな人物の顔々が浮かんでは消えているにちがいない。

あの日、クルーの中で上陸しなかった人物が何人いるか知らないが、その誰もがいわば同じ釜《かま》の飯を食った仲間である。親しさの度合いや好き嫌いはあるにしても、その中の一人が殺人事件の犯人であると想像するのは、あまり愉快ではないだろう。

星座観察の時間が終了したらしい。ハンドスピーカーの声がやんで、人々の群れは思い思いに散っていった。その中から小泉夫妻が近寄ってきて「今晩は」と声をかけた。

「いやあ、結構ですなあ。お若いお二人がそうして寄り添っているのは、なかなかロマンチックでよろしい」

「あなた、そういうことをおっしゃるものじゃありませんわ」

「いいじゃないか、ほんとにロマンチックなんだから」

老夫婦の言い合いに、浅見は単純に照れただけだが、江藤美希は立場上、そういう誤解を与えるのは好ましくないのだろう。少しムキになった口調で言った。

「いえ、違うんですのよ。私たちはそんな結構な状況ではないのです。例の、死体が発見された事件のことを話していたところです」

「ああ、あの事件ですか……そうですなあ、恐ろしいことですなあ。この船の中でこんな事件が起こるとはねえ」

「事件といえば」と、浅見は言った。

「小泉さんのお部屋のベランダに人の気配がして、翌日の朝にはフィルムの箱の一部が落ちていたという事件があったそうですね。あれはその後、どうなったのですか？」

「ああ、あれもね、事件といえるかどうかはともかく、ちょっと気味の悪い出来事でしたな」

　小泉は思い出したくもない——と言いたげに顔をしかめた。

「私だけならともかく、家内もベランダに人の気配を感じたと言っておったので、堀田さんに相談したのですが、真相は分かりません。ただの気のせいで、あのフィルムの箱の切れ端にしたって、たまたま飛んできたゴミが落ちていただけの話かもしれないのです。その後も何もないし、べつに問題にするようなことではなかったようですな」

「こんなことを伺って、お気になさると困りますが、小泉さんは誰かに恨まれるような心当たりはありませんか」

「私ら夫婦がですか？　いいや、そんな心当たりはありませんなあ。けど、どうしてそんなことをお訊《き》きになる？」

「いえ、もし何者かが小泉さんの身辺を窺《うかが》うようなことをするとしたら——と仮定してお訊きしただけのことです」

「はあ……しかし、こんな年寄りをどうこうしようという者はおりますまい。それよりも神田さんご夫妻のほうが深刻だそうじゃないですか。あのお宅のベランダにも人がいたと聞いて、あとで思ったのですが、私らのところに現れたのは、神田さんのところを窺ったやつだったのかもしれませんな」

小泉夫妻のキャビンは９０６号、神田夫妻は９０８号、つまり隣同士である。小泉はそのことを言っている。確かに「飛鳥」のベランダの隣との仕切りは、少し危険を伴うにしても簡単に乗り越えることができる。

「小泉さんの逆隣の９０２号室は空室になっているのでしたね」

浅見は言った。９０１と９０２号室は、現在は警視庁の三人組が使用しているが、本来はムンバイから乗ってくるエンターテイメントの出演者用に空けてあった。そこから侵入して、ベランダ伝いに９０８号室まで行くことは可能だ。

「ただし、９０２号に入るためには鍵《かぎ》が必要ですけどね」

鍵を使えるのはクルーだけだ。その意味を込めて、浅見がチラッと江藤美希に視線を向けると、美希は明らかに反発する目で見返してきた。

2　上陸しなかった理由

岡部警視たち警視庁組は、その夜のうちに最終的な捜査方針を決めた。

「浅見さんが言ったように、犯行時刻に船内にいた乗客乗員の中に犯人がいるものと想定して、個別に事情聴取を行います」

岡部はまなじりを決して——という硬い表情で宣言した。

これまでは目撃者探しなど、ごく軽い接触にとどめていたから、さほどの抵抗はなかったけれど、公式的な事情聴取に対しては「飛鳥」側に強いアレルギーのあることを覚悟しなければならない。ことに乗客を相手にする場合には神経を尖《とが》らせるだろう。

「やらざるをえないのです」

無意識に腕時計に視線を走らせながら言った。彼の頭にはムンバイまでの残り丸五日というタイムリミットのことがある。

案の定、岡部の申し出に対して八田野船長も花岡チーフ・パーサーも難色を示した。乗員についてはともかく、お客への事情聴取はやめてもらいたいというのである。

公海上にある船舶の司法権は船長が握っている。船長がノーと言えば、ほとんど大使館なみに治外法権が存在するわけだ。八田野はそのことも言った。

「分かりました」

岡部はあっさり了解してみせてから、

「それではモルジブ沖に投錨《とうびょう》した際、当地の警察に介入を求めて、公式に事件捜査を依頼することにします」

「いや、それは尚更困りますよ」

八田野は慌てた。そんなことをされた日には、何日も足止めを食らいかねない。モルジブの警察がシンガポール警察のように物分かりがいいとは限らないのだ。

「やむをえません、では訊問《じんもん》ということではなく、最小限にお話をお聴きするという形でなら、お客様への事情聴取を認めます」

「いいでしょう」

ただちに、犯行時刻に船内にいた乗員乗客をリストアップする作業にかかった。コンピュータの操作は、八田野船長の立会いのもと江藤美希一人によって、きわめて秘密裡《ひみつり》に行われた。

その結果、「飛鳥」の乗客のうち上陸しなかった者はわずか二十三名。乗員も手隙の者はほとんどが上陸して、短い時間ではあったが香港観光を楽しんだそうだ。船から下りなかったのは全体のおよそ五分の一、五十七名であった。つまり飛鳥はその間、閑古鳥が鳴くほど閑散としていたことになる。

二十三名の乗客の内訳を調べると、強度の船酔いでベッドに寝たきりになっていたという人や、老齢であったり車椅子を必要としたりといった事情のある人を除けば、ほとんどの乗客は最初の寄港地である香港に上陸したかったようだ。客ばかりでなく、乗員たちの多くも上陸している。

二十三名の中には神田功平・千恵子夫妻と松原京一郎・泰子夫妻、牟田広和、草薙由紀夫、大平正樹というスイートの客たちが含まれている。牟田、草薙、大平のそれぞれの夫人は三人連れ立って上陸したそうだ。

夫人にとってこれが初めての海外旅行という内田夫妻とは対照的に、神田夫妻は上陸を取りやめたし、松原夫妻に至っては最初から香港には上陸しない予定だったと言っている。海外旅行は慣れっこの人々にしてみれば、「香港なんていまさら……」ということなのだろう。

ほかの三人にはそれぞれの理由があった。草薙は寝不足と飲み過ぎが祟《たた》って、体調が思わしくなかったという。

牟田は乗船前から腰を痛め、車椅子に頼らなければ長い距離は動けないそうだ。

大平は神戸の船舶会社会長とあって、香港には飽きるほど行っている。松原夫妻と同様いまさらという気分だったのだが、夫人のほうは知人に中国服を頼まれていて、どうしても上陸したかった。牟田、草薙両夫人もショッピングの予定があるというので、行動を共にしてもらうことになったのだそうだ。

神田も松原も、警察庁のデータによれば、村田に恨みを抱いている人々の中にその名がある。しかも神田は医師の資格を持つ。村田の死因が毒物によるものであるだけに、その符合は見逃すわけにいかない。また、松原は元貿易会社社長。麻薬の密輸に関する事情に詳しいかもしれない。

そうはいっても、当日の彼らの行動を逐一把握するのは困難を極めた。彼ら自身、その日に何をしていたのか、思い出すのが難しいと言っている。

神田夫妻は上陸する予定だったが、例の騒ぎがあって、夫人が気分を悪くしたために中止している。その後は亭主のほうはキャビンにこもって、帳簿に目を通すなどして時間を過ごした。

夫人は気分直しと称して、例によってマジシャンの志藤博志とフィットネス・クラブの塚原正之を引き連れて、夕刻までヴィスタ・ラウンジやピアノ・サロンで談笑していたということだ。

牟田は夫人が外出しているあいだのほとんどを、図書室や自室での読書に当てていたと言っている。

大平は自室のベランダで海を眺めたり、午睡をとったり、プロムナード・デッキを散歩したりと、気儘《きまま》に過ごしたという。松原夫妻も同じようなことであったそうだ。

事情聴取といっても、相手の感情を害するようなきつい訊問はしない約束を船長と交わしてのことだ。半分、雑談のようなまだるっこしいやりとりに終始して、彼らの「供述」のウラを取ることもしにくい。

午前中いっぱいかけて、これといった感触を得ることもできなかった。

「捜査本部」のあるコンパス・ルームで、昼食をとりながらの会議が行われたが、浅見と向かいあった岡部たち警視庁の三人の表情は、焦りの色が濃くなっていた。

「そもそも村田の足取りはどうなっているんですかねえ」

岡部は浅見に、まるで焦燥感をぶつけるような言い方をした。

「事件当日の朝、村田がキャビンを出て行ったとき、浅見さんは気づかなかったそうですが、それ以降、死体となって冷蔵ケースに収まるまで、村田はいったいどこにいたのか、それがさっぱり見えてこないのだから、手の打ちようがない。浅見さんに何かいい知恵はありませんか」

聞きようによっては、浅見にも村田の失踪《しっそう》に関する責任がありそうな口ぶりだ。

「いい知恵と言われても、せいぜい村田氏の行動パターンを推測するぐらいしか思いつきませんが」

岡部の苛立《いらだ》ちが分かるだけに、浅見は当惑ぎみに言った。

「思いつきでも何でも、言ってみてくれませんか」

「そうですねえ、僕は村田氏が出て行くのも知らないほど寝坊していたのだから、あまりはっきりしたことは言えないのですが……あの朝の船内の状況を推測すると、香港人港を控えて、乗客たちは比較的早くから動き始めていたはずです。なんといっても、出港と入港は船の旅のハイライトですからね。8Fのリド・カフェでは午前六時になるとコーヒーとトーストぐらいはサービスされますし、それを目当ての人もかなりいたでしょう。したがって、村田氏が船内を動き回れば、どこかで誰かに目撃されそうなものです。ところがいまだに目撃談らしいものは出てきていないのでしたね」

「そうです、出ていません。シンガポールからこっち、かなり細かい聞き込みを続けているにもかかわらず、村田を見たという人間が一人も現れないのだから不思議です」

神谷警部補が渋い顔をした。

「その目撃されていないというのが、じつは村田氏の行方を推測する上で、重要なキーワードになるような気がするのです」

「なるほど、確かにそのとおりにちがいないが、浅見さんはそのことからどういう推測を得たのですか」

岡部が興味深そうに訊《き》いた。

「もし村田氏の行動が、犯人側の指示に従ったものだとすると、犯人は村田氏と落ち合う場所はもちろん、そこへ行くルートも、村田氏が一般乗客の人々に目撃されにくいところを通るように仕組んだのではないでしょうか」

「目撃されにくいルートって、そんなルートがありますか？　第一、落ち合った場所はどこでしょうか？」

「それはまだ分かりませんが、いずれにしても、ふだんは一般の乗客たちが近づかない場所を利用したと思います」

「なるほど、それはあれですね、ギャレーや倉庫からの業務用の出入口『プロビジョンス

「いいえ、それは最終的に死体となったときに搬出するにはいいかもしれませんが、『プロビジョンステーション』は船尾方向にあります。船の最先端にある402号室からそこへ行くためには4Fの長い廊下と、エレベーター・ホールと、機関操作室の前を通らなければなりません。そのルートですと目撃される危険性はきわめて高いと思います。そうではなく、犯人は402号室からなるべく近い場所に村田さんを誘い込み、殺害し、冷蔵ケースに移動させるタイミングをはかりながら死体を隠しておいたはずです」

「分かった!……」

坂口が叫んだ。

「その場所というのは、同じ4Fの402に近い部屋じゃないのですか。それなら目撃される可能性は少ない」

岡部も神谷も、その意見には同調したいような顔で、浅見の反応を待った。

「そうですね、僕もそれをまず考えました。ところが、調べてみるとそうはいかないことが分かったのです。というのは、4Fのキャビンは最後尾のエンターテイメント用の予備室を除くと、全室が埋まっていて、犯行にふさわしい場所にはなりえないのです」

「どうしてですか? 4Fの部屋の乗客が犯人ということじゃないのですか」

「ええ、僕もそう思いました。ところが、それはありえないことが分かったのです。なぜかというと、キャビンは早いところでは九時過ぎ頃から、遅くとも十時前までには清掃とベッド・メーキングが始まります。あの日も例外はなく、全室できちんと清掃作業が行われたそうです」

「キャビンの中にはどこか、死体を隠すような場所はないのですかね」

「ありません。4Fのキャビンはご承知のとおり、すべてエコノミーのステート・ルーム・タイプで、きわめてコンパクトにできていますから、死体を隠せるような空間はありません。それに、部屋の掃除は文字通り隅々まできちんとされるのです」

「ふーん……」

坂口は不満そうに鼻を鳴らして、黙ってしまった。代わって神谷が訊いた。

「ということは、4Fに限らず、どの階の部屋でも清掃が行われるわけだから、キャビンが犯行現場であることはないという結論になりますか」

「そうですね。使用していない部屋は他の階にもいくつかあります。たとえば9Fの901と902号室は、講師やエンターテイメントの出演者のために空けてあって、もちろんロックされていますが、鍵《かぎ》を使えるクルーなら、部屋に出入りすることは可能です。しかし、実際には犯行に使うのは難しいでしょう。試しにしばらくのあいだ9Fの廊下に佇《たたず》んでいたのですが、使用していない901と902にキャビン・スチュワーデスが入って行きました。聞いてみると、部屋の中は掃除しない場合でも、外のガラスやデッキが潮風に汚れていることがあるので、ときどき掃除はするのだそうです。香港入港の日もそうしたということでした」

「だけど、どうなんですかね、部屋のどこか——たとえばトイレなんかに死体を隠すことは可能なんじゃないですか」

「それは可能ですが、スチュワーデスがひょこっと覗《のぞ》かないとも限りません。頭のいい犯人が、そんな不安の残る方法を完全犯罪に組み込むことはしないと思いますが」

「なるほど、それじゃ、だめですね」

神谷はサジを投げたように言った。この老練な警察官でさえ、豪華客船という、いまだかつて経験したこともない相手に、いささかうんざりしている様子だ。

「残る可能性となると、どういうことになりますか」

二人の部下に代わって岡部警視が訊いた。彼にはまだしも、浅見に対する期待感が残っている。

「基本的に客室がだめと決めてしまえば、あとは乗員の居室ということになります。9Fと8Fの船首部分にはキャプテン以下高級船員と主だったホテル業務関係のスタッフの居室があります」

「えっ、つまり、犯人は彼らの中の誰かだというのですか」

「たぶん。少なくとも共犯者の一人は『飛鳥』関係の人間だと思います」

「うーん……」

岡部は腕組みをして考え込んだ。二人の部下もそれに倣った。

そのことはある程度予測していたものの、そうまではっきりと「飛鳥」関係者——それもキャプテンを含む高級船員の犯行と断定するには勇気を要する。

ずいぶん長い沈黙を経てから、岡部は思いきったように腕組みを解いた。

「分かりました、やってみましょう」

「えっ、やるって、船長にも事情聴取をやるんですか？」

神谷は顔をしかめた。

「もちろん、キャプテンといえども例外ではないでしょう」

「それはそうですが警視。しかし相手はかりにも『飛鳥』の最高責任者ですよ。法的にもこの船の中での司法権を握っています」

「そんなことは承知の上だよ。しかし、私は日本国の司法権を代表してこの船に乗っているのです。そのことも忘れないでもらいたいな」

岡部は昂然《こうぜん》と肩をそびやかして見せた。

3　マジックショー

だが、岡部の意気込みにもかかわらず、事情聴取の結果は思わしくなかった。八田野キャプテンはもちろん、乗員の誰もが村田との個人的な関わりなどなかったと否定した。それを丸々信用するわけにはいかないが、かといって嘘をついていると決めつける根拠もない。

さらに具合の悪いことには、あの日、高級船員の中で香港に上陸しなかったのは八田野キャプテンと花岡チーフ・パーサー、勝俣機関長、福田二等航海士、船越ドクターぐらいなもので、しかもそのすべての居室について、清掃とベッド・メーキングは行われているというのである。

かくて浅見の仮説は立証できないまま、手掛かりは失われたかに思えた。

「捜査本部」の悪戦苦闘をよそに、「飛鳥」のクルージングは快調に経過しつつあった。ほとんど日毎夜毎に催されるショーや講演会、イベントなどに参加する乗客たちの嬉々《きき》とした様子からは、船内で不気味な殺人事件が起きたことなど想像もできない。

考えてみると、地上の街にいても、事件事故は日常茶飯のことである。街がそっくり海の上に移転したような巨船「飛鳥」の生活とあって、何が起きてもそれほど驚くことではないのかもしれない。

ショーでもっとも人気の高いのは志藤博志のマジックショー。アメリカでも引っ張りダコというだけあって、手先だけの細かい技から大がかりなイリュージョンのようなものまで、巧みにこなす。マスクもスタイルも日本人ばなれした志藤はおばさんたちにも大人気だった。神田千恵子が貢ぎ挙げているという噂も、まんざらでたらめではないのかもしれない。

志藤の得意技はいわゆる箱抜けのマジックで、ステージ上の真っ黒な箱に閉じ込められたはずの志藤が、ほんの十秒間ほどで美女に早変わり。本物は観客席の後ろから颯爽《さっそう》と現れるというやつだ。どうせタネがあるに決まっていると分かっていながら、その鮮やかさには脱帽する。

浅見も観客の一人としてショーを楽しみながら、すぐに「事件」を連想した。村田が忽《こつ》然《ぜん》と消えて、その死体が思いもよらず、冷蔵ケースの中から発見されたのと、目の前で演じられているマジックが、なんとなく結びつきそうな気がした。

志藤博志は衆人環視の中、確かにステージ上の箱に入ったのである。それがいつの間にか美女に変わっていたのは――それではいったい、浅見を含めて観客たちは何を見ていたことになるのだろう？

しかも、志藤博志は箱の中に消えたあと、観客席の背後に移動している。箱抜けしてからいったん楽屋に引っ込んで、一般の通路とは別のルートを通って移動したにしても、そのスピードには感心するほかはない。

村田と浅見の住むキャビン「402号室」は「飛鳥」の船首にもっとも近いところにある。そこから消えた村田が、船尾に近い倉庫の冷蔵ケースに現れた――それもまた巧妙なマジックを見るようではないか。そのイメージと志藤博志のマジックのイメージが重なって、繰り返し、浅見の頭の中で反復された。

村田が船尾の倉庫へ移動するまで、誰の目にも触れなかったのが不思議でならない。大の男を安全に隠すような、そんな空間がどこにあるのだろう。

それに、死体となってからの「移動」が目撃されなかったことも、まさにマジックを見るようだ。

ショーが終わっていったん部屋に戻ってから、浅見は思いついて志藤博志に会うことにした。レセプションで彼の居場所を訊くと、志藤は神田夫人やフィットネス・クラブの塚原と一緒に7Fにある「マリナーズ・クラブ」というバーにいるという。あまりアルコールをやらない浅見には、ほとんど縁のないところだ。

マリナーズ・クラブはテーブルが五脚しかない小ぢんまりしたバーだ。ドアを開けたとたん、神田夫人は目敏《めざと》く浅見を見て、「あら、お珍しい。こちらへいらっしゃいよ」と嬌声《きょうせい》をあげた。

神田夫人とは顔は知っているが、それまで言葉を交わしたこともなかった。いきなり親しげに声をかけられて浅見はたじろいだが、誘われるままテーブルに近づいてスペアの椅子に腰を下ろしながら、「はじめまして」と挨拶《あいさつ》した。

「存じてましてよ、浅見さんでおっしゃるのでしょ。内田さんから聞いたわ。あなたとぜひお近づきになりたいと思っているのに、ちっともお会いできないんですもの。わたくし千恵子と申します」

「知ってます、神田さんの奥さんですね」

「あら、ご存じでしたの？　嬉《うれ》しいわ。そうそう、ご紹介するわね、マジシャンの志藤さんと、フィットネスの塚原さん。こちら浅見さんとおっしゃる、確かフリーライターをなさってらっしゃるのでしたっけ」

「はあ、まあ……」

浅見はあいまいに頷《うなず》いて、二人の男と挨拶を交わした。バーには他に客はなく、バーテンが手持ち無沙汰《ぶさた》な浮かない顔で、こっちを見ている。浅見は飲むつもりもないのに「水割り」と注文した。

「ね、浅見さんてハンサムでしょう。わたくしのタイプなのよねえ。リド・デッキでお見かけしたときから目をつけていたんだけれど、なかなかチャンスがなくて……」

放っておくと、神田夫人の饒舌《じょうぜつ》は止まりそうにない。浅見は適当に相槌《あいづち》を打って、志藤博志に向かった。

「じつは志藤さんを探してました。さっきの箱抜けのマジックのことをお聞きしたいのですが」

「えっ、どういうことをお聞きになりたいのですか？　まさかタネ明かしをしろっていうんじゃないでしょうね」

志藤はおどけた口調で言った。浅見よりは三つ四つ年長だろうか。顔は笑っているが、無表情よりも読みにくいポーカーフェースだ。明らかに初対面の相手を警戒している。マジシャンの彼にしてみれば、はぐらかすのはお手のものにちがいない。

「タネ明かしはともかく、一般論としてでもいいのですが、ああいう技はやはり観客の錯覚を利用しているのでしょうね」

「まあそうですね、マジックは大なり小なり錯覚の活用ですから」

志藤は用心深く答えた。

「もちろん、それなりの仕掛けはありますが、それもお客さんの錯覚を作りだすための仕掛けです。いくら僕でも、何もなしに消えたり現れたりできっこありませんからね」

「その錯覚ですが、さっきのショーでは、観客は消滅と移動と、二度も騙《だま》されました。そこには視覚的な錯覚と時間的な錯覚があったと思うのです。僕たちは見える物を見ていなかったり、見てもいない物を見ているように思い込んだりしていたのだと思います。確かなのは、最初、ステージ上に志藤さんがいたことと、最後に観客の背後から現れたことだけで、その間に箱の中で行われていたこと——とくに志藤さんが箱を出ようともがいていたことなどは、ただの幻覚を見ていたに過ぎないのでしょうね」

「ははは、それについてはお答えしにくいですねえ。ただ、浅見さんが視覚的な錯覚と時間的な錯覚と言ったのは、かなり核心をついていますよ。大抵の観客は、消滅のトリックには目を見張るけれど、移動のトリックにはそれほど驚かない。じつはそのどちらにも錯覚を生じさせるトリックがあるわけで、むしろ消滅のトリックは仕掛けがあるだけ、われわれにとっては簡単といっていいのです」

「消滅と移動でワンセットになっているのではないのですか」

「まったく別物ですよ。移動のトリックはそれだけで独立したテクニックです。詳しいことは教えられませんが、時間と速度に対する先入観を逆手に取ったものと考えていただいていいでしょう。たとえば、A地点からB地点まで十秒なら十秒、かかるという先入観があれば、五秒間で移動した事実に対して自分を説得できない。つまり自分自身で錯覚を生み出してしまうのです。じつは消滅のトリックもその先入観を利用したもので、観客は箱の中に収まった僕をイメージしつづけてしまう。現実に見えているはずのものよりも、イメージのほうが優先して視神経を混乱させている。そこに存在するという先入観を消すことができないのですね。僕が箱に入った後、ステージでは助手たちのいろいろな動きがあるのですが、それによって時間経過の長さについても錯覚が生じています。観客が生理的に感じる時間と実際に経過する時間の長さとのあいだに、相当なギャップがあるのですが、気づいていないのです。その錯覚を生じさせるのがマジックといってもいいかもしれません」

志藤博志はわざと分かりにくく説明しているのかもしれないが、彼の言わんとするところは浅見にも伝わった。

(現実に見えているはずのものよりも、イメージのほうが優先して――)

そのくだりを浅見は頭の中で反芻《はんすう》した。ひょっとすると、自分たちもマジックショーの観客同様、実際に見えている事物に対するより、イメージに惑わされているのではないだろうか――。

それは「ウソ十字星」とよく似ている。南十字星とはこういう形をしている――という先入観が働いて、いかにもそれらしい「ウソ十字星」を本物と錯覚するのだ。すぐ近くにある本物の南十字星はずっと小型で、それだけに錯覚を導きやすい。いくら目を凝らしていても、見かけの明瞭《めいりよう》さだけで判断すると、真実は見極められないもののようだ。

村田の「消滅」トリックも、どこかにタネがあるはずだ。

端的にいえば、舞台は「飛鳥」という限定された空間である。「観客」の誰一人として村田を見ていないはずがない。実際は見ているにもかかわらず、それが「村田」であるというイメージには繋《つな》がらないような認識の仕方をしているにちがいない。

浅見はあらためて402号室を出た瞬間からの村田の行動を思い描いた。

彼が生きていて、ふつうに歩いているあいだは、たとえ誰かに出会ったとしても、さほど記憶には残らないだろう。

とくに人目につきにくいルートと場所を選べば、まったく誰も知らないうちに「消滅」できたのかもしれない。

問題は死体となってからだ。生きて動き回る村田よりも、死体となって動かない村田のほうがはるかに始末が悪く、より目立つ存在になるというのも、何だか皮肉なことだが、それは現実だ。

志藤博志の場合は自ら能動的に「消滅」し「移動」したのだが、死体の村田を消滅させ移動させるのは、さぞかし手間がかかったことだろう。

しかし犯人はそれを鮮やかにやってのけた。もし思いがけず冷蔵ケースに枝肉を収納したようなどという、通常はありえない作業が行われなければ、おそらく完全犯罪は完成したに相違ないのだ。

そう長い時間、考え込んでいたわけではないつもりだが、黙りこくった浅見は異様に見えたにちがいない。

「浅見さん、どうしたの？　大丈夫？」

神田千恵子のからかうような声で浅見はわれに返った。三人の目がこっちを見つめているのに気づいて、浅見はうろたえた。

「あ、失礼。ちょっと考えごとをしていました」

「そうみたいね。すごく怖い顔をしてらしたわよ。まるで悪魔でも見たような」

「そうかもしれません。悪魔の尻尾《しっぽ》ぐらいは見えたのかもしれません」

「えーっ、どういうこと、それ？」

「いや、志藤さんの話を聞いているうちに、いろいろな想像が広がったのです。人間、見えているものに対してどれほど素直でありうるか……素直であればあるほど、錯覚に陥りやすいのではないか……などと考えていました」

「あっ、それは真理ですよきっと」

志藤博志が賛意を表した。

「僕たちとしては、観客が素直で素朴であればあるほど、仕事がやりやすいことは事実なんです。ただし、その素直さが、ありのままの真実を見通すほど尖鋭《せんえい》なものだと、話はべつですけどね」

そういう人はいない——という意味の、それは反語であった。人を揶揄《やゆ》するような志藤の視線の先で、浅見は立ち上がった。礼を言って立ち去るつもりで、ふと思いついて神田夫人に訊《き》いた。

「そうそう、香港入港の日、奥さんは覗《のぞ》きの犯人を目撃なさったそうですね？」

「え？　ええ、そうね、見ましたけど」

夫人は、いやなことを思い出させるわね——と、非難するように眉《まゆ》をひそめた。

「そのときですが、すぐにその男が犯人だと分かったのですか？」

「ええ、分かりましたよ」

「どんな人物でしたか？」

「どんなって……そうねえ、中年でわりと小柄な、すばしこい感じの男だったわ」

「顔も見ましたか？」

「見ましたけど、チラッとね。だって、まともにはこっちを見ませんでしたもの」

「それだけで、ベランダにいた男だとよく分かりましたね。確か、キャビンでご覧になったのは、カーテンの隙間から、ほんの一瞬だったとお聞きしましたが」

「えっ？　それはあなた、そのくらいは分かりますわよ。あの何ともいえない目つきが印象に残ってましたもの」

「しかし、香港のときは、犯人はこっちを見なかったのではありませんか？」

「見なくたって、それくらい……なあに浅見さん、あなた、わたくしが嘘をついているっておっしゃりたいわけ？」

神田夫人は険しい表情になった。

「いえ、そういうわけではありません。ただ詳しいことをお聞きしたいだけです」

「詳しいも何も、わたくしが見た印象でそう思ったんですもの、それ以上どう説明しろっておっしゃるの？　いいのよ、信じてくださらなくっても。わたくしはべつに、あなたに犯人を見つけてくれなどと言うつもりはありませんから」

すごい剣幕になってきた。浅見は辟易《へきえき》して「分かりました」と退散したが、内心、大きな収穫があったことで浮き立つ思いだ。その足で真っ直ぐ、レセプション・ホールへ向かった。

江藤美希はオフィスにはいなかったが、フロントで連絡を取ってくれて、すぐに飛んできた。

「何かありましたの？」

浅見の興奮ぎみの顔に気づいて、言った。

「香港に入港していたとき、神田夫人が覗き犯人を目撃したという騒ぎがありましたね」

「ええ」

「その時刻ですが、何時頃でしたか？」

「二時半頃でしたけど……」

それが何か？――と怪訝《けげん》そうな顔だ。

「二時半ですか……それよりはもう少し前じゃなかったですか？」

「ええ、そうかもしれません」

「たとえば、二時二十二、三分頃とか」

「そんな細かいこと……」

美希は笑いだしそうになって、浅見の真剣な表情に胸を突かれたように、「あっ」と小さく叫んだ。

「それって、村田さんの下船時刻のことをおっしゃってるんですね？」

「そうです」

「そうか……そういえば、ひょっとすると同じような時間だったかもしれませんわね。でも、そのことが何か問題になるのでしょうか？」

「その騒ぎの際、舷門《げんもん》で警備に当たっていたクルーはどうしたか分かりませんか？」

「それは……あっ、そうだわ、神田夫人の悲鳴で駆けつけて、犯人を追いかけて行ったはずです」

「江藤さんはどうしました？」

「私はフロントの女性と一緒に、神田夫人のところに行きました。夫人は階段の上でしゃがみこんで、ご主人がいらっしゃるまで、付き添っていました」

「つまりその間、乗船証の読み取り機の前には、誰もいなかったわけですね」

「そういうことに、なりますわね……」

江藤美希の美しい顔が、だんだん深刻になっていった。

「そこに駆けつけた神田氏が、かりに誰もいない隙に乗船証を読み取らせたとしても、証拠は残りませんね」

「…………」

「たとえそれが、村田氏の乗船証だったとしても、です」

美希は恐ろしげに、黙って頷《うなず》いた。

第十章　沈みゆく島々の国

1　モーニング・コール

三月十六日早朝、「飛鳥」はモルジブのマーレ沖に着いた。浅見が目覚めた八時頃には、とっくに投錨《とうびょう》して、窓の向こうにいくつもの島影が見え、小さな船が「飛鳥」の周りに集まってきつつあった。

モルジブ共和国は環礁が二千近くある文字通りの島国だ。どの島も小さく、沿岸部の水深が浅く、「飛鳥」のような巨船が接岸できる港はない。島々の施設は、サービスの対応ができる人数に限界があるために、乗客は六通りのコースに分かれてオプショナル・ツアーに出発する。

浅見は着替えもそこそこに8Fリド・カフェの朝食に行った。気温は三十度近いのだそうだが、海風が心地よい。オープン・デッキには内田夫人の真紀が独りで優雅に紅茶を飲んでいた。ご亭主は例によって5Fのフォーシーズンで和食なのだそうだ。

「朝からお米のご飯なんて」と真紀夫人は言うが、日頃はパン食に甘んじている浅見も本音をいえば和食派だから、あまり同調はできない。

「浅見さんも上陸なさるの？」

「いえ、僕は船に残ります」

「あらもったいない。モルジブは間もなく沈没しちゃうんですってよ」

「えっ、ほんとですか？」

「ええ、うちのセンセの話だから信用できないけれど、地球温暖化で南極の氷が溶けて水位が上がると、ほとんどの島は海面下に沈んじゃうんですって」

「ああ、そういえばそんな話、聞いたことがありますね。いや、内田先生でなく新聞社の友人からですが」

「だったら確かだわ」

亭主が聞いたら気を悪くしそうなことを夫人は言った。

浅見が上陸しないのは、事件捜査が気になることもあるが、そのためばかりではない。本音をいうと、オプショナル・ツアーに参加する費用が惜しいからである。どのツアーも「ドーニ」と呼ぶはしけで一時間近くかけて島に上陸して、そこで食事をしたり、散策したりと、優雅な時間を過ごすのだが、一万数千円の費用は貧しいフリーライターには痛い。

モルジブは主だった島々のいくつかが、行政や産業の目的別に機能を分担している。たとえばマーレ島には首都機能、主として行政機関がある。しかし飛行場は別の島にある。石油基地の島もあれば、工業中心の島もある——といった具合だ。

「ほんとを言うと、私もあまり気が進まないんです」

内田夫人は頰を歪《ゆが》めて言った。

「あの小さなはしけで行くんでしょう。また船酔いしそうで」

「ああ、そうでしたね。確か、今回の世界一周クルーズの、船酔い患者第一号が奥さんだったとか」

「そうなの、我慢できなくて、ドクターの往診をお願いしたら、ドクターに『あなたが第一号だ』って笑われました。でもね、浅見さんはご存じないでしょうけど、神戸を出た夜はずいぶん波が高かったんですのよ」

浅見はもう少しで「僕も知ってますよ」と言いそうになった。しかし彼はシンガポールから乗ったことになっている。

「それ以来、ほんのちょっとの波でも酔う癖がついたみたいで、そのたびに酔い止めの注射を打っていただきに診療室へ行ってますの」

夫人は「ほら、こんな」と、ブラウスの袖《そで》を二の腕までたくし上げて見せた。そこが直径五センチほども、皮下注射の痕《あと》で紫色に変色している。華奢《きゃしゃ》で色白な女性だけに、いかにも痛々しい。

「ひどいですねえ、お気の毒に……」

「まあ嬉《うれ》しい、同情してくださったのは浅見さんが初めて。うちのセンセなんか『そんなんじゃ、入国審査で麻薬の常習者と疑われかねないな』なんてからかうだけ。でもね、私なんかまだいいほうみたいですのよ。診療室に行った時、奥のほうの暗い病室を覗《のぞ》いたらベッドで寝たきりになっていらっしゃる患者さんもいましたもの」

「へえー、そんな重症じゃ、世界一周はとても無理じゃないのですか」

「そうですよねえ。そのうち慣れるのかもしれないけれど」

上陸は午前九時頃から始まった。内田夫人の心配は杞憂《きゆう》にすぎなかったようだ。モルジブの海は無数の環礁に囲まれているだけに、外海の波はほとんど寄せてこないらしい。粗末なテントがけの小さなはしけは、見るからに頼りない感じだが、あまり揺れはなく、穏やかな海面に波紋を広げながら、ミズスマシのように走り去った。イルカの群れがはしけを追ってゆくのも見えた。

浅見のように参加費用をケチったわけではないだろうけれど、はしけでの上陸を嫌ったのか、船に残った乗客はかなり多い。オープン・デッキのプールサイドで寝そべったり、プロムナード・デッキでジョギングをしたり、思い思いに時間を消費している。

乗員は、ツアー・コンダクターやはしけの乗り降りをサポートする人員を除くと、ほとんど上陸しなかったようだ。こういう日には束の間の休息をとるのかもしれない。コスチューム姿のスチュワーデスが、クルー専用のデッキに出て、日光浴をしている。釣り好きの機関長は、デッキの手すりから釣り糸を垂れて、名前も知らないような、派手な色の魚を釣っていた。

十時頃から、警視庁の三人と浅見は、例によって「コンパス」に集まって、鳩首《きゅうしゅ》会議を開いた。それぞれが分担して、乗員、乗客に対する事情聴取を進めてきたのだが、思ったほどどころか、さっぱり成果が上がらないことに、三人の捜査官は焦燥を隠せない。

「なんだか、『飛鳥』全体が犯行に加担して、われわれを嘲笑《ちょうしょう》しているような気がしてきましたよ」

神谷警部補が愚痴を言った。

神谷の述懐には浅見も共感できた。「飛鳥」という、逃げ場のない、いわば密室の中での犯罪でありながら、目指す相手はまったく摑《つか》み所がない。しいていうならば、乗員乗客合わせて七百名を超える相手すべてに犯行のチャンスがあるようだし、全員が無関係のようでもある。

「いまさらの感もあるが、一つ一つ、犯行の経過を考えてみようじゃないか」

岡部警視は部下を宥《なだ》めるような、落ち着いた口調で提案した。

「まず改めて、浅見さんから、同室者として、村田満の行動パターンを踏まえ、事件の朝の状況を想定していただきましょうか」

「とりあえず言えるのは、村田氏がキャビンの中から拉致《らち》された事実はないということだけですね」

浅見は言った。

「それより何より、あの日の僕は睡眠薬を飲んで眠ったというわけでもなかったのだし、村田氏が部屋を出て行く気配に気づかなかったのは、不思議でならないのです。彼はベッドを出るときから洗面所の使い方に至るまで、騒々しく、乱暴で、こっちが眠っていようがどうしようが、お構いなしでしたからね。つまりあの日に限って、よほど静かに出て行ったのでしょう。そのことから、村田氏は自分の意思で、しかも自ら隠密裡《おんみつり》に行動していたことが想像できます」

「なるほど、それはきわめて重要な意味をもっていますね」

岡部が頷《うなず》いた。

「そんなふうに浅見さんに知られないように部屋を忍び出たとして、その目的は何だったと考えますか？」

「軽井沢のセンセ……918号室の内田さんなんかは、朝日と夕日を撮りまくるのが趣味だそうで、かなり早くからデッキに出ています。そういう乗客は少なくないようです。しかし、僕の知る限り、村田氏にはそういう趣味はありません。神戸から香港までのあいだ四泊しているのですが、朝は早いといっても、だいたい八時頃起床。それより早くから行動を開始したためしもありません。むしろ僕と同様、寝起きが悪いほうだったはずです。何しろ、目覚まし時計もかけていないのですからね」

「目覚まし時計もなしに、寝過ごさなかったというと、よほど重要な目的があって、緊張していたのでしょうね」

岡部が「寝過ごさなかった——」と言ったことに、浅見はひっかかるものを感じた。

「そうか……いままで気にも留めなかったけれど、よく寝過ごさなかったものですね。あの寝起きの悪い人が」

「となると、時間はあまり関係なかったということでしょうか。たまたま目が覚めたから起きたのであって、少しくらい寝過ごしてもかまわなかったという」

「いや、僕はそうは思いません。彼は明らかに僕に気づかれないようにしたし、しかも部屋を出た後も誰の目にも留まりたくなかったにちがいありませんよ。少しでも時間が遅くなれば、あんなふうに人目につかずに失踪《しっそう》するチャンスはほとんどなかったでしょうね。あの日は香港上陸で、早朝から乗客が動きだしていました。その人たちの目に触れなかったのですから、それより前に村田氏は部屋を出て、どこかへ行ったはずです」

「だからといって、まさかひと晩中、一睡もしなかったというわけじゃないでしょう」

「ええ、それはないと思います」

「そういえば浅見さんは、夜中にイビキで目が覚めたと言ってましたね。それは何時頃だったのですか？」

「たぶん、午前二時頃でしょう」

「寝たのは十二時頃として、その前は十一時頃までピアノ・サロンにいたのでしたか。そこでは誰と一緒だったのかな？」

「なるほど、その連中の誰かが、事件の鍵《かぎ》を握っている可能性はありますか」

　神谷が触発されたように身を乗り出した。

「一応、当たってみますか」

「ピアノ・サロンの客をですか？　それよりも、村田氏の早起きのほうが重要な意味を持つかもしれませんよ」

「といいますと？」

岡部が首を傾げた。

「つまり、村田氏が目覚まし時計なしに目を覚ましたということが、です」

「はあ……」

三人の捜査官は不得要領の顔を、互いに見交わした。

「こんな考えは馬鹿げていますが、何者かが村田氏を起こしに来た可能性もあるのではないでしょうか」

「えっ……」

いつも冷静な岡部が、思わず声を発するほど驚いた。

「ということは、その何者かが部屋に入ってきたということですか」

「ええ、そうです」

「しかし、ドアは自動ロックされて……そうか、マスター・キーを使ったか……となると、そいつは『飛鳥』の乗員、それもマスター・キーを使える人物ですね」

「たぶん」

「どうなんでしょう。マスター・キーは何人ぐらいの人間が所持していますかね」

「それはかなり多いはずですよ。たとえば、警備係はもちろん、ベッド・メーキングをする必要上、キャビン・スチュワーデスの各フロアのチーフクラスはみんな持っているようです」

「それにしても、範囲は絞れますね」

「だからといって、彼らが犯人であるかどうかは断定できません。単に、キャビン・スチュワーデスが村田氏に起こしてくれるよう頼まれたのかもしれません」

「それはそのとおりですが、もしそうであれば、少なくとも村田の足取りを聞くことはできます。とにかく、その視点からもう一度、聞き込み作業をやってみましょう」

岡部は立ち上がった。

2　ワルは悪事の罠《わな》に弱い

神谷と坂口は手分けして、スチュワーデスへの聞き込みに向かい、岡部はエンジニア関係へ、浅見はオフィスの関係者を担当することになった。

ソーシャル・オフィサーの堀田久代は消耗したような顔をしていた。事件以来、何かと心労が祟《たた》ったのだろう。「一に体力、二に体力──」と自慢していた彼女が、見た目で分かるほど頬がこけている。

浅見がそのことを指摘し、同情すると、堀田久代はむしろ喜んでみせた。

「まあ嬉《うれ》しい、浅見さんにそうおっしゃっていただけるなんて。ダイエットの効果が上がったんですね」

彼女がダイエットをしているにしても、この窶《やつ》れ方はその成果とは別のものだ。仕事の重圧を感じさせまいとする、負け惜しみに決まっているのだが、それも不屈のクルー魂というものにちがいない。

「浅見さんがおっしゃっていた、クルーの中に村田さんの知り合いがいるかどうかっていうこと、あれ、調べてみたんですけど、フィリピン人クルーだけがちょっと変なんです」

堀田久代は言った。

「変というと？」

「私が訊《き》こうとすると、みんな首を振って、逃げちゃうみたいなんです。なんだか、誰かが村田さんと知り合いで、それもあまりいい感情を持っていない——というか、ひどく嫌っているんじゃないかっていう印象です。残念ですが、日本人男性は東南アジアでの評判はあまりよくないんですよね。その理由はお分かりになると思いますけど」

浅見は頷いた。日本の男共がタイやフィリピンへ出かけて行って、傍若無人な振る舞いをしては嫌われ、憎まれるという話は珍しいことでもない。その中には、殺したいほどの悪感情を抱く人物もいるにちがいない。村田もまた、そういう人間の一人として、彼らに知られていた可能性はある。

「ところで」と、話題を変えて、浅見は村田満への「モーニング・コール」の話をした。キャビン・スチュワーデスがそういうことをするかどうか訊くと、久代はすぐに「ありえません」と一蹴《いっしゅう》した。

「そういう方法で『モーニング・コール』をすることは絶対にありませんわ。第一、スチュワーデスがノックもせずチャイムも鳴らさずにキャビンに入ったら大変です。たとえお客様に頼まれてのサービスだとしても、もし、そういう現場をほかのお客様やクルーが目撃したら、彼女は即刻、解雇されてしまいますもの」

「なるほど、それくらい、セキュリティに関する教育が厳しいということですね」

それでもキャビンに入ったとすると、「彼女」は違法を承知、解雇を覚悟の上だったことになる。いや、スチュワーデスに限らず、乗員の誰であろうと、違法を承知の上でマスター・キーを使ったことになるのだ。

聞くところによると、フィリピン人クルーの「飛鳥」での勤務は、自国での労働の数倍の報酬を得ることができるそうだ。彼らのほとんどが高学歴の、いわばエリートであることを思うと、堀田久代の言うとおり、危険を冒してまで、そんなことをするはずもない。それでもやるとしたら、よほどの報酬があるか、それとも村田に対してよほどの恨みがあって、犯行に加担する意思があった人物ということになる。

もしかして、たとえそういうことがあったとしても、その人物が聞き込み捜査によって浮かび上がる可能性はさらになさそうだ。禁を破った人間が、捜査官の質問に「はい、やりました」と素直に答えるはずがなかった。

浅見の報告で、それ以上、聞き込みを続けても無駄であることが分かって、三人の捜査官も作業を中止した。

「考えてみると、そもそも、誰かが村田氏を起こしに来たとして、同室者の僕が気づかないという保証はないのです」

浅見は呟《つぶや》くように言った。

「かりにも完全犯罪を企図する犯人が、そんな危険を冒すはずはありませんね」

「そうですね」

と、岡部も頷《うなず》いた。

「となると、やっぱり村田が自分でちゃんと目を覚まして、こっそり出て行ったということになりますか」

神谷は結論づけるように言った。

「しかし、あの村田氏が、モーニング・コールもなしに目を覚ましたとは、信じられない気がしてなりません。何か方法はないものでしょうかねえ」

浅見はまだ、モーニング・コール説に未練があった。

「そうですねえ」と坂口が頷いた。

「村田が携帯でも持っていれば、簡単なんだけど……」

何気なく言った言葉だったので、浅見がそれに気づくまで時間がかかった。

「えっ？　それはどういう意味ですか？」

「は？　何のことでしょう？」

坂口は怪訝《けげん》そうな顔をした。浅見はもちろん、岡部も神谷も彼の口許に視線を集めた。

「いま、携帯でも持っていれば——と言いましたが、それはどういう意味ですか？」

「ああ、つまり、村田の所持品にですね、携帯電話があれば、目覚ましの代わりになったのに——という意味です」

「えっ、携帯電話が目覚ましの代わりになるんですか？」

「もちろん……あれ？　浅見さん、そのこと知らないんですか？」

坂口は浅見に、信じられない目を向けた。

「ええ、恥ずかしながら、僕は携帯電話を持たないのです。何しろ、わが家の憲法では携帯電話はご法度なものですから」

「いや、私も持っていませんよ」

岡部が頭を掻《か》きながら言い、神谷も「私だって」とむきになった。

「そうなんですか。じつは、携帯電話には目覚まし時計の機能もあるのです。しかも、近所迷惑な音ではなく、振動で知らせるタイプもあります」

「ほんとですか？……」

坂口を除く三人は、阿呆《あほう》のように大きく口を開けた。

「そんな物があるのなら、もっと早く教えてくれよ」

岡部が呆《あき》れたように言った。

「はあ……しかし、村田の所持品にはなかったもので……」

「それは犯人が持ち去ったに決まっているだろう。ひょっとすると、犯人が貸したのかもしれないじゃないか」

「あっ、そうですね」

今度は坂口が間抜けな顔になった。

「となると、モーニング・コールの件は、これで解決しましたね」

やれやれ——と思いながら、浅見は話を前向きに進めることにした。

「そうしますと、なぜ村田氏は早起きをしたのか——という理由と、何時に起きたかという点が問題になります。その日は香港の島々が近づいていましたから、乗客のかなりの人数がスカイ・デッキに出て見物を始めていたと思います。となると、午前五時頃か、遅くとも五時半頃までには村田氏は部屋を出たことだけは間違いなさそうですね。一般の乗客がまだ起きださないうちに、どこかに行って待機していなければならなかったということでしょうか」

「香港入港前に何かをしようとしていたと考えてよさそうですね」

岡部が緊張した面持ちで言い、浅見も頷いた。

「想像できるのは、麻薬がらみのことでしょうか。入港時にはタグボートが『飛鳥』に接近し、パイロット（水先案内人）が乗船してきます。その際に麻薬取引が行われる可能性があるのかもしれません」

「訊いてみますか」

岡部は船内電話で花岡チーフ・パーサーを呼び出した。花岡はすぐに飛んできた。例によって満面の笑顔だが、内心は相当に緊張しているにちがいない。

岡部が麻薬取引の件を持ち出すと、質問が終わらないうちに「とんでもない！」と大声を出した。顔つきは、これまで見せたことのないほど真剣そのものだ。

「パイロットが麻薬取引だなんて、そんなことは絶対にありません」

「いや、これは可能性があるかどうかを確認したいだけですので、そんなにむきにならないでください。それに、麻薬の受け渡しに関与できるのは、パイロットだけでなく、タグボートの乗員もいますが」

「冗談じゃありませんよ。パイロットには『飛鳥』側から二等航海士ともう一人、警備担当の者が付き添ってブリッジまで案内しますし、タグボートの乗員は船を操るだけで手一杯です。『飛鳥』の乗員と接触することさえできません。第一、『飛鳥』のクルーが麻薬取引に関与するはずがないではありませんか」

顔を真っ赤にして、嚙《か》みつきそうな形相を見せた。これ以上、失礼なことを言おうものなら、たとえ相手が警察であろうと、ただでは置かない——という剣幕だった。

「分かりました。いや、何もそうと決めつけたわけではなく、あくまでも参考までにご意見をお聞きしただけですので、そう気を悪くしないでいただきたい」

岡部は繰り返し説明して、ともかく花岡には引き取ってもらったが、花岡がドアを出てしばらく待ってから、言った。

「彼はああ言ってますが、パイロットが麻薬を持ち込むチャンスが絶対にないとは言えないでしょうね」

「そうですね、チャンスという点なら、どっちにしても『絶対』ということはありえないと思います」

浅見も言った。

「ただ、それではなぜ村田氏が殺されたのかは、説明ができませんけど」

「うーん、それはそのとおりですね。麻薬取引に関して、何らかのトラブルでもあったのでしょうか」

「たとえば、どういった？」

「そうですねえ……」

岡部は救いを求めるように二人の部下に視線を向けたが、二人とも申し訳なさそうに、黙って首を横に振った。

「トラブルが何だったかはともかく、村田が早起きしてコソコソ行動したのは、やはり麻薬がらみの仕事が目的であったという点は、かなり可能性が高いと思ってもいいのではないでしょうかね。浅見さんはどう思いますか」

「ええ、その点は認めていいと思います。ただ、その後、殺されたとなると、その麻薬取引そのものが何か怪しいような気もするのですが」

「えっ？　それはまた、どういう意味ですか？」

「村田氏ほどのワルを死地におびき出す方策としては、麻薬をエサにするのが最も効果的ではないでしょうか」

「ほうっ、つまり、犯人の目的は最初から村田を殺害することにあったのであって、麻薬取引を罠《わな》にしたということですか」

「ええ、場所が香港であることといい、パイロットが乗船してくる時間帯であることといい、麻薬取引のお膳立《ぜんだ》てとしては、この上ないシチュエーションです」

「なるほど……そうですね、そういうシチュエーションを設定されれば、ワルならワルであるほど、引っ掛かりやすいかもしれませんね」

「そう考えると、僕に知られないように部屋を出て行った理由も納得できます」

「ところが、実際には麻薬などという話はなかった……ですか」

「なるほど」と神谷は膝《ひざ》を叩《たた》いた。

「となると、やっぱり前夜、村田がピアノ・サロンで何者かと接触した可能性がありますな。とにかく当たってみますよ」

神谷は勢い込んで言うと、坂口を引き連れて出て行った。当夜のピアノ・サロンの客のことを調べるつもりなのだろう。船内施設の利用や飲食代金は、すべてサインですますので、お客が誰々だったかはある程度、特定できる。ただし、同じテーブルに何人かがいて、一人の客の奢《おご》りだった場合には伝票からだけでは、全体像が摑《つか》めない。その場合は伝票にサインした客に事情聴取をするほかはない。

3　ピアノ・サロンの客たち

コンパス・ルームに残った浅見と岡部は、しばらく黙って、窓の外を眺めた。モルジブの海は紺碧《こんぺき》という表現がぴったりの明るい色をしている。水平線まで雲はなく、このぶんなら明日も晴れそうだ。

岡部は珍しく煙草を出してくわえ、浅見にも勧めた。

「浅見さんはさすがですねえ、われわれの気づかない、いろいろな可能性を考えつくものです」

「とんでもない。僕などは無責任だから勝手なことが言えるだけです。神谷さんたちに、その尻拭《しりぬぐ》いをしてもらっているみたいで、恐縮です」

「ははは、それがわれわれの仕事です。しかし、それにしても村田を麻薬がらみの話でおびき出したという想定は、なるほどと思いました。もしそうであるなら、それは日本を出る時点からシナリオができていたということになるのでしょうね」

「もちろんです。大金を払って村田氏を『飛鳥』に乗せるからには、それなりの目的がなければなりませんからね。『飛鳥』乗船を決めた時点から、すでにそういう計画があって、村田氏はうかうかとそれに乗せられたといったところなのでしょう。村田氏が言っていたスポンサーというのが最も怪しいのですが」

「残念ながら、そのスポンサーというのは、現在まったく分かりません……ところで、村田と浅見さんが相部屋だったのは、何か特別な理由なり、何らかの意図があったのでしょうか？」

「いや、それはなかったと思います。村田氏の話によると、本来は４０２号室をシングル・ユースで申し込んだようです。村田氏のスポンサーはそのために三百九十万円を提供しているのです。それを村田氏が勝手に相部屋を受け入れ、差額の九十万円をネコババしたと自慢していました。僕のほうは『飛鳥』はすでに満室状態なので、相部屋でも何でもしようがないものだと思ってました。『飛鳥』側の説明によれば、４Ｆの最前部の部屋は、万一の場合に備えて、最後まで空けてあったのだそうですよ。ほら、列車でも飛行機でもそういう用意があるじゃありませんか。確か村田氏も同じようなことを言ってました」

「それにしても、名探偵と悪人が同室になるというのは、偶然だとしても興味深いものがありますね。しかも相手は殺人事件の被害者になったというのですから」

「それは、単なる偶然ではないかもしれないという意味でしょうか？」

「さあ、分かりません」

　岡部は悩ましげな顔をした。

「もしこうなることが分かっていた上で、浅見さんを村田と同室にしたとなると、それを画策したのは神みたいな人物ですね」

「むしろ、悪魔のようなと言ったほうが当たっているかもしれませんよ」

浅見が毒づいたので、岡部は困ったように「ははは」と笑った。「依頼人」の素性を知っているだけに、複雑な心境なのだろう。

ピアノ・サロンの利用客を調べに行った神谷と坂口が戻ってきた。伝票のサインと、その夜の利用状況を調べた結果によると、香港入港前夜のピアノ・サロンは、神戸を出て以来、最高の賑《にぎ》わいだったそうだ。

世界一周の乗客は平均年齢が六十七歳という、かなりの高齢で、船内での暮らしぶりは若者たちとは比較にならないほど控えめだ。とくに女性客は万事につき、おとなしい。男性たちはそれなりに、社会生活の中で遊び方や他人との付き合い方を体験してきているから、クラブやバー、ホテルのラウンジなどに出入りする機会も多かったはずだ。しかし女性の多くは、そういう社交性を身につけるチャンスもなく過ごしてきている。現代の若い女性に関していえばそんなことはなく、むしろ女性のほうが活動的な場合もあるが、彼女たちの時代の日本はそういう社会だったということだ。

そんなわけで、ピアノ・サロンのような、ちょっと派手がましい場所には、つい二の足を踏んでしまう。そういう浪費はもったいない――という慎《つつ》ましい考えも働くのか、航海を通して、ピアノ・サロンが賑わうことは、存外少ないものらしい。浅見に至っては、10Fのヴィスタ・ラウンジや8Fのリド・カフェなど、タダで飲み食いのできる場所以外には近寄らない主義である。

しかしその夜のピアノ・サロンは、ほぼ七割方、テーブルが埋まった。明日はいよいよ最初の寄港地・香港——というので、あっさり就寝してしまうにはもったいないほど、気分が高まったのかもしれない。

とりわけ、スイートの乗客が多かったことが、伝票のサインから浮かんでくる。小泉日香留・絢子夫妻、草薙由紀夫・郷子夫妻、松原京一郎・泰子夫妻、後閑富美子・真知子姉妹、堀内清孝・貴子夫妻、大平正樹・信枝夫妻、小潟真雄・明美夫妻、和田隆正——までがAスイート客。それにあの内田康夫・真紀夫妻までがいた。真紀夫人は上品にアルコールを嗜《たしな》むが、ご亭主の内田はまるっきりの下戸で、奈良漬《ならづ》けで泥酔する。その彼がリロンでどう過ごしたのか、取材に値すると浅見は思った。

それ以外ではセミ・スイートの後藤大介《ごとうだいすけ》・瑞依《みずえ》夫妻、デラックス・ルームの石井孝尚《いしいたかなお》・孝子《たかこ》夫妻、村田満などがいた。

それにしても、Aスイート客の中に、警察庁のリストで村田とワケありとされている顔ぶれの多いことに驚かされた。小泉夫妻と内田夫妻、それに和田を除くほぼ全員が、何らかの形で村田と関係がありそうだ。

石井夫妻は七十代後半の高齢で、夫人の喜寿のお祝いに——と、子や孫が世界一周をプレゼントしてくれたという。事件にはどうも関係がなさそうだ。

後藤夫妻は六十代なかばだが、「飛鳥」の乗船名簿などから、ご亭主が元岩手県警の警察官であることが分かった。警視で大船渡《おおふなと》署の署長を最後に勇退。いまは小さな畑の面倒を見ながら、悠々自適の日々だという。

「この人はまさか、事件に関係はないでしょうなあ」

神谷が言った。

「そうでしょうか。そういう例外は認めないほうがいいと思いますが」

浅見は少し遠慮がちに、しかし主張すべきところは主張しようと思った。最近の警察の不祥事つづきは、警察官だからといって、決して清廉潔白の証明にはならないことが、社会常識のようなものだ。神谷も「そうですか」と声が小さくなった。

ピアノ・サロンは「ヒミグトリオ」というフィリピン人のバンドが人気で、彼らの陽気な演奏に客席も盛り上がる。手拍子や歓声はもちろん、興に乗ってダンスを始める者も出てくる。その晩もまさにそういう盛り上がり状態で、静かだったのは元警察官の後藤夫妻と村田ぐらいなもので、「独り者」の和田や無粋な内田までが、結構、乗りまくっていたそうだ。

エコノミー・クラスの乗客は村田満一人だけで、そのせいもあるのか、浮き上がった存在だったといえる。もし村田がほかの客や「飛鳥」のクルーの誰かと特別な意味で接触したとすれば、誰かの目に留まる可能性がある。しかし、客はもちろん、ラウンジの従業員などに聞いた限りでは、「接触」の事実は浮かばなかったという。

「4Fのお客は村田だけで、あとはすべて8Fから上のお客ばかりです。サロンが閉店した後、三々五々部屋に戻って行った中で、村田が誰かと接触したとしても、連れ立って行動すれば、かなり目立ってしまうわけで、そんな不用意なことをするものかどうか、いささか疑問ですね」

神谷はそう感想を述べた。

「そうですね。しかし、われわれとしてはやはりターゲットはこれまでに浮かんでいる人物――スイートの中の誰かを想定していいのではないでしょうか」

浅見が言った。

「そうすると、このリストの中にいる人物ということですな……」

神谷は難しい顔をして、リストアップされた氏名を眺めた。

4　事情聴取

午後四時頃までには、オプショナル・ツアーに出掛けた乗客たちも全員が帰船した。ひと落ち着きした頃を見計らって、四人の「捜査官」は手分けして個別に事情聴取に向かうことになった。浅見は後藤夫妻と後閑姉妹、それに大平夫妻を担当した。

神谷にはああ言ったが、ひと目会ってみると、後藤をそういう疑惑の対象にするのは、まったく見当外れであるように思えた。野良仕事のせいか、それとも「飛鳥」での生活のせいか、日焼けした顔は若者のように逞《たくま》しく見える。真っ直ぐに相手を見ながら話す堂々とした態度には、いまでも警察官をつづけているような気概を感じさせる。

実際、浅見から話を聞くと、元同業の誼《よしみ》として、何なら捜査の手伝いをしましょうかと申し出があって、断るのに苦労した。

後関姉妹は島へのツアーから戻って、シャワーを浴びたばかり——というので、少し時間を置いてから訪問した。

後藤夫妻は、キャビンがあまり広くないからという理由で、コンパス・ルームに来てもらったのだが、後関姉妹は自分たちの部屋で——という希望だった。スイート・ルームはそれなりにゆとりがあり、応接セットもひととおり備わっている。面白いのは、部屋の中にベッドが互い違いに置かれ、そのあいだに段ボール箱が積み上げられていたことだ。理由を尋ねると「姉のいびきですよ」と、妹の真知子が笑った。姉の富美子のほうも「まあひどいこと言うわね」と笑って、否定はしなかった。

「それに、姉は大酒飲みですしね」

真知子は面白がって暴露する。ベッドで寝酒を傾けるし、ピアノ・サロンへ行くのも姉の主導なのだそうだ。

「わたくしは、妹の気晴らしになればと思って誘うんですのよ」

富美子は笑いながら反論した。たがいに悪口を言いながら、仲のよい姉妹だ。富美子は元来が陽気そのもののような女性だが、真知子のほうも、いつかデッキで見たときに感じた憂愁のイメージは消えている。浅見にはその理由がむしろ、少し気になった。

「香港前夜のピアノ・サロンは賑やかだったそうですね」

浅見がボチボチ本題に入ろうとすると、真知子が「村田さんのことでしょう」と機先を制した。

「あ、分かりますか」

「分かりますとも。浅見さんが刑事さんたちと行動しているのは、評判ですしね。内田さんのお話ですと、浅見さんは有名な私立探偵なんですって？」

「とんでもない」

浅見は大げさな身振りで否定した。

「僕はただのルポライターですよ。内田さんにも困ったものだなあ」

「まあいいじゃないですか。それであの晩の村田さんのことをお聞きになりたいのね。そう、確かに村田さんがいらしたわ。終始、隅のほうのテーブルで、独り黙々と飲んでらしたみたいね。でも、カンバン以降どうなったかは知りませんわよ」

こっちが聞きたいことを、先回りして答えてしまう。頭の回転の早い女性だ。

「村田氏は後閑さんご姉妹とは、何か言葉を交わしましたか？」

「いいえ、ぜんぜん」

富美子が答え、真知子は無言で肩をそびやかした。

「わたくしたちがあの人とお付き合いするはずがありませんでしょう」

「その大嫌いな村田氏がいたけれども、お二人はピアノ・サロンから出ようとはなさらなかったのですね」

「もちろんですわよ。あんなやつのために、こっちがコソコソと逃げるような真似をするもんですか」

「しかし、村田氏の存在は気になっていたのではありませんか？」

「それはまあ、ある意味ではそうですけど……浅見さん、何をおっしゃりたいの？」

「気になっていたとすると、村田氏が誰かと話したり接触したりすれば、気がついたのではないかと思ったのですが」

「ああ、そういうことですの。つまり目撃者探しなのね。いいえ、ぜんぜん気がつきませんでしたわね。いつも独りでいたような気がしますけど。もっとも、わたくしたちはヒミグトリオの演奏のほうにばかり気持ちが向いていましたから、彼が何をしていたか、始めから終わりまで見ていたわけではありません。たとえ気がついていたとしても、われらがヒーローを密告するようなことはいたしませんけれど。浅見さんもそんな岡っ引きみたいなこと、おやめになればよろしいのに」

（やれやれ——）

浅見は内心、ため息をついた。いくつもの事件に関わってきたが、「岡っ引き」と言われたのは初めてである。後閑姉妹はよほど村田を憎んでいたにちがいない。

「お二人はピアノ・サロンがはねた後、真っ直ぐお部屋に戻られたのですね」

「ええ、もちろん。スイートの皆さんは全員、ゾロゾロと引き揚げて来たのじゃないかしら。わたくしたちは内田さんご夫妻と、松原さんご夫妻と同じエレベーターでしたけど、ほかの皆さんも前後して帰ってこられたと思いますよ。廊下でお休みなさいのご挨拶《あいさつ》をしましたもの」

「ついでにもう一つ、お訊《き》きしますが、お二人は今回の世界一周に村田氏が乗船すること
はご存じなかったのですね？」

「もちろんですわよ。もし知っていたら、乗るはずがないじゃありませんか」

妹を差し置いて、富美子が断言した。

「『飛鳥』への乗船申込みはいつ頃なさいました？」

「さあ、いつだったかしら。一年以上前じゃなかったかと思いますよ」

これ以上、何も訊くことはなかった。辞去しようとした浅見を真知子が呼び止めた。

「浅見さん、まだお独りだそうですわね」

「はあ、残念ながら」

「どうかしら、うちの娘とお付き合いしてみていただけません？」

「えっ、お嬢さんとですか。それは光栄ですが、僕のような生活力のない男はやめたほう
がいいです」

「そんなことはありませんわよ」

姉の富美子が乗り出した。

「真知子の娘、陽子《ようこ》っていうんですけど、気が強くて、いわゆる男勝りね。頼り甲斐《がい》のあ
る妻になると思いますわよ」

「はあ、お気持ちだけ、ありがたく承っておきます。それでは」

ほうほうの体《てい》で退却した。どさくさまぎれに令嬢を押しつけられては敵《かな》わない。気の強い女性は母親だけで十分だ。

大平夫妻の部屋は後閑姉妹の部屋とは、内田夫妻の部屋を挟んで逆隣である。うるさい内田に気づかれないように通りすぎて、ドアをノックした。

大平正樹は船舶会社の会長だけに、いかにも海の男らしく、大柄で赤銅色《しゃくどういろ》に日焼けした顔が逞しいが、夫人は対照的に小柄な、おとなしそうな女性だった。

よほど惚《ほ》れた弱みでもあるのか、亭主の夫人への気の遣いようが興味深い。浅見を迎えてお茶を淹《い》れるのも大平のほうであった。夫人がしようとするのを「いいから、きみは浅見さんのお相手をしていなさい」と押し止《とど》めている。ことによると病弱な体質なのかもしれない。浅見が大平と話し始めて、しばらく付き合っていたが、そのうちに気分が悪くなったのか、「ちょっと失礼します」と、ベッドに横になった。その後も、大平は夫人の身を案じるようにベッドを気にしながら浅見の相手をした。

浅見は大平にも後閑姉妹のときと同様に、ピアノ・サロンでのことを聞いてから、さりげなく切り出した。

「村田さんをご存じですね、このあいだ亡くなった村田満さんですが」

「ああ知ってますよ。お気の毒なことでしたなあ。どうなんですか、警視庁の刑事が来ているようだが、まだ犯人の目処《めど》はつかないのですかなあ」

後閑姉妹が言っていたとおり、大平も浅見が刑事と一緒に行動していることを知っているようだ。

「村田さんも神戸の人ですが、大平さんは前々からご存じではなかったのでしょうか」

「いいや、直接には知りません。ただ、何かの事件で新聞に村田さんの名前が出たような記憶があるのだが、前科とか、そういう過去はなかったのですか？」

「ええ、いろいろ問題の多い人で、新聞ネタにも何回もなったようです。とくに関西地区での事件が目立つので、大平さんなら何かご存じではないかと思ったのですが」

「いや、特別なことは知りませんなあ。しかし、そうしますと、この船に乗っているお客さんの中に、村田さんに恨みを抱く人物がいるということなのですかな？」

「ええ、お客さんか、あるいは乗員の誰かが犯人であることは間違いありません」

「そうですか……うーん、それは気色の悪いことですなあ」

結局、大平もあの晩、ピアノ・サロンからは他のスイート客と一緒に引き揚げたという。村田と言葉を交わすこともなかったそうだ。

浅見は礼を言って大平の部屋を出た。コンパス・ルームに戻ると、三人の捜査官も相次いで引き揚げてきた。どの顔も浮かない様子だ。事情聴取をした相手はおしなべて、まるで口裏合わせでもしたように同じ答えだったということらしい。

「こうなると、いよいよ『オリエント急行殺人事件』ですな」

神谷警部補が半分、やけっぱちのような口調で嘆いた。

「いや、冗談でなく、何人かの共犯による犯行であることは間違いないですよ。そうでなければ成立しない犯行です。問題はその人数ですね。ひょっとすると、『飛鳥』中にネットワークがあるのかもしれない」

坂口部長刑事も憤懣《ふんまん》やるかたない――といった様子だ。

「あと二日間ですか……」

岡部警視も暗澹《あんたん》とした面持ちである。インド・ムンバイまでに解決しなければ、三人は虚《むな》しく帰国の途につくことになる。

「浅見さん、何か名案はありませんか」

「そうですね……」

浅見は腕組みをした。窓の向こうは夕日に染まった海がキラキラと輝いている。

「まったくないこともないのですが……」

ぼんやりした口調だったので、誰もすぐには気づかなかった。

「えっ、いま何て言いました？」

岡部が叫ぶように言った。

「犯行のストーリーを想像してみたのです。村田氏がどういう行動を取ったのか。犯人側は何をしたのか。その動機は……」

「それはそのとおりでしょうが、それで、何か分かったのですか？」

「本当の、ただの想像です。証拠を示すこともできません」

「想像でも何でも、とにかくどういうことなのか、話してみてくれませんか」

「そうですねえ……」

浅見は額に手を当てて、悩んだ。

「べつに勿体《もったい》ぶるわけではありませんが、何だか話したくない気分です」

「どうしてですか。的外れでもなんでも、われわれみたいに何もないよりははるかにまし
じゃないですか。話してくださいよ」

「ええ、お話しはします。話しますが、嗤《わら》わないでください」

「嗤ったりするはずがないでしょう」

「それじゃ……」

浅見は一息ついてから話しだした。

第十一章　推理作家vs.ルポライター

1　タコの八ちゃんは殺人鬼か

「これまでに判明しているデータから類推して、村田氏が『飛鳥』に乗船して殺されるまでの、彼の行動を一つ一つ分析していくと、そのときどきに関わった人物がいて、その人物は一人ではないことが分かります。つまり、複数の、それもかなりの数の人間がこの犯行に参加しているとしか思えません」

浅見は窓の外の、夕日にきらめく波頭を数えるように、視線を揺らしながら言った。

「まず、村田氏を『飛鳥』乗船に誘った人物がいます。当然、その時点では村田氏に魅力的なエサをちらつかせたはずです。エサはおそらく麻薬。香港での受け渡しのシナリオを描いてみせたのでしょうか。いや、香港ばかりでなく、世界中のいくつかの港に『エサ場』があるように話していたと考えられます。ただし、その話はすべて嘘。そしておそらく、この人物が最前部の部屋をセッティングしたか、その時期に申し込めば、最前部しか空いていないという、船の事情に通じていたのでしょう。

さらに午前五時頃に目覚ましをセットするよう指示を与え、犯行現場で待ち受け、睡眠薬を投与し、やがて殺害した人物がいます。香港入港の直前——このタイミングこそが、麻薬をエサに村田氏を誘い出し、犯行を成立させる、唯一のチャンスだったのでしょう」

「それでどこなんですかね、その犯行現場というのは？」

神谷警部補が素朴に質問した。

「それが問題ですね」

浅見は少し困った顔を見せた。

「ここから先は相当に差し障りのある話になりますから、あくまでも仮説として聞いていただかないと困ります」

「分かってますすよ。しかし、こんなところにこのあいだみたいに、あの作家先生が飛び込んできたら具合が悪いですな」

「あっ、だめですよ神谷さん、噂をすればなんとかっていうじゃないですか。それでなくても、あの『軽井沢のセンセ』は妙に勘がいいというか、勘だけで生きているみたいなところのある人なんですから」

言ってるそばからドアがノックされたのには、全員がギョッとなった。案の定、返事を待たずに顔を覗《のぞ》かせたのは内田だった。

「やあ、お歴々、お揃いですね」

言うことが芝居がかっている。何年か前にあった文士劇でウケて（と当人は信じている）以来、立ち居振る舞いに、おかしなアクセントをつけると評判だ。

「聞くところによると、捜査は佳境に入ったようじゃありませんか。スイートの連中が事情聴取で総なめにされたとか言って、ぼやいていました。にもかかわらず、僕のところには何も聞きにこないのは不公平ですなあ」

「それは失礼しました」

岡部警視が真面目《まじめ》くさって応対した。

「そうしますと、内田さんにも何か、事情聴取されるような後ろ暗いところがあるのでしょうか？」

「は？　いや、そんなものはありませんよ。それはともかくとして、どうなんです？　犯人の目処《めど》はついたのですか？」

「いや、残念ながら、いまだに犯人の目処どころか、犯行現場や殺害の状況さえ明らかになっておりません」

目下のところ、それは事実だから、岡部以下の捜査官は内田のような下手な演技を必要とせずに、いずれも沈痛な顔をしている。

「そうですか、いや、そうでしょう。そう思って僕の考えを披瀝《ひれき》しにやってきたのです。ズバリ、犯人が誰かをお教えしようと思いましてね。もっとも、これは僕一流の勘ですから、その裏付けは専門家である皆さんにやっていただかなきゃなりませんがね」

「ほう、犯人が分かったのですか。さすがミステリー作家ですねえ」

岡部は感心しているが、浅見は内田から見えないように、「うそうそ」と胸の前で人指し指を振って合図を送った。

「で、犯人はズバリ、何者ですか？」

神谷が訊《き》いた。

「あくまでもここだけの話ですがね、間違いなく和田氏が犯人でしょう。９０５号室の和田隆正氏です」

内田は声をひそめて言った。

「理由は何でしょう？」

「理由は、まずあの顔ですね。人相学的に言ってもあの陰気そのもののような造作は、陰湿な計画犯罪にうってつけです。あの年齢でおでこに三本の皺《しわ》があるのは、タコの八ちゃん以外はすべて胡散臭《うさんくさ》い」

「ちょっと、お話し中ですが、何ですか、そのタコの八ちゃんというのは？」

坂口が訊くのを、神谷が「そういうマンガがあったの。きみが生まれる前の大昔に」と、小声で制した。

「そもそも、あの高額なスイート・ルームに単身で乗っていること自体、おかしいと思いませんか。奥さんも息子さんもいるのに、同行しなかったのはなぜか」

「なぜでしょう？」

「それは、９０５号室が犯行現場でなければならなかったことと、そして、いったんクローゼットに死体を隠す必要があったためです。家族といえども、殺人を見られるのは具合が悪いですからね。そして、香港を出港した夜、夜半過ぎか翌未明の、クルーが寝静まったときに、例の冷蔵ケースに移動したのです」

「どうやってですか？」

「もちろんおんぶしてでしょうね。村田氏は小柄だし、和田氏はああいう一見、貧弱そうな体つきのくせに、力はあるのです」

「ほんとですか？」

「ほんとですよ……たぶん」

和田が力を発揮している現場を見たわけではないので、さすがの内田もその点は自信がないらしい。

「その辺りのカラクリについては、さすがの僕もまだ解明しきってはいません。常識的にいえば、もう一人、共犯者がいたということでしょう。うんそうだ、そうすれば問題は解決する。しかもその人物は薬物の知識に長《た》けた人間です。たとえばそれは、医学博士の資格を持つ神田氏かもしれない。いや、もちろんこれはあくまでも、たとえばの話ですがね。その人物が調合した睡眠薬で村田氏を眠らせ、クローゼットに隠しておいて、和田氏は香港に上陸する。彼のキーを預かった共犯者が、和田氏の留守中に部屋に入って、村田氏に致死量の薬物を投与する。その時刻が死亡推定時刻というわけです」

「殺害の動機は何だったのでしょうか？」

「動機はもちろん金です。お気づきではないかもしれないが、和田氏は香港出港後、とつぜんカジノでの乱費が目立つようになった。下手くそなくせにブラック・ジャックに挑戦して、いいカモにされっぱなしですがね」

「ちょっと待ってくださいよ」と、今度は神谷が手を上げた。

「和田氏はAスイートに乗っているんですから、世界一周に少なくとも一千万円以上は必要なはずですよね。しかし、村田氏が現金でそんな大金を所持していたとは思えないのですが」

「もちろん、そんな大金を村田氏から奪ったわけじゃないですよ。もちろん何十万円か、そのくらいの現金は村田氏も所持していたでしょうが、和田氏が犯行に及んだのは、そんなはした金が目的ではなかった。しからばそれは何であったのか——じつは、この点こそが本事件の最大の謎の部分なのです」

内田は得意そうにそっくり返った。

「皆さんはアガサ・クリスティの『オリエント急行殺人事件』という、ミステリーの名作をご存じでしょうか？」

その話題はこれまでに何度も出ていたから、四人の「捜査官」はたがいに顔を見合わせた。その中から岡部が代表して、「まあ、その程度の知識はありますが」と言った。

「それならば話は早い。『オリエント急行殺人事件』では、乗員乗客合わせて……えーと何人だったかな……まあ、とにかく十何人だかの人間が共謀して、過去の恨みつらみを晴らす殺人を行うのですが、まさに本事件での村田氏が、その物語の被害者とそっくりのキャラクターですね。それは皆さんのほうがよくご承知かと思いますが、村田氏の悪行の数々によって被害を受けた人々は少なくないそうではありませんか。その村田氏に対する憎悪と怨嗟《えんさ》はたいへんなものだったはずです。だが、法律は彼を罰しえない。それならば自分たちの手で天誅《てんちゅう》を与えよう——という、じつに多くの人々の怒りと殺意が、今回の事件の背景にはあったのです」

「なるほど、つまり和田氏は、その人々になり代わって村田氏殺害を実行したというわけですね」

「そのとおり、さすが警視庁きっての名探偵・岡部警視ですねえ」

大げさに感心してみせたが、べつに名探偵でなくても、その程度のことは分かる。

「要するに和田氏はテレビの『必殺仕事人』の役割を務めたというわけです。依頼者が何人いたのかは定かではないけれど、一人頭それぞれ何百万円かを拠出して、和田氏に村田氏殺害を依頼した。おそらく高額の乗船料も、その人々から支払われたものでしょう。

そうそう、ついでにその依頼人についても触れておかなければなりませんかね。まあ、僕の立場としては誰々と個人名をあげつらうわけにいきませんけどね、常識的にいえば、主としてスイート・ルームに乗船している人々でしょう。彼らのほとんどはもちろん素人さんです。しかも若くない。自ら殺人を実行するほどの勇気も腕力もありません。だが金力は有り余るほどあるのです。かくして契約は成立し、殺人は実行に移された。——これが本事件の真相にほかなりません」

最後に内田は両手でテーブルを叩《たた》いて、どうやら話は終わったようだ。

「なるほど、素晴らしいですねえ。見事な名推理です」

岡部が称賛して、拍手を送った。つられて仕方なく、浅見も二人の部下も手を叩いた。

内田は「まあまあ、そんなに手放しで褒められるほどのことは……」と照れた顔に得意そうな笑みを浮かべた。

「だけど先生、このあいだは確か、神田さんの覗《のぞ》き魔事件は狂言で、警備の注意を9Fに集中させるのが狙いだって言いませんでしたか？　和田さんのキャビンは9Fなんですが」

浅見が言うと、内田は困った顔になった。

「え？　ああ、そうか……」

ちょうどそのとき、「メイン・ダイニングルーム『フォーシーズン』での、一回目のお夕食のお支度が整いました」とアナウンスがあった。

「あっ、行かなくちゃ」と、内田は救われたように立ち上がった。

「今夜はエビ料理らしいですよ。えーと、皆さんは二回目のほうでしたか。それじゃ僕はカミさんが待っているので、これで失礼しますよ」

いそいそと両手をこすりながら、慌ただしく部屋を出て行った。人の死よりも食い物のほうが大切だという主義の男である。

2　作り話は事実より面白い

内田が去ったあと、しばらくは誰も声を発しなかった。物を言うのも億劫《おっくう》なほどの疲労感が、部屋中に漂っていた。

「驚きましたなあ……」

神谷警部補がようやく口を開いた。

「あの先生もなかなかの名推理をするじゃないですか。浅見さんが言っていたようなことを、ほとんど言い当てましたね」

「えっ？　それは違いますよ」

浅見は思わず大声で抗議した。あんなセンセの、いい加減な「迷推理」と一緒にされては、たまったものじゃない。

「しかし、大勢の人間の恨みが殺意に結びついたというのは、浅見さんやわれわれの考えとまったく同じじゃなかったですか」

「ええ、その点はそうですが、それくらいのことは誰でも思いつくでしょう。当の和田氏も同じようなことを言ってましたよ。そこから先の部分が問題なのです。いきなり和田氏を犯人――それも『必殺仕事人』だなんていう結論を引き出すのは、いくらなんでも無茶苦茶ですね」

「そうでしょうかねえ。一応、筋は通っているように思いましたが。いや、タコの八ちゃんと似ているからといって和田氏に素質があるという、その説だけは疑問ですけどね。しかし犯人は誰であれ、そういう複数の依頼人がいて、殺人の実行者がいたという推理は、なかなか鋭かったじゃないですか。共犯者のこともなるほどと思いましたよ。それに、和田氏が単独で乗船している理由や、彼の乗船料の出所についても、ちゃんと説明がついていましたし」

「困りますねえ、神谷さんまでが、あんな思いつきみたいな推理を支持するとは」

「それじゃ浅見さんは、内田さんの推理はぜんぜんでたらめだって言うんですか?」

「そうです、でたらめですね。ただし、複数の人間の殺意が働いていたという点だけは当たっていますが」

「具体的にいうと、どの点がでたらめだと思うんですか?」

「この事件は完全犯罪でなければならないのですが、あのセンセの説では、到底実行不可能な部分が多過ぎるのです」

「たとえば?」

「第一に、村田氏をどうやって和田氏の部屋におびき入れるかが難しい。かりに僕がさっき説明したように、和田氏が村田氏を起こして誘い出したとしても、9Fの905号室に入るまでに誰かに目撃される危険性があります。9Fでは、覗き魔の件で警備を強化していましたし、日の出の写真を撮りまくっているセンセが、早朝からうろついていましたからね。

第二に、村田氏をクローゼットに隠したというのですが、村田氏の死亡推定時刻は午後三時から五時頃までのあいだです。その間、睡眠薬で眠らせておいたとしても、呼吸はしていますし、鼾《いびき》や、ひょっとするとうめき声を上げたかもしれない。ベッド・メーキングで部屋に入ったキャビン・スチュワーデスが、たとえクローゼットを覗くようなことはしなかったとしても、その声を聞きつけて発見する危険性は大いにあります。

第三に、死体を深夜、和田氏と共犯者が運んだというのですが、具体的にどういう方法だったのか、背負って運んだと言ってましたが、あの長い廊下を誰にも見られずにそんなことができる可能性はきわめて少ないでしょう。もしかりにできたとしても、それは偶然による結果であって、完全犯罪をもくろむ上で、そういう偶然を計算に入れるのは、それこそ下手なミステリー小説の世界の話です」

「うーん、なるほど、そう言われると、確かにそうかもしれませんねえ……いや、浅見さんの言うとおりですよ」

神谷はなんとなく、ほっとしたような口ぶりであった。内田みたいな素人の推理作家に先を越されたのでは、警視庁捜査一課の沽券《こけん》にかかわる。

「さて、そうなりますと、あらためて浅見さんの推理を聞きたくなりますね」

岡部が楽しそうに言った。彼のそういう余裕たっぷりの様子を見ると、ことによるとこの人は何もかも分かって、こっちの話を楽しんでいるのじゃないか——と浅見は不安な気分になるのである。

「どこまで話しましたっけ？」

軽井沢のセンセの毒気に当てられて、すっかり話の筋が見えなくなってしまった。

「えーと、確か村田氏が殺害された場所はどこか――というところまでじゃなかったですかね」

神谷が憶《おぼ》えていた。

「あ、そうでしたね。そう、問題はその場所なのですが、その前に、ちょうどあのセンセが触れてくれたので確認しておきます。村田氏の死亡推定時刻は午後三時から五時頃にかけてとして、それまでのあいだ、彼は睡眠薬で眠らされていたことは、ほぼ間違いないものと考えます。それについて、その場所は、かりに誰かに鼾を聞かれたりすることがあったとしても、べつに奇異に思われることはないし、それによって完全犯罪が崩壊するというおそれのない場所でなければなりません」

「うーん……まさにそのとおりですが、そんな場所は存在しますかねえ？　絶対に見つからない場所ならともかく、見つかっても構わないっていうんでしょう？」

「ええ、そうなんです」

「どこですか？　ヒントをくれませんか。そこはわれわれもよく知っている場所なのでしょうね？」

坂口がクイズに挑戦するテレビ出演者のような、好奇心いっぱいの目で訊《き》いた。

「そうですね、ヒントは……そこは、村田氏と僕のいる402号室から比較的近く、移動するところを誰かに目撃されるおそれがほとんどない場所でもあります」

神谷と坂口は「飛鳥」の各デッキの図面を広げて、402号室周辺を調べたが、どうにも思いつかない。ついに諦《あきら》めて、岡部警視に救いを求める視線を向けた。

「それはたぶん」と岡部は笑顔で言った。

「診療室じゃないのかな」

「えっ……」

二人の部下は驚いたが、浅見も内心、ギクリとなった。

「驚きました、そのとおりです」

「じゃあ、浅見さんが言ってるのも、診療室だったのですか?」

坂口が呆《あき》れ顔で言った。

「ええ、そうですよ」

「ふーん、警視はどうして分かったんですかね?」

「浅見さんの話を聞いていて、分かったよ。診療室なら、6Fの最前部——つまり、402号室からだとエレベーターを使うこともなく、階段を2ステップ上がれば行けるし、キャビンのある廊下とは逆の方向へ行くわけだから、誰かに会う危険性はほとんどないでしょう」

「ですが、診療室にはお医者さんも看護婦さんもいるし、患者さんだってやって来るでしょう。睡眠薬で眠らされていたとしても、それこそ鼾やうなり声を聞かれてしまうじゃないですか」

「診療室のベッドの上に寝かされていれば、たとえうなり声を上げても、誰も不思議に思わないのじゃないかな。ねえ、そういうことでしょう、浅見さん」

「そのとおりです。じつは僕がそのことを思いついたのは、内田さんの奥さんが酔い止めの注射を打ちに診療室へ行ったとき、奥のほうの暗い病室を覗いたら、ベッドに寝たきりの患者さんがいた——という話を聞いたからなのです」

「うーん、なるほどねえ。じゃあ、それが村田だったのか……」

坂口と神谷は唸《うな》りながら、それでもまだ完全に納得できたわけではなかった。

「だけど浅見さん、診療室にはお医者さんと看護婦さんがいて……あっ……」

坂口はようやく思いついた。

「そうか、医者と看護婦が共犯者ということですか」

それには浅見は、苦笑するだけで、何とも答えようがなかった。

「そうなんでしょう？　いや、そうとしか考えられないじゃないですか」

坂口はいきなり立った。

「坂口さんの想像したとおりだと思います」

「しかし、医師も看護婦も二人ずついて、交代するわけでしょう。その四人全員が犯行に加担していたというのですか？」

「いや、それはおそらく違うでしょうね。それだからこそ、犯人は村田氏をすぐに殺害しないで、睡眠薬で眠らせておいたのだと思いますよ。無関係の医師や看護婦が、ベッドに横たわっている患者が呼吸していないことに気がつけば、これは大騒ぎになりますからね。そうして、もっとも都合のいい時間に殺害し、死体を移動させたのでしょう。その時刻は、乗員、乗客のほとんどが香港に上陸して、『飛鳥』が閑散とした午後四時前後……」

「なるほど……」

「それからもう一つ、村田氏が上陸したかのごとく見せかけた、乗船証の下船記録。あれをコンピュータに残した人物は誰で、どういう方法を取ったのか——という謎ですが、下船記録の時刻は午後二時二十三分、ちょうどその直前に、神田夫人が『覗き魔』を発見して悲鳴を上げています。ギャングウェイの警備係もフロント係も周辺の乗客も、全員の視線と関心が6Fの方角へ注がれてしまいました。そしてその直後、神田氏が夫人のもとに駆けつけた。彼が村田氏の乗船証をコンピュータの読み取り装置にかざすには、十分すぎる余裕があったにちがいありません」

「素晴らしい!……」

坂口だけでなく、神谷も、それに岡部までもが称賛の声を発した。

「すごいですねえ、いつの間にそんなことを調べ上げていたのですか」

岡部に手放しで褒められて、浅見は大いに照れた。

「そこまで分かっているのなら、それ以降のことを浅見さんから解説してもらわなければなりませんね。つまり、村田氏の死体をどうやって船尾側にある冷蔵ケースまで運んだのか——その方法も推理ずみなんでしょう？」

「ええ、一応は。もっとも、これはごく簡単なありふれた方法です。ほら、ベッド・メーキングのときに、キャビン・スチュワードやスチュワーデスがシーツやタオルなどの洗濯物を、大きな袋の手押し車——『リネンカー』というのだそうですが、あれで運んでいるでしょう。あの袋の中に死体を入れて運んだのではないかと思っています」

「なるほど……しかし、医者や看護婦がそんなことをしていれば、いやでも日について、怪しまれはしませんか」

「もちろん、お医者さんや看護婦さんはそんなことはしません。ふつうのフィリピノ人クルーの清掃係が運んだのです」

「えっ、それじゃ、そのクルーも共犯者なんですか？」

坂口がほとんど悲鳴に近い声を上げた。他の三人がドアの外を気にしたほどだ。

「つまり浅見さんは、犯人グループが彼らを雇って、共犯者に仕立て上げた——と考えているのですか？」

「いや、雇ったとは思いません。フィリピン人クルーが犯行グループの中にいるのはなぜかは分かりませんが、しかし村田の過去の悪行を考えれば、彼らや彼らの身内に村田の毒《どく》牙《が》の餌食になった人がいたとしても、不思議はないでしょう。彼らは復讐者《ふくしゅうしゃ》の群れに自ら参加したにすぎないのかもしれませんよ」

「なるほど……」

岡部が二人の部下の拒否反応を抑えるように、静かに頷《うなず》いた。

「そうなると、最後に残された謎は、犯人グループが村田の死体を処分しなかった理由ですね。犯行当日の夜、すぐに処分すれば、死体の発見には結びつかなかったはずなのに、なぜそうしなかったのか……」

「その理由は海賊です」

「海賊？……」

「ええ。『飛鳥』が横浜を出港して間もなく、南シナ海に海賊が跳梁《ちようりよう》するという情報が飛び込んできました。そのために、『飛鳥』は香港出港後の三日間、船内の警備態勢を強化したのです。そのことは犯人グループもさすがに予測できなかったのでしょう。シンガポール付近の安全水域に到達するまで、死体を処理するチャンスがなかった。そこで仕方なく、死体処理を延期したのです」

浅見は思いきって断定的に言った。警視庁の三人は岡部も含めて、反論もなく、賛意を示すでもなく、しばらく沈黙を守った。

気がつくと、「飛鳥」はいつの間に抜錨《ばつびよう》したのか、機関の音が高まって、暮れなずむモルジブの島々が窓の向こうを通りすぎてゆく。

「ムンバイまで、残された時間はあと二日間と少しですか」

岡部が憂鬱《ゆううつ》そうに呟《つぶや》いた。

「そうですなあ、二日間でどうやっていまの仮説を証明するか……いやあ、これは相当な難題ですね」

神谷も元気がない。

「証明する必要がありますかね」

浅見が言った。

「は？　それはどういう意味ですか？」

「僕みたいな無責任な人間が、勝手に思い描いた空想です。一つの仮説としては面白いかもしれませんが、真面目《まじめ》に取り組むほどの価値があるかどうか……」

「それはもちろん、価値はあるでしょう。いや、単なる仮説というより、かなり事実に近い推理だと私は思いますよ。ねえ警視、そうではありませんか？」

「そうですね、私も浅見さんの仮説が事実に近いことは認めます。ただし二日間で立証するのは不可能でしょうね」

「じゃあ、本庁に連絡して、延長してもらうか、場合によっては応援を要請したらどうでしょうか」

「延長してどこまで行きますか？　残りがおよそ八十日間の世界一周に付き合いますか。たとえそうしてみたところで、真相が解明され、証拠が十分に特定できる可能性はきわめて低い。関係者全員が素直に自供してくれるはずもないのですからね。それに何よりも、この事件は浅見さんの言うとおり、仮説としての面白さはあるけれど、犯罪を立証して裁かなければならないほどの価値があるかどうか、私は疑問です」

「えっ、それじゃ警視は、本事件に対して目を瞑《つぶ》ってしまえとおっしゃるのですか。日頃、捜査の厳正を主張される警視のお言葉とも思えませんねえ。そんなことでは正義は行えないのではありませんか」

神谷警部補は、珍しく非難する目を上司に向けた。

「そうでしょうか。むしろ正義はすでに行われたと私は思っているのですが」

「は？　どういう意味ですか？」

「われわれが成しえなかった正義を、どこかの誰かが、われわれに代わって断行してくれたとは考えられませんか」

「ということは、つまり警視は、裁かれるべきは村田氏のほうだったとおっしゃりたいわけですね。それは確かにそのとおりですが……しかし法の精神はどうなってしまうのですか。われわれ警察官は、常に法に忠実でなければならないと信じていますが」

「そうですね、神谷さんの言うことは正しい。警察官として、私はたぶん堕落しているのでしょう」

岡部は端整な顔を悲しそうに歪《ゆが》めた。

「警視にそんなふうにおっしゃられると、私は困ってしまいますよ」

神谷も頭を抱えた。

「自分は岡部警視に賛成します」

　坂口が言った。

「確かに、杓子定規《しゃくしじょうぎ》に考えれば、法に従って行動しなければならないのでしょうけど、しかし、一人の人間として考えると、私もこの事件を裁く気にはなれません。逆に、裁かれるべきは、警視がおっしゃったように村田氏のほうだし、その村田氏を裁けなかった法の側ではないかと思います」

「そうは言ってもね坂口君よ、これを黙過することは、リンチを認めるのと同じことになりはしないか」

「あ、そうか……そうですよねえ、そういうことも考えなきゃならないですか」

　三人の捜査官は完全に考えあぐねた様子で、黙りこくってしまった。

　赤い夕日に染まっていた窓のカーテンが、しだいに黄昏色《たそがれいろ》に褪《あ》せてゆく。「飛鳥」はモルジブの環礁地帯から外洋に出たのか、ゆったりとしたうねりを感じるようになった。

「浅見さんはどう考えますか？」

　長い沈黙のあと、岡部が静かに訊《き》いた。二人の部下も、浅見の口許《くちもと》に注目した。その状態で凝固してしまったように、全員の動きが止まった。機関の単調な鼓動と、ゆるやかなピッチングに身を委《ゆだ》ねて、濃密で重苦しい時間が経過した。

「ははは……」

　とつぜん、浅見は笑いだした。

「困った、困りました。皆さんがそんなふうに真面目に、深刻に聞いてくれるとは思いませんでした」

「は？　どういうことですか？」

神谷が嚙《か》みつきそうな顔で訊いた。ことと次第によっては、刑事局長の弟といえどもただではおかない——という顔だ。

「僕が話したことも、さっきの軽井沢のセンセの説と五十歩百歩、まことしやかなでっち上げのストーリーですよ。お医者さんも看護婦さんも、それにフィリピン人クルーや、ことによると倉庫係に至るまでが殺害に関わった共同正犯で、スイートの乗客の大半が殺人教唆犯であるなんて、そんな馬鹿なことが現実にあるはずがないじゃありませんか。それじゃまるっきり、『飛鳥』そのものが丸ごと犯罪を抱えて航行しているようなものです。そんな話を、まさか皆さんが本気で信じてしまうなんて、考えもしませんでした」

「えっ、それじゃ浅見さん、あなたはわれわれをからかって、そういう作り話をしていたってことですか？」

坂口が気色ばんだ。

「いや、からかうなんて、初めはそんなつもりはなく、軽井沢のセンセの馬鹿話を批判するために、僕の推理みたいなことを話していたのですが、話しているうちに、皆さんがだんだん深刻になってゆくものだから、途中でやめるわけにいかなくなって……それどころか、ますます深みにはまって、話のスケールがどんどん大きくなっちゃったのです。本当にすみませんでした」

浅見はテーブルに両手をついて、深々と頭を下げた。

「ひどいなあ……」

神谷が憤懣《ふんまん》やるかたない――という顔で天井を仰いだ。

「浅見さんは面白半分かもしれないが、こっちは真剣に聞いて、真剣に考えましたよ。いや、聞けば聞くほど信憑性《しんぴょうせい》があるし、本当にそういう事件だったのかもしれないと思い込んでしまったくらいです。それをあっさり、まるっきりの作り話だなんて……こりゃひどい、ひどすぎますよ」

何を言われても、浅見はただただひれ伏すばかりであった。

「まあまあ、そんなに浅見さんを責めるのはやめなさい」

岡部が苦笑しながら言った。

「元はといえば、われわれ捜査官の能力のなさからきていることです。内田さんの珍説はともかくとして、浅見さんの説は傾聴に値すると思ったのは、われわれの側がそれを上回るほどの仮説を樹《た》てられなかったためではないですか。それを棚に上げて浅見さんに八つ当たりするのはお門違い、それこそ恥の上塗りというものです」

「それはまあ、警視の言われるとおりですが、しかし、正直言ってがっくりきました。まったく、年寄りをからかわないでもらいたいもんですな」

神谷の老人の繰り言みたいな愚痴に、坂口もようやく機嫌を直したように笑った。

「これでまた振出しに戻る――ですか。いったい真相はどうなんですかねえ」

「また一から捜査をやり直すなんてことは、時間的にも体力的にもできっこないよなあ。あとは若い坂口君に任せて、警視と私は豪華客船のクルージングを楽しませてもらうというのはどうですかね、警視」

「ははは、まさかそんなわけにもいかないでしょうけどね。私はこれから、迷宮入りの調査報告書を書かなければならない」

「そうですか、迷宮入りですか……岡部警視の辞書にも、迷宮入りなんて言葉があったんですかねえ」

岡部は浅見とチラッと視線を交わして、ひしゃげたような苦笑を浮かべた。浅見もかすかに笑って、何となく頭を下げた。

船内アナウンスが二回目のディナーの準備が整ったことを知らせた。坂口がすぐに反応して、「さあ、エビ料理だエビ料理だ」と立ち上がった。

3 幻覚のような風景

神谷と坂口が「コンパス・ルーム」を出て行ったあと、二人きりになるのを待っていたように、岡部警視は珍しく煙草を出して浅見にも勧めた。手つきがどことなく、被疑者に煙草を勧める刑事を連想させて、浅見は不吉な予感を抱いた。

「いい推理を聞かせていただいた」

岡部は旨《うま》そうに紫煙を吐き出しながら言った。

「ほんとですか？　僕のも軽井沢のセンセと五十歩百歩、いいかげんな作文でしかありませんが」

「ははは、私の前ではとぼけないでも結構ですよ」

岡部は笑って、浅見の顔に皮肉な視線を向けた。

「内田さんのはただの戯言《たわごと》にすぎませんが、あなたのは立派な推理です。なるほどと感心しました。とくに診療室を第一犯行現場だと特定したのは、私などには盲点でした」

「しかしそれだと、さっきの話のように、医師と看護婦はもちろん、清掃係から倉庫係までを共犯者に設定しなければならないことになりますが」

「それはそのとおりですね。たぶんそういうことだったのでしょう」

「大胆すぎる仮説です」

「しかし説得力はある」

「証明は難しいですが」

「証明する必要はありませんよ。本事件は迷宮入りしたのです。そのことはさっき言ったじゃないですか」

「驚きましたねえ。岡部さん、あれは本気で言ってたんですか？」

「本気というより事実を言っただけです。私には本事件を立件できる能力はありません。ムンバイまでという時間的な制約もあるにはありますが、たとえ世界一周に付き合ったとしても、おそらく事実関係を証明することは不可能でしょう。だとしたら、これは『飛鳥』という別世界で起きた夢のような出来事だと思ったほうが、妥当な解決方法です」

「信じられませんね」

浅見はまじまじと、捜査一課警視の顔を見つめてしまった。警視庁管内の刑事なら知らない者はないという「名探偵」である。その岡部が捜査権を放棄してしまうなどとは、予想もしていなかった。

「それじゃ、村田満は死に損ですね」

「それは違うと思います。少なくとも彼の死は多くの人々に祝福をもって迎えられた。そのことによって、彼は天国行きの切符を手に入れたかもしれませんよ」

「なるほど、そういう解釈をしますか。岡部さんはクリスチャンですか」

「いや、うちはたぶん禅宗のはずです。もっとも、私は信心のほうはさっぱりですが」

しばらく沈黙の時間が流れた。

「さて、われわれもエビ料理を食べに行くとしますか」

岡部が立ち上がった。その背中に向けて、浅見は「これでよかったんですかね？」と声を投げかけた。

「いいはずがないでしょう」

岡部は自分への怒りをぶつけるように、少し邪険にドアを開けた。

その夜、八田野キャプテンは急遽《きゅうきょ》、航路を変更してインド洋をコモリン岬へ向かうことを決め、クルーに伝達した。モルジブから真っ直ぐムンバイへ向かうのとでは距離にして百三十マイル違う。

二等航海士の福田からその伝言を聞いた勝俣機関長は「ヨーソロ」と海軍式の応答をした。

「だいぶ遠回りになりますが」

口うるさい勝俣のことだから、何か厭味《いやみ》の一つも言われるだろう——と覚悟してきた福田は、物足りなさそうに言った。

「ん？　ああ、まあな」

勝俣は苦笑した。百三十マイルに要する重油の量は、もちろん航行計画にはなかったものだ。あとで会社に戻ったとき、文句を言われるにちがいない。

「しかし、キャプテンがそうしたいっていうのは、何かご機嫌なことがあったからじゃないのか」

「はあ、そう言われれば確かに機嫌がよさそうでした」

「そうだろう、そういうものなのだ」

それでもまだ不得要領な顔をしている福田を、勝俣は「早く行って、了解したと伝えろ」と追い返した。

針路変更のニュースは朝の「定時放送」で八田野キャプテンが発表して、さらに付け加えた。

「インド大陸に接近するのを記念して、今日のランチは8Fリド・カフェでインドカレー・ビュッフェをお楽しみいただきます」

その宣伝が効いて、かなり早くから大勢の客がリド・カフェに出ている。

インド大陸の最南端、世界地図で見るとインド洋に突き出した三角形の大陸の頂点がコモリン岬である。この付近は東西の異文化や宗教がぶつかり合ったところで、岬の突端の岩の上には寺院が、その左には白い教会が見える。どれも巨大で、この岬の沖を通る船たちに、それぞれの宗教の威勢をアピールしているようだ。

八田野はコモリン岬沖で「飛鳥」を二度、転回させて乗客にサービスした。商船大学の卒業実習でインド洋を航行して、初めてここの風景を見たときの感動を、乗客にもぜひ味わってもらいたい気持ちもあった。

浅見はリド・デッキの喧騒《けんそう》を避けて、スカイ・デッキの先端に佇《たたず》んだ。香港やシンガポールではそれほどではなかったが、ここの風景を眺めると、（遥《はる》けくもきつるものかな——）という感慨に襲われる。

気がつくと、岡部以下の警視庁勢もスカイ・デッキに出てきていた。平均年齢が六十七歳、高齢者ばかりといっていい客の中では、ここの四人は完全に浮き上がった異端に見える。岡部を除けば、あまり金回りがよさそうにも見えない。

事件に曲がりなりにもひと区切りがついたせいか、昨日は不機嫌だった神谷警部補も、すっかり観光気分に浸って、「船旅もいいもんですなあ」などと、呑気《のんき》なことを言っている。

「昔、死んだ父親がよく歌っていた軍歌に、潜水艦乗りの歌がありましてね。その中にインド洋が出てくるのです。ウロ憶《おぼ》えだが、確かこういうのだったな――轟沈《ごうちん》轟沈、凱歌《がいか》があがりゃ、積もる苦労も苦労にゃならぬ、嬉《うれ》し涙に潜望鏡も、曇る夕日の曇る夕日のインド洋――聞いてるときは何も感じなかったけど、こうして現場に立ってみると、こんな遠くまで来て、殺したり殺されたりしていたのかって、実感できますなあ」

神谷が言うと、何となく殺人現場に立ったように聞こえる。

「ほんとですね、それに較べると、村田が殺された事件なんか、どうでもいいちっぽけな出来事に見えてしまいますね」

坂口が思いつめた表情で言った。

「えっ？　おいおい、それとこれとは別だろう」

神谷は慌てて後輩を諫《いさ》めたが、岡部は聞こえなかったような顔をして、遠くを眺めている。視線の先にはコモリン岬の現実離れした夢のような風景がある。

（あれは本当に、「飛鳥」で見た幻覚だったのかもしれない――）と、浅見までがそんな気がしてきた。

ただし、たとえ村田の事件はそれでいいとしても、浅見の胸にはそれとは別に、ずっと引っ掛かっていることがある。

——貴賓室の怪人に気をつけろ——

その警告に関しては何ひとつ解明されていない。依頼人が何者かを岡部が、なぜ隠すのかも謎である。何かの事件の前触れのようには思えるが、とにかく、この先何が起こるにしても、殺人事件だけは願い下げにしたいものだ。

4 インド洋上に桜満開

レセプション・ホールに小ぶりだが、一本の桜の木が飾られた。ほぼ七分咲きといったところだろうか。日本から運んできたもので、開花日を調整するために蕾《つぼみ》の状態のまま、日本の気候に合わせて低温保存していたのだそうだ。周囲を乗客たちが囲んで、記念写真を撮っている。

浅見は吹き抜けの6Fの手すりに身を乗り出すようにして、その様子をカメラに収めた。隣に堀田久代がいて、桜の「故事来歴」を説明した。

「シンガポールで常温の場所に出したら急に開花が進んで、いまがちょうど見頃です」

「さすが『飛鳥』ですね、なかなかやるもんですねえ」

浅見が感心すると、声をひそめて「じつはこの桜、お客様の松原さんからのプレゼントなんです」と言った。

「えっ、あの912号室のですか?」

「ええ、満開に咲かせる時期も、松原さんの指定で、今日にしました」

「ふーん、そうなんですか……というと、松原ご夫妻にとって、今日が何かの記念日なんですかね」

「さあ……」

そこまでは聞いていないらしい。（村田満の死を祝ってのことか——）と、一瞬、浅見は脳裏に黒い疑惑が浮かんだ。

「けさ、キャプテンから聞いたんですけど、警視庁の方々はムンバイで下船なさるのだそうですね」

「そうです。この先、いつまでも乗り続けるわけにはいかないみたいですよ」

「じゃあ、村田さんの事件は解決したのでしょうか？」

「うーん……なかなか難しい質問ですね。解決したようなしないような」

「でも、犯人が誰なのか、分からないのでしょう？　だったら解決したことにはならないのではありませんか」

「まあ、それはそうですね」

浅見はあえて異論を唱えることはしなかったが、少なからず悔しい気持ちはあった。

「だとすると、まだ殺人犯が『飛鳥』の中にいて、これから先も一緒にクルージングをしなければならないっていうわけですよね。恐ろしいわァ……それを放り出したまま、帰国しちゃっていいもんなんですかねえ」

「いいわけはないでしょう」

浅見は思わず、昨日の岡部警視と同じような口調になっていた。そう言いながら、その矛盾を後ろめたく感じる。あのときの岡部も同様のジレンマに、腹立たしい思いだったのだろう。堀田久代はびっくりして、怯《おび》えた目を浅見に向けた。それに気づいて、浅見は少し無理して笑顔を作った。

「いいわけはないけれど、彼らとしても、そうする以外に道はなかったのですよ。僕はそれはそれでよかったと思っている。堀田さんだって、乗客かクルーの中から、殺人事件の犯人が検挙されるのを見たいとは思わないでしょう」

「それはそうですけど……そうですねえ、誰が犯人だとしても、あまりいい気持ちはしませんねえ……でも、その犯人の人、また殺人事件を起こしたりしないんですか?」

「犯人の人」という言い方はおかしいが、笑う気分ではない。

「それは大丈夫だと思いますよ。犯人の狙いは村田氏ただ一人。村田氏を抹殺することだけが犯行の目的だったのですから」

「そうなんですか……えっ、そこまで分かっているんですか? 浅見さんも知ってらっしゃるんですか?」

浅見は黙って頷《うなず》いた。

5Fのレセプション・カウンター前に江藤美希が現れて、浅見と久代に気づいて手を振った。こっちはシャッターを切りながらの会話だから、遠目にはこんな深刻な内容だとは思えないにちがいない。

美希は階段を上がってやって来た。

「こらこら、浅見さんを独占するなんて許せないぞ。このあいだの香港みたいに、ムンバイでデートでもする約束をしているんじゃないでしょうね」

目は笑っているが、存外、本気が混じっているのかもしれない。久代は辟易《へきえき》したように手を振って、

「そんなんじゃないですよ。もっと深刻なお話。ねえ、そうですよね」

「そうです。人の生き死にに関する問題について話していました」

浅見は真面目《まじめ》くさって答えた。

「ふーん、そうなんですか。それ、どんな話ですか、聞かせてくださいよ。そういう哲学的なお話、大好き」

「ははは、そんな高尚なものじゃない。要するに村田氏の事件のことですよ」

「なーんだ……って簡単に片づけるような問題じゃないですね。そうか、それで岡部警視さんたちはムンバイで下船なさるってことですか。それじゃ、犯人とかそういうこと、分かったんですね？」

「だいたいは。しかし確定的な証拠は何一つありません。警視庁の三人がムンバイで下船するのは、これ以上の進展が望めないからです。結局、事件は迷宮入りということになるでしょう」

「えっ、そうなんですか？」

「そうなんですって」

堀田久代が引き取るように言った。どことなく、そういう突っ込んだ話題が浅見とのあいだで交わされていたことを、ひけらかしたい得意気な顔だ。

「これ以上、詳しいことは堀田さんに聞いてください」

浅見がそれをフォローするように言ったので、美希はさらに不満をつのらせたかもしれない。急に事務的な笑顔を作った。

「あ、そうそう、肝心なことを忘れてましたわ。浅見さんから警視庁の皆さんにお伝えいただきたいのですけど、今夜のお食事、八田野キャプテンが、浅見さんとあのお三人さんをコンパス・ルームにご招待させていただきたいとのことです。ほかにも何人かご出席のお客様がおいでです。お召し物はインフォーマルで結構です。お時間は午後六時にコンパス・ルームにお越しくださいとのことでした」

「えっ、ほんとですか。それはありがたいですし、岡部さんたちも喜ぶでしょうけど……しかし構わないんですかねえ。われわれみたいなミソッカスが、キャプテンズ・テーブルにご招待されても」

「それはもちろん、ご遠慮なさることはありませんわ。八田野もとても楽しそうに、そう申しておりましたから」

「はあ、楽しそうに、ですか」

浅見は松原の「桜」のプレゼントと思い併せて、妙な気がした。村田の事件が解決したわけでもない。むしろ警視庁組がムンバイで撤収してしまうことに、大いに不満を抱いても不思議はないはずだ。聞くところによると、コモリン岬への針路変更もキャプテンのサービスだそうだし、まるで事件が「迷宮入り」になったことを祝いたい——という意思表示にも思えてくる。

岡部たちにその旨を伝えると、やはり同じような反応だった。

「そんな過剰サービスをされると、なんだか厭味《いやみ》な感じですなあ。ろくな成果も上がらなかったというのに、こんなことされちゃ」

神谷はとてものこと、素直にはなれないようだ。

「だけど、もし本心からの接待だとしたら、せっかくその気になってくれている八田野キャプテンに悪いですよ」

坂口はまだしも邪気がない。

「そうかなあ。ひょっとすると、八田野船長が犯人じゃないのかね。ねえ警視、どう思いますか？」

「キャプテンが関与しなければ、犯罪が成立しないということは、いまのところ考えられませんよ」

岡部は冷静だ。確かに、浅見の立てた筋書きの登場人物に八田野の名前はなかった。なかったけれど、無関係だとはいえない。キャプテンこそが、全体を俯瞰《ふかん》して、いかようにも差配できる立場の最たる人間にちがいないのだから。

浅見は先夜、八田野と大平が9Fデッキで秘密めいた様子でいたことを思い出した。年下であり「飛鳥」側の人間である船長に対して、なぜか大平が卑屈にさえ思えるほどの低姿勢を示していた。八田野と大平の親しい関係からいって、八田野は大平に村田を殺害する動機があることを知っていた可能性はある。あのとき、八田野は大平を詰問して、事件の真相を打ち明けられていたのではないだろうか。もしそうだったとして、八田野はどう処理するつもりだったのだろう。よもや、大平を含む「犯行グループ」を告発する気にはなれなかったにちがいない。「窮鳥懐に入れば」というが、八田野の性格からして、俠気《きょうき》を発揮しないではいられなかっただろう。

そのことによって、彼もまた共犯者の仲間に入ったことになる。そうして、重い責任感と陰湿な人間関係のしがらみと、それに刑事たちの追及の恐怖という「三重苦」に悩みつづけていたはずだ。それだけに、岡部が「迷宮入り」を宣告したことで、どれほどほっとしたか、想像に難くない。キャプテンズ・テーブルへの招待がその表れだとすれば、手放しで喜ぶ気持ちにはなれない。しかし、いまとなってはそれはどうでもよいことのように浅見には思えた。

「まあ、無用な勘繰りはやめにして、気持ちよくご馳走《ちそう》になりましょう」

浅見の結論には、むろん誰も異論はなかった。

5　平穏な航海を願って

コンパス・ルームに細長くテーブルを設営して、上等のテーブル・クロスで覆い、その上によく磨き上げたナイフとフォークが並べられている。「招待」された客の数の多いことに、浅見は驚かされた。さして広くないこともあるが、コンパス・ルームが窮屈なくらいだ。

正面に八田野キャプテンと勝俣機関長が並び、左右の長テーブルには、奥から順に、神田功平・千恵子夫妻、松原京一郎・泰子夫妻、堀内清孝・貴子夫妻、後閑富美子・真知子姉妹、大平正樹・信枝夫妻、後藤大介・瑞依夫妻――そして浅見、岡部、神谷ときて、末席が坂口。正面と向かい合うテーブルには船医《ドクター》の船越脩とそれに看護婦《ナース》の植竹ひで了が身を縮めるようにして座った。

（どういう人選なのだろう？――）

浅見はまず疑問に思った。ほとんどがスイートの乗客のようだが、後藤夫妻はワンランク下のクラスのはずだ。それに第一、ロイヤル・スイート客である内田夫妻と牟田大妻、スイート客でも草薙夫妻や小泉夫妻そのほか、数組の夫妻が参加していないから、そういう趣旨の人選ではなさそうだ。

江藤美希は「インフォーマルで」と言っていたが、浅見たち四人組を除くと、ほとんどの客が正装で臨んでいるらしい。もっとも、フォーマルにしたくても、岡部たち警視庁組にはその用意がない。

最高級のシャンパンが注がれた。浅見はもちろん知識はないが、一本十万円以上はする代物である。それをダースで用意したというのだから驚かされる。八田野は挨拶《あいさつ》の冒頭、このシャンパンが神田夫妻からのプレゼントであることを紹介して、全員が神田夫妻に感謝の拍手を送った。

「乾杯の前に、お集まりの皆様を代表して、浅見さんはじめ警視庁のお三人、岡部さん、神谷さん、坂口さんの皆さんにひと言、御礼を申し上げたいと思います」

八田野が言うと、四人を除く全員が神妙な顔で頷《うなず》いた。

「さて、香港であのような不幸な事故が発生いたしまして、この先のクルーズに暗雲が漂うことになりはしまいかと、たいへん心配したところでございました。シンガポールから警視庁の皆さんがご乗船になって、私どもクルーばかりでなく、お客様皆様全員が容疑の対象になりうるとお聞きしたときは、まことに胸が痛む思いがいたしました。しかしながら、実際の捜査活動はたいへん紳士的でありまして、乗客の皆様にはほとんどご不快を与えることなく、この『飛鳥』のようにスマートに行われたようにお見受けしました。船を預かるキャプテンとしては、何よりも喜ばしいことであります。この場をお借りしまして、心より御礼申し上げます。

亡くなられた村田様も私どもにとっては大切なお客様のお一人であります。百日近い世界一周を終えてご帰国されるまで、無事にお送りすることができなかったのは、まことに遺憾のきわみと申さなければなりません。せめて、事件の真相が明らかになれば、村田様も安らかに天国へ昇られたことでありましょうが、それもこのような悪条件のもとでは困難で、警視庁の皆様もさぞかしご苦労されたことと拝察いたします。

ここで、あらためまして、村田様のご冥福《めいふく》をお祈りするとともに、『飛鳥』クルージングの平穏にご協力いただいた、浅見様を合わせた四人の皆様に感謝の意を込め、併せてご一同様のご健康を祝福いたしまして、乾杯の音頭を取らせていただきます。乾杯！」

聞けば聞くほど、キツネにつままれたような気分になる謝辞であった。厭味とか皮肉ではないだろうけれど、何事もなく捜査員が去ってゆくことに感謝の意を表していることだけは間違いない。とくに最後の「『飛鳥』クルージングの平穏」という部分が耳に残った。

（要するにそういうことなのか――）

あらためて参会者の顔触れを見渡して、浅見は納得できるものがあると思った。

オードブルが運ばれ、希望する者のグラスにはワインが注がれた。それ以降、出てくるすべての料理がいずれも凝ったもので、たぶん外洋を往《ゆ》く「飛鳥」としては最上級のコース・メニューにちがいない。客たちは愚にもつかないようなジョークに笑い、日頃は仲の悪さを噂されるキャプテンと機関長も、気配りよく話の中に加わり、杯を交わし、楽しげに盛り上がっている。

しかし、浅見は胸にいちもつがあるような気分だったから、浮かれてばかりはいられなかった。隣の岡部も同じ思いなのだろう、微笑は湛《たた》えながら、手放しに楽しんでいる様子にはとても見えない。

この二人ほどではないが、ほかの警視庁組の二人も屈託ありげな様子である。宴席を無条件にエンジョイするには相当な抵抗があるらしい。神谷は岡部のほうを気にしながら、ウェーターがシャンパンを勧めるのを断っている。坂口は食ういっぽうで、アルコールにはまったく手をつけないつもりのようだ。

その内に浅見は、自分と捜査員以外にも、いやそれ以上に鬱々《うつうつ》として楽しまない表情の二人に気がついた。船越ドクターとナースの植竹ひで子である。浅見の推理が正しければ、村田の死に直接関わったかどうかはともかく、少なくとも診療室という神聖な場所を提供したという事実は否定できない。本来なら人の生命を守るべき立場の人間としては、たとえどのような理由があろうと、その逆の行為に加わったことに、つらい罪の意識があるにちがいない。

このまま、演出された和やかさのうちに、事件がうやむやになっていってもいいのだろうか——と、浅見はやり切れないものを感じて、その鬱憤《うっぷん》をぶつけるように大平に言った。

「このあいだ、大平さんと八田野キャプテンが何か深刻そうにお話ししているところを目撃したのですが、あれは何を話しておられたのですか？」

「えっ……」

大平は意表を突かれたように浅見を見た。視野の端に、八田野がこっちを見ている視線も感じた。

「えっ、ああ、あれですか……ははは、あれは家内が病弱で、いろいろご迷惑をおかけしているので、お礼を言っていたのです」

「いや」と手を挙げて、八田野が会話に割って入った。

「迷惑だなんて、とんでもありませんよ。大平さんは昔、戦艦『大和』で死んだ私の父親の遺品を届けてくださった恩人だし、それに、かつて、タンカーのキャプテンとして私や勝俣君をご指導いただいた先輩でもあるのです」

「そう」と勝俣も口を挟んだ。

「あの頃は八田野キャプテンは一等航海士、私は一等機関士をやってました。ペルシャ湾にいるとき、ちょうどイラン・イラク戦争が勃発《ぼっぱつ》して、あのときはほんと、ヤバいと思いましたなあ。無事に今日があるのは大平キャプテンのおかげです」

「何を言ってるんだ」

大平は照れたように手を振った。浅見の意図とは違って、なんだか懐旧談に向かいそうな雰囲気であった。

やがて宴が終わりに近づいた頃合いを見計らって、八田野船長と勝俣機関長、それに船越ドクターと植竹看護婦が立ち上がった。四人を代表して、今度は勝俣が挨拶する段取りになっているようだ。

「『飛鳥』の世界一周はまだ五分の一も経過しておりませんが、香港で思いがけないアクシデントが発生しました。聞くところによりますと、事件捜査は未解決のまま、いわゆる迷宮入りとなる見込みが強いとのことであります。本来ならば残念と申し上げるべきかもしれませんが、私は率直に申し上げて、こういう解決で終わって、ほっとしております。警視庁の皆さんは、職務を全うできなかったことに責任を感じておられると思いますが、決してそのようなことはないと申し上げたい。これはキャプテン以下、『飛鳥』クルー全員の総意であるとご理解いただきたいのであります。宴なかばではありますが、そのことを心よりお伝えして、われわれは持ち場に戻りたいと思います。本夕はどうもありがとうございました」

四人は深々と頭を下げ、しばらくそのままの姿勢をつづけてから、船長を先頭にして部屋を去った。参会者の拍手が長いこと彼らの背に浴びせられた。

その余韻が冷めるのを待って、一同の中では最も年長の堀内が立ち上がり、語尾が上がる、のんびりした関西弁のイントネーションで喋《しゃべ》りだした。

「いま機関長が言われたとおりです。事件未解決で『飛鳥』を後にするいうのは、捜査に当たられた皆さんにしてみれば、さぞかし無念やろう思います。けど、私らはほんまよかった思うとります。終わりよければすべてよし、いうやおまへんか。これもひとえに皆さんのおかげやと感謝しておるのです。そういうことですさかい、四人の皆さんに、われわれの感謝の意を込めた、ささやかな贈り物をさせていただきとう思います」

いっせいに拍手が沸く中、ウェーターが四人の前のテーブルに、『飛鳥』の包装紙に包まれた、四角い包みを載せた。

それまでほとんど無口だった岡部が、ふいに立ち上がった。

「お気持ちは嬉《うれ》しいのですが、これは戴《いただ》くわけにはいきません」

「何をおっしゃいますやら」

堀内が笑いかけた。

「そないな固いことを言わんと、ほんまに私らからの感謝の気持ちですよって、受け取っていただかんとどないもなりまへんのや」

「いいえ、これを頂戴《ちょうだい》しては、われわれまでが犯罪に加担したことになります」

「えっ……」

いっぺんで座が白けた。

「せっかくご馳走《ちそう》になりながら、このようなことを申し上げるのは大変心苦しいのですが、本来ならこの席にも加わるべきではなかったのです。われわれは村田さんの身に何が起こったのか、事件の背景についてもおおよその推論には達しております。この宴席に参加された方々の顔触れを拝見して、その推論がほぼ正しかったという自信を得ました。したがって動機についての仮説も、概《おおむ》ね当たっていると考えることができました」

岡部は椅子を前に出して、テーブルから少し離れた。それにつられるように、二人の部下も立ち上がり、岡部を真似た。なんとなく「渇しても盗泉の水を飲まず」みたいで、浅見はそれに追随していいものかどうか迷ったあげく、椅子に座りつづけた。そういう自分が情けなくもあったが、浅見はこれから先も航海をやめるわけにいかない。乗客からオミットされては困るのだ。

6　許されざる人々

岡部は部屋の隅に佇《たたず》んでいる、フィリピン人のウェーター二人に、英語で、しばらくのあいだ席を外していてくれるよう頼んだ。ウェーターは当惑げに顔を見合わせてから、指示どおり、部屋を出て行った。

「ご無礼を承知の上で申し上げますが、ここにお集まりの皆さん全員が、村田氏殺害の動機を持っておいでであることは分かっております」

岡部は臆面《おくめん》もなく、ズバリ切り出した。

「もちろん、その中の何人かの方については、まだデータが取れておりませんので、全員と申し上げたのは多少、語弊があることは否定いたしません。具体的にお名前を挙げますと、後藤さんご夫妻と大平さんご夫妻、ドクターと看護婦さんに犯行の動機に結びつくような背景があるかどうか、分かっておりません。さらに、八田野船長や勝俣機関長については事件に直接関与したという状況は把握しておりません。しかし、見て見ぬふりをする道を選んだことで、われわれ同様、罪の意識を感じておられるはずです。しかし、それ以外の皆さんについては、程度の差こそあれ、どなたも殺意に至るほどの動機をお持ちであることを承知しております」

　シーンと静まり返った中から、ワインで顔を染めた後閑富美子が、年齢に似合わぬされいなメゾ・ソプラノで言った。

「そうですわね、わたくしなど、あからさまに申しておりますもの。あの村田という男、殺してしまいたいって」

「おやめなさいよ」

　対照的な嗄《しやが》れたアルトで、妹の真知子が窘《たしな》め、姉のほうは「いいじゃありませんか、あなただっていつもそう言ってるでしょう」と笑いながら言い争っている。

「まあまあ、そないに堅苦しいことをおっしゃらんと……」

　いかにも苦労人らしい堀内が、当惑げに手を広げ、場を鎮めにかかった。しかしその配慮をぶち壊すように、後藤大介が立って、東北訛《なま》りのある重たげな声で言った。

「いや、岡部警視がそこまでご存じであるなら、むしろはっきりさせていただいたほうがよろしいでしょう」

　堀内は（やれやれ――）とお手上げのポーズをして腰を下ろした。

「じつは、村田のような悪人を野に放ったままにしておいたことについて、私は大いに責任を感じるものなのです。村田は二十年ほど前、私が岩手県の某署で部長刑事をしておった頃、管内で婦女暴行傷害事件を起こしております。当時十二歳の少女に乱暴して傷を負わせたものですが、村田はたまたま通りかかった知的障害のある男性に罪を着せ、一一〇番通報をして、警察が駆けつける前に本人は逃亡してしまった。その事実は半年後に少女の供述によって判明したのですが、その時点ではすでに証拠もなく、立件もできないありさまでした。じつは事件発生直後、逮捕した男性がしきりに村田の存在を訴えていたのを、私は無視したのであります。言葉がはっきり聞き取れなかったこともありますが、一一〇番通報の内容と、現場に駆けつけたときの状況から、私は完全に予断を抱いていました。少女は錯乱状態にあったし、男性はわれわれの訊問《じんもん》に対して逆らうことなく、何でも卑屈に肯定するようなことを言いまして、こっちの誘導訊問にも簡単に乗ってしまう。調書だけが独り歩きするような感じで、男性の罪状が定まったといっていいでしょう。しかし、男性に対しては判断能力は問えないとして起訴猶予ということになり、捜査は終了いたしました。ところが、問題はその後にあります。男性の母親は前途を悲観したのでしょう、息子を道連れに自殺してしまったのであります。

当時村田は関西系暴力団の訪問販売まがいの仲間に入って、全国を流れ歩きながら、使い走りのようなことをやっていたようです。その半年後、事件は近くのホテルに宿泊しておった村田の犯行であることが、少女の証言で明らかになりました。捜査を再開することは不可能でしたが、私はやむにやまれず、自費で神戸へ行き村田を訊問したのであります。しかし頑強に否認されて、それを覆《くつがえ》す根拠も、少女の証言の信憑性《しんぴょうせい》を裏付ける証拠もなく、諦《あきら》めざるをえませんでした。以上が私の村田に対する殺意の動機であります」

後藤が着席すると、夫人は床に落ちていたナプキンを拾って、夫の膝《ひざ》にかけてあげた。

しばらくは誰も声を発せず、気まずいような充実したような空気が流れた。その静寂を破って、大平正樹が口を開いた。

「村田が麻薬を扱っていたのは、ご存じかと思いますが、じつは彼に香港での取引をもちかけたのは、私の知り合いであります。とりあえず『飛鳥』の船賃三百九十万円を投資すると言ったところ、村田はすぐに引っかかってきたと申しておりました」

神戸の船会社の会長はそれだけ言うと、黙った。

「それだけですか」と、松原夫人が促した。

「お嬢さんのこと、おっしゃったらよろしいのに」

「いやいや、なんぼ言うても娘が戻るわけやおまへんのです。な、そやろ？」

隣の夫人に問いかけた。夫人は目頭を押さえて、何度も頷《うなず》いた。

「動機ということで言えば、皆さんの動機に較べて、私のなどはもっとも低劣きわまるものでしょうかな」

松原京一郎が憮然《ぶぜん》とした顔で言った。松原がスキャンダルをネタに村田の餌食となって、結局、会社社長の椅子を棒に振ったことは警視庁のデータにあった。

「それやったら、私とこも同じですがな」

堀内が情けなさそうに言いだすのを、岡部が「承知しております」と制した。

「それじゃ、私のところも、警視庁では分かっているのですか？　私に対する恐喝は、まさに現在進行形だったのですが」

神田功平が言い、岡部は頷いて言った。

「もちろん分かっています。堀内さんに対する恐喝事件も把握しております」

「ふーん、そうですか、さすが警視庁というべきなのでしょうなあ。それなら、われわれの村田に対する憎悪と殺意は、十分にご理解いただけるでしょう。いや、だからといって、われわれが殺人者であるなどとは言っておりませんがね」

「私もそんなことは言うつもりはありません。それを言う時は、あなた方を逮捕しなければなりません。残念ながら現在に至るも、立件可能な証拠は発見できていませんが。それに、村田という人物は、皆さんがおっしゃるとおり、稀《まれ》に見る極悪人というべきで、彼を野放しにしていたのは日本の司法の怠慢だったと、個人的には思っております。しかし、だからといって皆さんの罪が許されるなどとは考えないでいただきたい。村田を罰したのが神であるとするなら、皆さんはその神意に対してぜひとも敬虔《けいけん》であっていただきたいものです。それともう一つ、もしもあなた方の中に、直接手を下していないからといって、ご自分の罪を軽く考えている方がいるとすれば、それは大間違いだということです。カネだけ出して、後方の安全地帯で傍観しているようなのは、最も卑劣で許しがたい」

「あら、それは岡部さん、少し言いすぎではございませんこと」

後閑真知子が低く響く声で言った。

「わたくしなど、なろうことならこの手で村田の首を絞めてやりたいと思っておりましたけど、そんなことは無理な相談でしょう。ここに至るまで、どれほどあの男のために苦しんだかを察していただけば、こういう結末になって、わずかでも気分がすっきりしたことを理解していただけるのじゃないかしら。卑劣だなんて、そんな強い言い方で非難される筋合いはないと思いますけど」

「なるほど……そうですね。確かにおっしゃるとおりなのでしょう。私はいささか過激なことを言ったようです。お気に障ったらお許しください。ただ、私としては、後方にいた人々に較べて、第一線で罪を犯した人の負担が大きすぎることを指摘したかったのです。現実に、もし捜査を本格的に行うとすれば、まずドクターと看護婦さんがその矢面に立たなければなりません。船越ドクターはともかく、いったい植竹さんにどういう動機があったのか分からない現在、なぜ彼女がそういう貧乏籤《くじ》を押しつけられなければならなかったのかという、その疑問が払拭《ふっしょく》できません」

「そうか、岡部さんはその事情をご存じないのですな」

後藤元警視が重苦しい口調で言った。

「さっき私は村田に暴行を受けた少女の話をしましたが、その少女こそが、ほかならぬ植竹ひで子さんなのですよ」

「……………」

「それから、知的障害のある青年とその母親が無理心中したことも話しましたね。その青年の父であり、母親の夫である人物が、船越ドクターであると申し上げても、ご納得がいきませんかな」

岡部ばかりでなく、傍観者の形でいる浅見にとっても、これは衝撃的な事実だった。

「岡部さん……」と、浅見は口を開いた。

「どうやら、僕たちの選択は間違っていなかったようですね」

「いや」と、岡部はこれまで見たこともないような凄惨《せいさん》な顔になった。

「これが正しい選択だなどとは思えません。われわれは、ここにおいでの皆さんと同様、これから先ずっと、罪の意識を背負いつづけていかなければならないのですよ。それを承知の上で、その道を選んだのです。私はともかくとして、神谷と坂口にまでその選択をさせてしまったことを、私は永久に恥じることになるでしょう」

「警視、それは違います……」

神谷と坂口が同時に抗議しかけるのを、岡部は手を挙げて制止した。

「それではわれわれはこれで失礼します」

踵《きびす》を返してドアに向かう三人を、浅見は慌てて追いかけた。

岡部はそのままキャビンに戻るつもりだったようだが、浅見は10F最前部にある「ヴィスタ・ラウンジ」へ誘った。昼間はティーサロンだが、夜はここでアルコールが飲める。照明を落として、ピアノ演奏が流れる中、星空と波頭の砕けるのを見ながらグラスを傾けるのは、なかなかいいムードだ。

しかし、四人の客は憂鬱《ゆううつ》な顔を寄せ合うようにして、長いこと黙りこくった。口を開いたのは、ウェーターがオーダーを取りにきたときだけで、注文したものが届いてからも、しばらくはグラスに手をつけることさえ忘れていた。

「とりあえず、乾杯しますか」

浅見が気分を引き立てるように、少し陽気な声を出した。

てんでんばらばらに「乾杯」と小声で言って、全員がビールを飲んだ。

「それにしても、村田ってのはひどい野郎だったのですなあ」

神谷がようやく突破口を見つけたように言った。

「警視には叱られるかもしれませんが、私はこれでよかったと思いますよ。これ以上の解決法はなかったんじゃないですかねえ」

「そうですよ、自分もそう思います」

坂口も同意した。

「警視がご自分だけで責任を負うつもりでおられるとしたら、それは困ります。自分も一人前のデカとして捜査に参加したつもりでいるのですから、それなりにちゃんと責任の分担もさせていただきます」

むきになった言い方に、岡部もさすがに苦笑を浮かべた。

「分かった分かった、ありがとう。しかしまあ、今夜はその話はやめにしよう。あと二日、せっかくの船旅じゃないか。われわれには二度とないチャンスかもしれない。そう思えば、罪の意識に苛《さいな》まれても、乗船料だと思えば安いものだ」

「ほんとですかね？」

神谷が疑わしそうに上司の顔を覗《のぞ》き込んだ。

「ほんとにそうお考えなんですか？」

「ああ、本当にそう思っていますよ」

岡部は無表情に戻って、泡の消えたビールを口の中に流し込んだ。

エピローグ

ムンバイ入港は早朝五時四十五分だった。かつてはポルトガル語で「美しい湾」という意味の「ボンベイ」と呼ばれた名称のほうが馴染《なじ》み深いが、インドのナショナリズムがその呼び名を変えた。

朝もやにけぶるムンバイは美しかった。湾近くの旧市街地の低い家並みのところどころに、古い巨大な寺院がそびえ建っている。そのかなたには近代的高層ビルが立ち並ぶ。手前の岸壁にはインド海軍の空母が停泊している。そういうアンバランスが、かえってエキゾチシズムを強調して、日本から来た旅人の目を楽しませる。

浅見はまだ明けやらぬ頃からスカイ・デッキに出て、ゆっくりと移りゆく景色をカメラに収めた。いつの間にか岡部が隣に佇《たたず》んで、黙ってカメラと同じ方角を眺めていた。

接岸作業が終わるのを見極めてから、浅見と岡部は８Ｆのリド・デッキに下りた。モーニング・コーヒーを楽しむ人々がちらほら出ていて、その中に後閑姉妹の顔があった。姉のほうが先にこっちの二人に気づいて、妹に耳打ちすると、姉妹揃って手を振った。昨夜の緊迫した気配はまるで忘れたような、明るい笑顔である。

岡部は律儀にお辞儀を返して、彼女たちからは離れたテーブルに座った。

「インドの人口は八億でしたか」

ふいに岡部は言った。

「さあ、どうでしたっけ、もっと多いんじゃなかったですか」

浅見も曖昧《あいまい》な知識しかない。

「どっちにしろ、インドの人口なんて毎年何十万人か何百万人か増えつづけているのでしょう。正確に憶《おぼ》えても無駄ですよ」

「そんなふうにマクロで捉《とら》えると、一人の人間の生死を丹念に追いかけているのが、虚《むな》しくなりますね」

「ああ、そういえば、そうですね」

岡部は自分の仕事に対して懐疑的になっているらしい。とくに、村田満のような極悪非道の人間といえども、彼が「被害者」である以上は、加害者を罰するために働かなければならない警察官という職務に、矛盾を感じるのも無理はない。

「しかし、八億でも百億でも、一人の人生の集合体です。釈迦《しゃか》が『天上天下唯我独尊』と言ったくらいですからね。釈迦の生死のほうが僕の生死より重大だと言われたら、僕だって気を悪くしますよ、きっと」

「ははは、浅見さんは面白いことを言いますね」

岡部警視はようやく笑った。

「なんだか楽しそうですね」

声のしたほうを振り返ると、内田夫妻が近づいてきた。

「その様子だと、事件は解決しましたか。やはり僕の言ったとおりだったでしょう。犯人はタコの八ちゃんの和田氏でしたか」

「いや、残念ながら……」

岡部は首を横に振り、いったん唇を「へ」の字に結んでから言った。

「本事件は迷宮入りを宣言します」

「えっ、迷宮入り？……そうかなあ、和田氏に間違いないと思うけどねえ。浅見ちゃんはどうなのさ。せっかくきみを呼び寄せたというのに、迷宮入りで構わないの？」

「ええ、僕も岡部さんとまったく同意見です。真実は『飛鳥』だけが知っている――それでよかったと思いますよ」

「う－ん、なるほど、『真実は「飛鳥」だけが知っている』か。いいね、そのタイトル貰《もら》ったよ。次の作品はそれで行こう」

「えっ、小説を書くんですか？」

「当たり前でしょう。豪華客船『飛鳥』を舞台にした殺人事件なんて、そうそう出会える話じゃないよ。しかも、僕はまさにその渦中にいた。これをネタにしないなんて、煙草をくわえて火をつけないようなものだ」

よく意味の分からない比喩《ひゆ》を言った。もっとも、恐妻家の内田のことだ、夫人の前だけに「据膳《すえぜん》食わぬは」などとは口にしにくかったのかもしれない。そういうエセ上品なところが、彼の長所でもある。

「浅見ちゃん、日本に帰ったら、たまには軽井沢へ行って、浅見光彦倶楽部《クラブ》のクラブハウスに顔を出してくれないかな。ついでにキャリーを散歩させてやってくれると助かるんだけどね」

「何を言ってるんですか。僕はムンバイでは下りませんよ」

「えっ、どうしてさ？　どこまで行くつもりなの？」

「さあ、それは今後の展開次第です」

「というと、迷宮入りとか言ったけど、継続捜査をするってわけ？」

「えっ？　ああ、まあそうです。岡部さんたちは忙しいけれど、僕は先生も知ってのとおりのヒマ人ですからね」

「そう、そうだろう、そうでなければいけない。いや、もし経済的な理由で下りなければならないというのだったら、僕がカネを出すつもりでいたんだ。かりにも名探偵と虚名のあるきみが、中途で事件を投げ出したというんじゃ、僕の小説の読者は納得しないよ。少なくともあのタコ八をとっ捕まえないままでは、僕の正義感が許さない」

「僕が名探偵かどうか、先生に正義感があるかなんて、そんなことはともかくとしてですね、あの和田氏は犯人じゃありませんよ」

「えっ、うそ、ほんと？」

「間違いありません。僕は和田氏と話しましたが、あの人は顔に似合わぬいい人です。出版社の重役だそうじゃないですか。内田さんの本を出したいとか言ってましたよ」

「ほんとかね……そうだろうねえ。そういえばどことなく魅力的な顔をしているもの。いや、あの歩き方もさ、気品があるよね。いつも抱えている、あの安物のズック地のバッグには、きっと知識が一杯に詰まっているにちがいない。そう、和田さんはそうおっしゃってたの、僕の本をねえ……」

どうすればこうまで豹変《ひょうへん》できるのか、浅見は呆《あき》れて、笑う気にもなれなかった。

七時頃から岸壁にインド軍楽隊が並んで、歓迎の演奏を始めた。きらびやかなサリーをまとった女性たちも大勢現れた。額にビンディーと呼ばれる化粧を施した少女がじつにかわいい。

午前八時半を過ぎると、オプショナル・ツアーに出発する乗客たちの下船が始まった。岡部たちも市街の中心まで行くシャトル・バスで「飛鳥」を去る。レセプション・カウンターで下船の手続きを終えたところに、江藤美希と堀田久代が見送りにきた。

「ねえ浅見さん、岡部警視さんて独身ですか？」

堀田久代が耳元で囁《ささや》くように訊《き》いた。

「いや、違いますよ。奥さんと、それにお子さんも二人いるんじゃなかったかな」

「やっぱりそうですよねえ。江藤さん、だめみたいですよ」

隣の江藤美希を振り返って言った。

「ばっかねえ、そんなこと、私には関係ないでしょう」

美希は真っ赤になって行ってしまった。

三人の捜査官は揃って浅見の前に立った。短いあいだだったが、一つ釜《かま》の飯――という
か、一つ船の中で暮らした同士に、別れがたい思いが湧く。

「岡部さん、とうとう『貴賓室の怪人』の謎は話してくれませんでしたね」

浅見は恨みがましい表情を作って言った。

「ははは、その件はいずれ分かりますよ」

岡部はそう言って手を差しのべた。

「東京でまた会いましょう」

浅見は岡部の手を握った。神谷も坂口もそれにつづいた。三人とも、ほんの数日のあい
だに日焼けしているのが分かった。日焼けが消える頃、浅見も日本に帰る。

三人がギャングウェイに消えるのを待って、浅見は7Fのプロムナード・デッキに出た。
岸壁に下り立ってこっちを振り仰ぐ三人が、やけに小さく心細く見えた。手を振ってお辞
儀をして、バスへ向かった。

ふと気がつくと、浅見から少し離れたところに、ナースの植竹ひで子が、金モールの入
った「飛鳥」の制服姿で佇《たたず》んでいた。手すりに置いた手を離すと、ゆっくり頭を下げた。
彼女の視線が岡部警視に向けられているのは、間違いない。

バスは乗客たちを飲み込むと、あっけなく走り去った。もうこの瞬間は二度と戻ってこ
ないのだ――と、浅見は漠然と思った。船の旅は、一つ一つの港を消化するごとに、過去

と決別しつつある「いま」を実感する旅でもあった。

　しかし、浅見にはいまだ「決別」できていない現実がついて廻っている。「貴賓室の怪人」が何なのか、その正体も意味もまったく分からない。この先何が起こるのか、それこそ「飛鳥だけが真実を知っている」のかもしれない。

自作解説

この文章は『化生の海』新聞連載（北海道新聞、中日新聞、西日本新聞、東京新聞）の最終回を脱稿した日に書いている。『化生の海』は長編小説としては百七作目にあたるのだが、本書『貴賓室の怪人「飛鳥」編』は、ちょうど第百番目の長編として二十世紀最後の年、平成十二年の秋に刊行されている。直前に『秋田殺人事件』、直後に『不知火海《しらぬいかい》』を出した。

『貴賓室の怪人』は一九九八年の三月から六月にかけての「飛鳥」による九十八日間世界一周を体験取材（？）して書かれた。『「飛鳥」編』としたのは、全体を二部作もしくは三部作として刊行する計画があったからだ。現在、『貴賓室の怪人』第二部として「イタリア幻想曲」（仮題）を書き下ろし執筆中で、二〇〇四年春には刊行を予定している。

船はそれ自体が巨大な密室を構成しているので、密室物のミステリーには最適の舞台といえる。船を舞台にしたその手の作品はアガサ・クリスティの『ナイル殺人事件』等々、かなりありそうだ。「トラベルミステリー」という括《くく》りからいうと、毎日が「旅」そのものであるこの作品は、さしずめ究極の「トラベルミステリー」になるはずなのだが、僕はもともとトリック重視型のミステリーはあまり好きでないし、書かない主義だから、ガチガチの本格推理にするつもりはなかった。むしろ船内で起こる事件を通じて、乗員や乗客たちの右往左往する姿を描くことに軸足を置いた。読者に船旅の疑似体験をしていただくのにも役立つかもしれない。

お読みいただいてお分かりのとおり、この作品には僕自身が登場する。第一章「出航」で描いた横浜港での出港風景を始め、船内生活の描写は、ほとんど飛鳥クルーズの見たままに基づいている。「内田夫妻」はロイヤルスイート、浅見光彦はエコノミークラスという、対照的なキャビンに居住して、つまり上と下から船旅の一切を検証した形だ。キャプテン以下の乗員と乗客は、そのクルーズで一緒だった人々をイメージモデルにした。もちろんご本人とはまったく関係がないが、見た目の印象などを記憶の中にスケッチして、文章で再現している。

作者本人が登場する作品としては、過去に『長崎殺人事件』『鞆《とも》の浦《うら》殺人事件』『「紫《むらさき》の女《ひと》」殺人事件』『熊野古道殺人事件』『記憶の中の殺人』などがあるが、どの作品にも共通するのは「内田」を軽いお調子者風に揶揄《やゆ》して描いている点である。露悪趣味というより、これはまあ本人の照れによるのだが、そのためにどうしても、物語全体の語り口が、ユーモアミステリーの範疇《はんちゅう》に入るようなものになっている。

僕の作品の傾向を光文社編集部（当時）の多和田輝雄氏が「旅情ミステリー」と名付けたのは、いまから十五、六年も昔のことである。『遠野殺人事件』（一九八三）以降、地名プラス「殺人事件」のタイトルも多く、またそうでない作品にも旅が付き物であった。

僕自身、松本清張氏の『砂の器』などに代表されるような「旅」のあるミステリーが好きだったから、自分が書く立場になって、当然のことのように、事件と旅と人間を描く傾向があった。

しかし、筆法という点で個々の作品を子細に見てゆくと、「内田康夫」というのは、まことに方向性の定まらない、よく言えば自由奔放、悪く言えば哲学のない「無手勝流」の作家であることが分かる。

デビュー作の『死者の木霊』はどこから見てもシリアスな作品で、その後も第十三番目の長編『津和野殺人事件』まではごく部分的には微苦笑を誘う程度の軽さはあるにせよ、それなりに真面目な筆法を貫いている。ところが十四番目に単行本化した『パソコン探偵の名推理』では一転、ほとんどナンセンス物といっていいようなユーモアミステリーを発表している。

『パソコン探偵――』は「小説現代」(講談社)誌上に連載された読み切りの短編八作品を集めたものだが、担当の女性編集者は、それまでの僕の真面目な(?)作品傾向を信じて発注してきたものらしい。実際に送られた原稿を読んで、飛び上がって(かどうかは不明だが)驚いて、川端幹三《かんぞう》編集長(当時)ともども、僕を呼びつけ真意を確かめた。僕のほうも驚いて、「こういうのも僕の本質なのです」と説明して一件落着したというエピソードがある。

確かに作家にはそれぞれ、その人固有の傾向というか持ち味というか、いまふうにいえばアイデンティティのようなものがあって、編集者も読者も、それを信用して発注したり読んだりしているわけだ。それなのに、イメージを百八十度転換させるような作品とぶつかれば、写真と似ても似つかない相手と見合いをするようにびっくりもするし、迷惑であるかもしれない。

何年か前、愛知県在住という「読者」氏から手紙がきて、「あなたの書く作品には、内容も文体も明らかに異なるものがある。著作を発表するスピードも早すぎるし、ゴーストライターを使っているのではないか」という文章が綴《つづ》られていた。ご本人はシナリオライターで、若い頃、「先生」である大御所に命じられるままゴーストライターを務めたことがあるのだそうだ。その経験を踏まえての感想なのだろう。その時は、下司《げす》の勘繰りもいいところで、自らの才能の無さと了見の狭さを暴露するようなものだと憤慨したり呆《あき》れたりしたのだが、そう言われてみると、僕もずいぶんいろいろな書き方をしているな——とあらためて実感したことであった。

しかし、僕にかぎったことでなく、作家の本質といっても一定したものではない。たとえば夏目漱石の『坊っちゃん』や『吾輩は猫である』と『それから』や『こゝろ』が同一人物の作品であるとは、にわかに信じがたいように、年齢や時代によって変質もするし、それ以前に本質そのものに、じつは多様性がある。同じ自民党員であっても、好戦派から平和主義者までいるのと同じようなものだ。日頃は良識を装ってすまし顔をしていても、時には殻を破って本性が噴出してくることがある。作中人物として「内田」が登場する前記の作品群がそれだ。『貴賓室の怪人』はその典型的な例といっていい。

作品の内容や文章のことはともかく、著作の発表のスピードに関していえば、ここ数年は目立って鈍化している。『貴賓室の怪人』は取材から刊行まで二年以上を要した。この作品は月刊「KADOKAWAミステリ」に一九九九年七月発行のプレ創刊2号と一九九九年十一月号から二〇〇〇年九月号までに連載されたものだが、連載開始でさえ取材から一年あまりも間があった。怠慢になり遅筆になったことは否定できないけれど、それよりも、このところの作品はどれも難しい対象に材を取っているケースが多いことも挙げなければならない。『華の下にて』『遺骨』『はちまん』『氷雪の殺人』『鯨の哭く海』『箸墓幻想』『中央構造帯』『贄門島』等、取材と推敲《すいこう》にかなりの時間とエネルギーを費やした。『貴賓室の怪人』はその中でも特筆すべきものだったと思う。

とくに登場人物の多さ、豪華客船によるロングクルーズという特殊事情の煩雑さ、それをどのように分かりやすく伝えるかに苦心した。登場人物一人一人がどことなく怪しいのは、こういうタイプのミステリーの必須《ひっす》条件みたいなものだから、「内田夫妻」を除くほとんどが、何かしら翳《かげ》を感じさせるように描かなければならなかった。

しかも、浅見光彦としては「内田」が乗船していることなど、まったくの予想外。秘密の任務を帯び、身分を隠していたい趣旨からいうと、「内田」との遭遇は極力避けたいはずである。狭い船内でのすれ違い劇は、浅見はもちろんだが、書くほうも困難を極めた。

さらに、殺人事件が発生したとなると、日本本国から警視庁の捜査員を呼び寄せる必要が生じた。嘘のような話だが、岡部和雄警視が出現するようなことになるとは、作者自身も予想していなかったのである。

ちなみに、他の作品では岡部和雄は警部として登場している。しかし、海外を航行中の客船に出張する主任捜査官が警部ではおかしいので、ここでは警視に昇格させた。今後の作品に岡部が登場する時は、たぶん警部に逆戻りしていると思う。

『貴賓室の怪人』の圧巻は、何といっても最終章で「内田」が名推理を披露して浅見光彦と対決する場面である。はたしてどちらに軍配が上がるか——は、読者の中には解説から先に読んでしまう人もいるそうなので、ここでは伏せたままにしておこう。

二〇〇三年秋

内田康夫

浅見光彦倶楽部について

「浅見光彦倶楽部」は、1993年、名探偵・浅見光彦を愛するファンのために誕生しました。会報「浅見ジャーナル」（年4回刊）の発行をはじめ、軽井沢にあるクラブハウスでのセミナーなど、さまざまな活動を通じて、ファン同士、そして軽井沢のセンセや浅見家の人たちとの交流の場となっています。

◎浅見光彦倶楽部入会方法◎

入会申し込みの資料を請求する際には、80円切手を貼り、ご自身の宛名を明記した返信用封筒を同封の上、封書で左記の住所にお送りください。「浅見光彦倶楽部」への入会方法など、詳細資料をお送りいたします。ファンレターも受け付けています（その場合は封書の表に「内田康夫様」と明記してください）。

※なお、浅見光彦倶楽部の年度は、4月1日より翌年3月31日までとなっています。また、

年度内の最終入会受付は11月30日までです。12月以降は、翌年度に繰り越して、ご入会となります。

〒389―0111　長野県北佐久郡軽井沢町長倉504
浅見光彦倶楽部事務局

※電話でのご請求はお受けできませんので、必ず郵便にてお願いいたします。

（関連図書）

『ふりむけば飛鳥　浅見光彦世界一周船の旅』（内田康夫＋浅見光彦　徳間書店刊）

『空の青、海の碧《あお》「飛鳥」98日間世界一周ありのまま』（早坂真紀　幻冬舎刊）

『海の向こう104日――客船「ぱしふぃっくびいなす」で地球をひとまわり』（早坂真紀　講談社刊）

『「萩原朔太郎」の亡霊』（内田康夫　角川文庫刊）

『追分殺人事件』（内田康夫　角川文庫刊）

この作品はフィクションであり、作中に登場する個人名、団体名などはすべて架空のものです。なお「飛鳥」およびその他の建造物、風景などの描写には事実と相違する点があることをご了承ください。

本書は、平成十四年十月に小社よりカドカワ・エンタテインメントとして刊行された作品を文庫化したものです。

貴賓室《きひんしつ》の怪人《かいじん》

「飛鳥《あすか》」編《へん》

内田康夫《うちだやすお》

角川文庫　13111

平成十五年十月二十五日　初版発行

発行者——田口惠司
発行所——株式会社角川書店
東京都千代田区富士見二—十三—三
電話　編集(〇三)三二三八—八五五五
営業(〇三)三二三八—八五二一
〒一〇二—八一七七
振替〇〇一三〇—九—一九五二〇八

印刷所——暁印刷　製本所——コオトブックライン

装幀者——杉浦康平

う 1-58　ISBN4-04-160759-0　C0193